AF199183

Das Bernsteinzimmer: September 2001

Die letzten Protokolle

Hein Paler (Hg.)

Impressum

Bibliografische Information der Deutschen

Nationalbibliothek:

Die Deutsche Nationalbibliothek verzeichnet diese
Publikation in der Deutschen Nationalbibliografie;

detaillierte bibliografische Daten sind im Internet über

http://bnb.bdb.de abrufbar.

© 2021 Hein Pasler

Herstellung und Verlag: BoD – Books on Demand

Norderstedt

ISBN: 9 783751 924450

Das Bernsteinzimmer

September 2001

Die letzten Protokolle

Vorbemerkungen

1.

Dieses Buch fasst 20 Jahre intensiver Recherche zum Bernsteinzimmer zusammen. Die wichtigsten Ergebnisse in Kürze: Das sagenumwobene Bernsteinzimmer existiert. Entgegen allen Behauptungen wurde es während des Zweiten Weltkriegs nicht zerstört. Aber: Das Zimmer befindet sich nicht mehr in Europa.

Die gesammelten Protokolle dokumentieren das Schicksal des Originals und zweier Nachbildungen zu Beginn des 21 Jahrhunderts. Diese exzellenten Kopien stehen in keinem Zusammenhang mit jener bemühten, aber unvollkommenen Nachahmung, die am 31. Mai 2003 im Petersburger Katharinenpalast feierlich eingeweiht wurde.

Zu den historischen Zusammenhängen: 1716 schenkte der preußische König Friedrich Wilhelm I. das originale Bernsteinzimmer dem russischen Zaren Peter dem Großen. Dessen Tochter Elisabeth ließ es in einen Raum des Katharinenpalastes einbauen. Während des Zweiten Weltkrieges demontierten die Deutschen 1941 das Zimmer und stellten es bis März 1944 im damaligen Königsberg aus.

Nach offizieller Version erfolgte die Zerstörung des Bernsteinzimmers durch britische Luftangriffe auf Königsberg. Inzwischen wurde diese absurde Behauptung von vielen Sachverständigen widerlegt.

75 Jahre nach dem Ende des Zweiten Weltkriegs hat die Öffentlichkeit ein Recht auf die ganze Wahrheit über den Verbleib des Bernsteinzimmers. Deshalb werden in diesem Buch *Dokumente* der bilateralen Institution ODRA abgedruckt. Engagierte Mitarbeiter*innen in Ministerien und Geheimdiensten beschafften die unter Verschluss liegenden Materialien.

Die Gesetze der Bundesrepublik Deutschland schützen journalistische Arbeit und damit die Anonymität von Informant*innen und Institutionen. Dennoch demonstriert die Weitergabe der abgedruckten Dokumente persönlichen Mut. Immerhin starben seit 2001 sieben Personen, die brisante *ODRA-Dokumente* über das Bernsteinzimmer weitergaben, durch mysteriöse Todesfälle. Wer dem Verbleib des Bernsteinzimmers seit 1944 auf den Grund gehen will, geht persönliche Risiken ein.

Auch die Verleger*innen und ihre Lektor*innen beweisen mit der Veröffentlichung dieser Recherchen Zivilcourage, für die ihnen gedankt werden muss.

Beim anfänglichen Lesen mögen Sie Handlungen, Personen und Institutionen für phantasievolle Erfindungen halten. Doch *diese Sammlung von Dokumenten ist der absoluten Wahrheit verpflichtet.*

2.

Herausgeber und Verlag wurden gebeten, die Lage des Stollens , in dem das Bernsteinzimmer gelagert wurde, nicht preiszugeben. Nur so kann unberührte und für die Biodiversität Europas wichtige Natur geschützt werden.

Die im Buch genannten Koordinaten sind fiktiv

und <u>nicht</u> die Koordinaten des Stollens.

Mehr als Wasser ist dort nicht zu finden.

Sammlung 1

Adler, Erste und andere

Fr., 2001-08-24

Die Adler der See: Absprache

Eh   „Wasserstand: Kritisch. Afghanistan und Pakistan murmeln von einem Sonnensturm in der ersten Septemberhälfte. Zielpunkt USA."

Ih   „Positiv für uns. Unsere Operation liegt so nicht im Focus der Öffentlichkeit. Aber zwingender Handlungsbedarf liegt vor: Der *Ahnenforscher* wertete 150 Quellen zutreffend aus. Er ist über Stammvater und dessen Grab im Bilde."

Eh   „Schlimmer noch. *Barde vox populi* bot ihm 100 für seine Informationen über Stammvater und Grab. *Ahnenforscher* verlangt 200. Sie verhandeln intensiv."

Ih   „Die Ersten sind nur über Stammvater informiert. Definitiv allein über ihn."

Ah   „Auch wenn sie nichts von den Söhnen wissen: Wir stehen unter Zugzwang. *Ahnenforscher* muss Besuch erhalten."

Oh   „Desgleichen *Barde vox populi*."

Ih   „Denkt an die Personaldecke! Mindestens ein weiterer Legionär muss her."

Eh   „Die Gastgeschenke werden besorgt."

Ah   „Der Ortswechsel des Stammvaters und seiner Söhne erfolgt in den nächsten Wochen."

Oh   „Sind die damit beauftragten Legionäre wirklich taubstumm?"

Ih   „Taubstumm und blind."

Ah   „Wann öffnen wir das Grab?"

Oh   „Der Alleinerbe gibt das Kommando. Die Paparazzi müssen sich gedulden."

Ah   „Wegen des Tauschs scharrt der Alleinerbe bereits mit den Hufen."

Oh   „Er wird aber noch zwei Wochen brauchen, bis er die achthundertfünfzig auf dem Konto gesammelt hat. Ansonsten:

Alles klar. Ende."

Eh   „Alles klar. Ende."

Ih   „Alles klar. Ende."

Ah   „Alles klar. Ende."

Lutz Nieth: Tagebuch

Warum verlangen die Adler immer eine halbe Stunde Schaltung, wenn sie sich nach zehn Minuten nichts mehr zu sagen haben?

BMI: Notiz zu Geheimdiensten

ODRA

Die kleine, bilaterale Institution arbeitet effektiv. Auch ihr unterlaufen Fehler. Aber "tanzende Nebelwände" bewirkten bisher Unsichtbarkeit. Die Unsichtbarkeit der Akteure und der Chefetagen.

ODRA: interne Weisung

Absprachen von *Odras* erfolgen verschlüsselt. Genutzt wird der Kommunikationstunnel im Darknet. Offiziell existieren *ODRA*-Schaltungen nicht. Die Tunnel werden für die beantragte Zeit geöffnet. Der ODRA-Informatiker ist zugleich der zuständige Sachwalter des Nebelreichs.

(Zurzeit: Herr Nieth, Lutz) Endet die Frist, schließt der Informatiker den Tunnel und löscht jedes Detail. Nichts bleibt in den Speichern und Protokollen, weder in den offiziellen, noch in den verborgenen. Alle *Odras* vertrauen Absprachen ihrem Gedächtnis an. Unvermeidbare schriftliche Notizen erfolgen in Geheimschrift und sind auf das wesentliche zu beschränken.

Polnische Botschaft: Mitschrift eines Gesprächs

Prof. Sören Dränge, Personaldirektor des Deutschen Informationsbüros, und der stellvertretende polnische Botschafter Adam Maczynk trafen sich in dessen Amtsräumen.

„ODRA könnte Opfer seiner eigenen Erfolge werden, Prof. Dränge."

„Vor allem, wenn sie Erfolge haben, die sie besser nicht haben sollten."

„Zurzeit der Gründung war ich noch Botschaftsattaché in Mexiko. Stimmt es, dass ODRA als Parkplatz gedacht war?"

„Sagen wir ... als Spielwiese. In *ODRA* wurden die deutschen und polnischen Mitarbeiter eingruppiert, die nicht so tickten, wie man in Geheimdiensten zu ticken hat. Denn wie müssen Geheimdienste miteinander umgehen, wenn sie zusammenarbeiten?
Die entscheidenden Informationen bleiben unter Verschluss. Partner*innen erhalten nur unwichtige oder falsche Hinweise. Selber setzt man alle Intelligenz daran, dem anderen entscheidende Fakten zu entlocken.

Natürlich wird vorausgesetzt, dass die Partner*innen, in dem man heimliche Gegner*innen sieht, immer die Unwahrheit sagen. Sonst wären sie ja das Geld nicht wert, das sie bekommen.

In dieses Schema passte Frau Dr. Kluge nicht. Die meinte, gegenseitige Offenheit führe zu Vertrauen und konstruktiver Zusammenarbeit. Kluge bekam sogar eine Abmahnung wegen Geheimnisverrat."

„Wirklich?"

„Wenn ich mit recht entsinne, hatte sie einem Ukrainer erzählt - korrekter gesagt *verraten!* - wie viele NATO-Panzer in Bayern stationiert sind.

Da dachten alle, *ODRA* sei eine ungefährliche Spielwiese für sie. Nur schicktet ihr Polen diesen Philosophen Polanski. Der dachte genauso wie die Kluge. Beide gingen mit offenem Visier aufeinander zu. Sie informierten sich gegenseitig umfassend, besorgten dem anderen Informationen, die ihm fehlten, berieten und analysierten alle Details gemeinsam."

„Und während der drei Jahre ihres Bestehens kam die kleine Sektion ODRA vier Geheimdienstringen auf die Spur. 26 Spione landeten wegen ihnen hinter Gittern. Durch ODRA wissen wir, wo Engländer, Franzosen, Schweizer, Amerikaner, Russen und Chinesen und Inder ihre geheimen Computerzentralen haben. Und sie wissen nicht, dass wir es wissen. - Stimmt es, dass wir alle russischen und chinesischen Doppelagenten auf der Welt kennen?", fragte stellvertretende Botschafter.

„Wir haben die Listen aller amerikanischen und russischen Doppelagenten in Asien und Afrika, die der chinesischen nur in Europa."

„Die ODRAs sollten sich bedeckt halten und die Zahl ihrer Erfolge nicht übertreiben. Das weckt Neid und Neider", sorgte sich Adam Maczynk.

Die Ersten der Zwei: Absprache

Violett: „Unsere Absprache Nr. 728 hat den Rang einer Konferenz."

Orange   „Dur wird uns Fakten liefern?"

Indigo: „Es gibt eine Unstimmigkeit mit dem Maulwurf. Dur bot ihm 100 Regenwürmer. Der Maulwurf hofft auf 200."

Violett: „Was sagt die Kasse?"

Orange: „Dur soll ihn auf 140 herunterhandeln."

Gelb: „Der Maulwurf darf nicht wissen, wie wichtig die Fakten für uns sind. Der *Gobelin* wird erst in drei Wochen verpackt und zur Relaisstation transportiert. Wie gut, dass wir uns während des afghanischen Sonnensturms auf der Schattenseite befinden.

Orange: „Falls es dazu kommt. Wir haben in diesen Bereich nicht hineinzuhorchen. Für uns zählt: *Satellit* übernimmt den *Gobelin* an der Relaisstation. Gegen sofortige Schaltung."

Violett: „Er wird erst prüfen, dann schalten."

Indigo: „Alle Kinder folgten brav unseren Anweisungen."

Gelb: „Aber es gibt eine Dissonanz.

Indigo: „Der Maulwurf könnte auch den Turm lokalisiert haben. Dur muss hören und liefern, so schnell wie

14

möglich. Die Zahl der Regenwürmer sollte keine Rolle spielen."

Violett: „Wegen der zeitlichen Enge gräbt unsere Seite nach der entsprechenden Anzahl."

Gelb: „Die notwendigen Weisungen erhält Dur innerhalb der nächsten drei Stunden.

Aus!

Indigo: „Ende!

Orange: „Vorbei!

Violett: „Schluss!

Das Hundehütten-Schloss: Notizen

[Betriebsrätin Ewa Kyburow]

Gestern führten der Kollege Michael Gewander und ich während der Mittagspause ein sehr erhellendes Gespräch. Gewander arbeitet ja an zwei Orten für unser Informationsbüro, einmal hier in Berlin und dann noch in Stettin. Da kann er fabelhaft vergleichen.

Der Vergleich seiner Arbeitsstätten fiel vernichtend aus für unser neues, hochgelobtes Verwaltungsgebäude. Das Berliner Silo mit Glaswänden sei nicht für Menschen errichtet worden. Es diene allein Sachzwecken. Bereits wenn Gewander es von der Bushaltestelle aus sehe, werde ihm flau im Magen.

Das Gebäude unseres Informationsbüros im Stettiner Hafen habe Mief und Macken, aber dort arbeiten alle gern. Das Haus sei alt, die Holztreppen knarzten, Wasserleitungen polterten, Fenster und Türen klemmten, jeden Tag gebe es irgendwo einen Kurzschluss.

Dieses Gemäuer kommuniziere mit ihnen, sage mal Ja und mal Nein zu ihren Absichten. Sie ärgerten sich oft, sie beschimpften den uralten Schuppen. Gleichzeitig sei er lebendiger Teil ihrer Arbeit. Die hohen Decken, der Stuck, die Düfte, alte Fliesen, ein Treppenhaus, das aus der Zeit gefallen ist. In diesem Haus stecke Humanität.

Dagegen sei unsere Zentrale in der Wikingerstraße ein betriebswirtschaftliches Produkt. Herr Gewander störte sich schon an den rationalen Baustoffen. "Kein Holz, keine Fliesen, keine Ziegelsteine. Dafür Beton, Stahl, Kunststoff, Spezialgläser. Da müssen Menschen Allergien bekommen. Frau Kyburow, dieses Monstrum tötet. Mit seinen normierten Fluren und Treppenhäusern, seinem frostigen Eingangsbereich, seinen raketenschnellen Fahrstühlen", meinte Gewander ganz unaufgeregt.

Warum sollten irgendwelche Weltverschwörer Milliarden Dollars für schädliche Spritzen oder elektronische Strahlung verschwenden? Ökonomisch gestaltete Funktionalbauten töteten effektiver. Die Menschen müssen nur dazu gezwungen werden, darin zu arbeiten und zu leben.

Passend zu unserem Gespräch steht in unserem Gewerkschaftsblatt ein Artikel "Arbeitsplatz und Arbeitsfrust".

Dienstgebäude wie unseres in der Wikingerstraße gebe es zu zehntausenden. Errichtet zum Zwecke des Verwaltens von Geburt, Tod, Krankheiten, Geld, Urlaub, Versicherungen, Medien, Renten, Arbeit, Stadtplanung, Bildung, Steuern, Verkehrsnetzen und sonstiger Bedarfe fallen dort sekundäre, tertiäre oder gar keine Entscheidungen.

Diesen Aufgaben gemäß stehen sie nicht an den Magistralen, sondern in den dritten und vierten Straßenreihen dahinter. Bürosilos taugen nicht für Pracht- und Protzboulevards.

Tatsächlich steckt in Fabrikgebäuden aus dem 19. Jahrhundert mehr Charme als in unseren funktionalen Normbauten. Man gehe durch Kiel, Saragossa, Tomsk, Singapur, Melbourne, Nairobi, Kapstadt, Stettin, Malmö, Montreux, Haifa, Teheran oder welche Stadt auch immer. Die dort errichteten Verwaltungskästen erkennen alle auf Anhieb.

Die äußere Gleichförmigkeit setzt sich in der Gestaltung der Büros fort. Wer in derartigen Gebäuden arbeitet, hat zu funktionieren und seine Würde am Eingang zu vergessen.

Wie reagieren Betroffene des dritten Jahrtausends, von denen nichts als Funktionieren erwartet wird?
Die Sanften bringen Zimmerpflanzen mit und hängen verträumte Bilder auf { Natürlich nur solche, die zur Firmenphilosophie passen. } Manchmal verdunsten solche persönlichen Accessoires vor den jährlichen Feuerschutz- oder Hygienekontrollen, um eine halbe Stunde danach wieder aufzutauchen.

Unflexible nutzen Ventile wie Nikotin, Alkohol, Hasch.

Betroffene mit Fluchtreflex versetzen sich durch Lektüren aller Art in Traumwelten, oder sie sind für ihren nie endenden Diskussionsbedarf bekannt.
Aufgezählt werden müssen auch jene Kolleg*innen, die innerlich kündigten, bevor sie das Gebäude zum ersten Mal betraten. Andernfalls müssten zwischen Wänden, Fenstern und Schreibtischen ersticken.

Sammlung 2

Rochade

Sa, 2001-08-25

Die Ersten der Zwei: Absprache

Gelb: Absprache 730.
          „Dur einigte sich mit Maulwurf auf 175 Regen-
          würmer."

Violett: „Schnell?"

Gelb: „Sofort."

Indigo: „Der Tausch läuft heute."

Gelb: „Aber: Der Maulwurf fürchtet, ein Adler beobachte
          ihn."

Indigo: „Er benötigt einen Schatten an seiner Seite."

Orange: „Ab morgen können wir einen Schatten bereit-
          stellen."

Gelb: „Hoffentlich ist das früh genug. Mit Dur gibt es
          heute noch Kontakt."
          „Aus!"

Indigo: „Ende!"

Orange: „Vorbei!"

Violett: „Schluss!"

Die Adler der See: Absprache

Ih: „Wasserstand: rapides Absinken."

Eh: „Es gab ein Treffen von *Barde vox populi* und *Ahnenforscher.*"

Ih: „Für 175 erhielt *Barde vox populi* das Paket."

Ah: „Er darf es nicht weiterreichen. Es muss in seinem Gepäck bleiben."

Eh: „Legionäre sind unterwegs. Ein berittener Legionär wird noch gemustert."

Oh: „Die Legionäre müssen für große Verwirrung sorgen."

Ah: „Auch beim Ahnenforscher."

Ih: „Alles klar. Ende."

Ah: „Alles klar. Ende."

Oh: „Alles klar. Ende."

Eh: „Alles klar. Ende."

Moritz Prob: Akustisches Protokoll

„Eigentlich war ich zu müde. Eigentlich konnte ich keinen weiteren Auftrag annehmen. Eigentlich hatte ich ein Außengelände war zu überwachen, in dem Glasfaser-

Erdkabel lagerten. Eigentlich hatte ich nicht wirklich verstanden, um was es ging; weder das Problem, noch meinen möglichen Beitrag zur Lösung. Das waren keine guten Voraussetzungen. Wer im Dschungel überleben will, muss die Reviere und Absichten der Raubtiere kennen.

Aber 30.000 Euro waren ein unschlagbares Argument, zumal sie in keinem Buch standen. Und die ersten 10.000 legte Michi sofort auf meinen Tisch. Der Auftrag würde nur diese eine Nacht in Anspruch nehmen. Ein Leichentransport, über die nahe Grenze nach Deutschland. Ein Promi. Die Sache stank zum Himmel. Aber Michi verbürgte sich für den Auftrag. Michael Gewander, mein alter Kumpel seit der Schulzeit, jetzt Mitarbeiter bei den Nebelschatten des Deutschen Informationsbüros.

So begann es. Und dann betraten Michi und ich kurz vor Mitternacht den Service-Lift des Hotels *London*. Lautlos wie ein Raubtier glitt er in die Höhe. Ein niederländisches Fabrikat, neu und auf Hochglanz poliert wie das ganze Hotel. Wer benannte im polnischen Stettin ein Hotel nach der britischen Hauptstadt? Investierten hier Briten? Die Gerüchteküche munkelte, hinter diesem Gebäude stecken arabische Player. Möglicherweise auch chinesische.

Jakub Zerbrczyak, der Sicherheitsmanager des Stettiner Hafens, mein Hauptauftraggeber, hatte mich im Mai ins Restaurant *Big Ben* des Hotels *London* eingeladen. Wer in Stettin zeigen muss, dass er zu den Sahnehäubchen gehört, präsentiert sich möglichst oft im *Big Ben*. Die Küche ist erstklassig, die Getränke erlesen, der Service aufmerksam.
Nur eins irritiert die Gäste: Nichts, absolut nichts erinnert im *Big Ben* an London. Weder die Einrichtung, -da spielte eine italienische Designerin kühn mit Glas und Buntmetallen- , noch die Pflanzen und Blumen, -die sich korrekt an japanisches Regelwerk halten-; auch nicht das orientalische Outfit des Personals und erst recht nicht die Speisenkarte. Die bietet weder Steaks noch britischen Tee an. Keine britische Flagge ist zu sehen, keine englische,

auch nicht das Londoner Wappen. Nirgendwo ein Foto von Tower Bridge, London-Eye, Hydepark, Oxford-Street, House of Parliament. Geschirr und Besteck stammen aus Schweden.

„Vermutlich wurde der Name *Hotel London* von irgendwelchen Blindschleichen ausgewürfelt. Auf der Liste dürften auch Namen wie *„Matterhorn"* oder *„Dubai"* gestanden haben", überlegte ich, während wir mit dem Service-Lift ganz nach oben fuhren. In der obersten Hotel-Etage, im 21. Stock, befanden sich die drei edelsten Suiten Polens.

"Sind die Leitwölfe noch oben?", fragte ich nervös. Nennen Sie es Instinkt oder Eingebung: Ich wusste, über mir hing ein Schwert an einem seidenen Faden. Die Nebelschatten mussten improvisieren. Irgendetwas war vorgefallen, so etwa in der Größe eines Blauwals.

Michi Gewander lachte über meine Frage nach den Leitwölfen. „Das sind nicht unsere Leitwölfe. Das sind nur unsere B-Buben. Die möchten dich zwar sehen, aber mache dir darüber keine Gedanken. Für die steht mehr auf dem Spiel als für uns beide. Sie brauchen dich. Denn du bist routiniert genug, um mit Überraschungen umzugehen. Wobei hier keine Überraschungen zu erwarten sind."

Als sich im 21. Stock die Türen des Lifts öffneten, irritierte der Kontrast zwischen der Totenstille und der überwältigenden Lichtflut. Es war so still, dass sich niemand traute, auch nur „Piep" zu sagen. Die gleißende Helle schüchterte zusätzlich ein. Mitten im Flur befanden sich zwei Säulen mit Scheinwerfern. „Wer benötigt diesen Super-Sonnen-Ersatz? Wozu?", flüsterte ich schließlich.

Ohne zu antworten zog Michi mich zur Suite *Trafalgar Square*. Links von der Eingangstür hing ein großformatiges Bild. Ich schmunzelte unwillkürlich. Da ging ein Schiff unter, aber kein englisches. Der breite, dunkle Holzrahmen

21

passte zum dargestellten Drama. Die dominierenden Farben waren sattes Gelb und helles Blau. „Untergang der Wasa 1628 in den Schären vor Stockholm", stand erläuternd auf einem Täfelchen neben dem Bild.

„Und das neben einer Suite, die an die Seeschlacht von Trafalgar erinnert", dachte ich. "Na ja, vielleicht waren alle Bilder zu Nelsons Sieg und Tod ausverkauft."

Michi wollte gerade klopfen, da öffnete sich die Tür, wie von Geisterhand. Erstaunt starrte Michi den schlanken Mann mit den kurz geschnittenen Haaren an. Der konnte nicht zu den B-Buben zählen. So, wie Michi ihn ansah, gehörte er zur obersten Stufe der Hierarchie. Warum war jemand aus der Oberliga hier? Da war nur eine Antwort möglich: Das Meer brannte.

Vor uns stand Dr. Felix Edeerk, Leiter der Abteilung *Osteuropa III* des Deutschen Informationsbüros. Das wusste ich in diesem Moment noch nicht, aber Michi machte uns ja gleich darauf miteinander bekannt.

„Guten Morgen, Herr Dr. Edeerk", flüsterte er, unsicher darüber, ob das ein paar Minuten nach Mitternacht die richtige Begrüßung war. Wortlos winkte Dr. Edeerk uns herein und führte uns zum ersten Raum auf der rechten Seite. Hinter einer Schiebetür lag ein Empfangszimmer mit einem ovalen Tisch, sechs gediegenen, dunkelgrünen Ledersesseln, einem riesigen Monitor an der Wand, der mit dem Internet verbunden war.

In die Suchmaschine war der Begriff *Elektron* eingegeben. Vergeblich suchte ich nach einer Tastatur, bis ich den orange leuchtenden Touchscreen in der Tischplatte entdeckte, der als Tastatur und Maus diente.
Die Stirnseite des Raums bestand aus einem einzigen, bis zum Boden reichenden Fenster. Die Lichter der Stadt und ihres Umlandes strahlten in den schwach beleuchteten Raum hinein. „Gigantisch! Ob ein Adler von hier aus bis zur Ostsee sieht?", überlegte ich.

Dr. Edeerk sagte leise: „Edison!" Irgendeine Automatik steigerte langsam die Helligkeit im Raum. „Stopp!" Die Helligkeit veränderte sich nicht mehr. Bevor wir uns setzten, übernahm Michi die Aufgabe des Vorstellens: „Darf ich bekannt machen? Herr Moritz Prob, Besitzer eines Unternehmens für Objektschutz, und Herr Dr. Felix Edeerk. Er gehört zu unserem Leitungsstab und weist Sie in Ihre Aufgabe ein, Herr Prob."

Wir schüttelten uns die Hände. Dr. Edeerk fragte: „Möchten Sie etwas trinken, Herr Prob?"
"Nein, danke", lächelte ich.
Dr. Edeerk wandte sich an Michi: „Holen Sie mir dann bitte Orangensaft aus der Küche?" Der verstand, nickte und machte sich sofort auf den Weg.

„Bitte halten Sie mich nicht für unhöflich, wenn ich gleich zur Sache komme. Wir haben gerade noch 20 Minuten Zeit. Dann sind Sie am Zug."
Ich verzog keine Miene und blickte den Leitwolf Edeerk konzentriert an: „Okay!"
Dr. Felix Edeerk wies mit seiner Hand nach links: „Im Schlafzimmer dieser Suite liegt der tote Ben Abrames."

Edeerk sah mich gespannt an. Ich reagierte wirklich erstaunt, denn Michi hatte mich nicht eingeweiht: „Ben Abrames? Der Pop-Sänger Ben Abrames? Der mit der *Planet-der-Liebe - Schnulze*?"

„Genau der. Zurzeit in Deutschland und Europa einer der Trendigsten. Abrames liegt sogar in Südkorea, Singapur und Vietnam auf Platz eins. Nun, er ist sexy, bildet jugendliche Träume ab und … seine Stimme schleicht sich ins Ohr."
Abrames gehörte nicht zu den Stars meiner Generation. Aus diesem Grund konnte ich nicht über ihn diskutieren und fragte nach dem Kern unseres Geschäfts: „Herr Gewander sagte, ich solle eine Leiche unauffällig nach Deutschland transportieren. Es geht also um… ihn?".

Dr. Edeerks Augen blitzen kurz auf. Er wurde selten unterbrochen, vermutlich nie. Aber ich hatte deutlich signalisiert, dass er zur Mitwirkung bereit war. „Herr ..."
Er hatte meinen Namen vergessen. Eigentlich war mir das recht. „Prob", soufflierte ich.
„Danke. Herr Prob, übernehmen Sie das? Und können Sie durch Zeugen sicherstellen, dass Sie diese Nacht in einer Spielhölle waren? Oder im Freudenhaus?"
„Diese Nacht bewache ich Glasfaser-Erdkabel im Industriehafen. Sieben Stechuhren werden das belegen. Aber können Sie mir verraten, warum die Leiche hier nicht bleiben kann?"

„Der Grund wird Ihnen gleich im Schlafzimmer klar. - Sonst sind wir uns einig?"
Ich nickte. "Mein ganzes Leben lang habe ich davon geträumt, einmal einen Leichenwagen fahren zu dürfen. Mein ganzes Leben lang? Na gut, ein halbes Leben lang."

Dr. Felix Edeerk führte mich zum Schlafzimmer: „Herr Abrames wurde auf ungewöhnliche Art ermordet. Würden diese Umstände bekannt, gäbe das bestimmten Kreisen in Polen unnötig Auftrieb.
Übernächste Woche wird der polnische Sejm gewählt. Der Zustand der Leiche könnte die Wahlen beeinflussen. Deshalb bat uns das polnische Außenministerium um Amtshilfe.

Offizieller Tatort soll das Hotel *Kaiserhof* in Stralsund sein. Unsere Spezialisten bereiten dort alles in der *Hanse-Suite* vor. Der Tote kann aber nicht von einem normalen Bestattungsunternehmen nach Stralsund gebracht werden. Das brauchte und verlangte offizielle Dokumente. Transportierte einer unserer Männer oder ein polnischer Offizieller die Leiche und würde dabei kontrolliert, gäbe es Verwicklungen und Fragen. Wir brauchen eine Privatperson, die nicht mit uns in Verbindung gebracht werden kann."

Dr. Edeerk erhob sich. „Den operativen Teil spricht Herr Gewander mit ihnen ab. Er unterstützt Sie bis zum Ausgang dieser Suite. Sobald Sie mit dem Toten den Flur betreten haben, sind Sie auf sich allein gestellt. Auf der Fahrt nach Stralsund, im *Kaiserhof* und auf der Rückfahrt. Haben Sie noch Fragen?"

„Wie transportiere ich den Toten?"
„Ben Abrames besaß mehrere große Rollkoffer zum Transport seiner Kostüme. Herr Gewander sucht gerade den passendsten aus."

Auf dem kurzen Weg zum Schlafzimmer kamen wir an drei Personen vorbei. Den blassen Mann in Uniform stellte Dr. Edeerk ihm nicht vor. „Ein Chamäleon", stufte ich ihn ein, „einer dieser unsichtbaren Nebelschatten."
Die sehr junge Dame stellte Dr. Edeerk mir vor: "Frau Maria Wissem, die Hotelmanagerin." Ihren Namen hatte er im Gegensatz zu meinem nicht vergessen. Sie wirkte freundlich, elegant, und konzentriert, genau in dieser Reihenfolge.

„Eine Leopardin!", klassifizierte ich sie sofort ein. „Wehe denen, die ihr nicht mit Achtung begegnen. Dass sie mit einer Raubkatze spielen, merken sie erst, wenn es zu spät ist.
Die dritte Person war Ben Abrames´ Manager Nils Johannsen. Der füllige Mann mit den hochroten Wangen war der erste, der spürbar vom Geschehen betroffen war.

„Ben darf nichts geschehen... Seinem Körper ... darf nichts..." Er verstummte.
Ich nickte ihm zu: „Der Tote wird von mir mit allem Respekt behandelt werden."
Johannsen wandte sich ab, zu bekümmert, um dankbar zu sein.
Michi kam mit einem Rollkoffer. „Der passt in meinen Kombi", überlegte ich, „Aber reicht das Volumen des Koffers für eine männliche Leiche?"

Dr. Edeerk führte mich schließlich ins Schlafzimmer. Johannsen folgte, gab Michi ein Zeichen. Der blieb draußen stehen, und Johannsen schloss die Tür.

Der Erschossene lag mit dem Rücken auf dem Bett. Sein Kopf war der Tür zugewandt.

„Gott im Himmel!" Ich blieb wie angewurzelt stehen.

„Verstehen Sie jetzt?", fragte Dr. Felix Edeerk.

Ich nickte, mein Gesicht war kreidebleich. In Abrames hohe, weiße Stirn hatte man einen Dreizack eingraviert. Poseidon ließ grüßen. Ein wuchtiger Speerschaft trug drei Spitzen, an jeder ging nach rechts unten ein Widerhaken ab. „Entweder die Mörder*innen hatten Zeit oder sie verwendeten einen Stempel aus Stahl", vermutete ich.

Das erstarrte Blut ließ den Dreizack in kräftigem Rot strahlen. (Wobei die Täter*innen das die Gravur überdeckende Blut ganz sorgfältig abgetupft hatten.)

Michael Gewander: Tagebuch

Die Neugier auf meine Person wächst schlagartig, wenn ich einfließen lasse, dass ich bei einem Geheimdienst arbeite. Berichte ich über unseren Alltag, beginnt das große Gähnen. Zum Beispiel unsere Adresse: *„Deutsches Informationsbüro, Oberer Hafen 22, Stettin."* Interessierte finden den Hinweis im Stettiner Telefonbuch oder auf unserer Website. Es ist kein Geheimnis, dass der wichtigste deutsche Geheimdienst sein Verbindungsbüro zur polnischen Regierung und ihren Geheimdiensten in Stettin hat.

Natürlich sind mit unserem Nachrichtenbüro zwei Geheimnisse verbunden, über die ich nicht sprechen darf. Erstens: Warum befindet sich unsere Dienststelle nicht in Warschau? Ich weiß es nicht, Dr. Edeerk weiß es nicht. Niemand weiß es.

Zweitens: In dem uralten Kontor, keine 50 Meter vom dritten Stettiner Hafenbecken entfernt, arbeitet der agilste Geheimdienst Europas: ODRA. Ich habe die Ehre, zu diesem Elitecorps zu gehören. Wir sind neun polnische und neun deutsche Geheimdienstler*innen. Um uns herum arbeiten 30 weitere Mitarbeiter*innen des Deutschen Informationsbüros. Die wissen nichts von ODRA.

Und arbeiten wie jeder Geheimdienst. Im Klartext: Absolut nicht wie James Bond. Geheimdienste beschaffen sich ihre Informationen zu 96 % legal.

Medien (alte, neue, soziale, asoziale) werden abonniert oder gekauft; offizielle Statistiken besorgt, Veröffentlichungen von Behörden, Konzernen und Universitäten usw. Diese gesammelten Terabyte von Informationen müssen sortiert werden. Geheimagent*innen lesen, lesen, lesen und filtern interessante Informationen aus. Das sind um die 2 Promille der ausgewerteten Texte, also zwei Tausendstel. Diese bedeutsamen Hinweise werden Themengruppen zugeordnet und weitergeleitet.

Hier endet die Arbeit des Geheimdienstes. Manchmal erfolgen Nachfragen irgendwelcher Ministerialrät*innen oder Militärs.

Den allergrößten Teil des von uns erarbeiteten Materials (97%) heften Ministerien und untergeordnete Behörden in Ordnern ab (Zukünftig werden sie in Daten-Clouds über den entsprechenden Gebäuden schweben.).

Die verbleibenden drei Prozent werden genauer gelesen.

Drei Viertel von diesen drei Prozent werden mit dem Kommentar: „Das wusste ich doch schon vor einem Jahr", im Panzerschrank für die vertraulichen Papiere verschlossen und sehen nie wieder das Licht der Welt.

Ein Viertel von den drei Prozent der 2 Promille Informationsmenge findet Leser*innen, die sich intensiv mit dem Inhalt befassen.

Im Endeffekt wird ein Zehntel von dem Viertel von den drei Prozent von den 2 Promille Informationsmenge von mehreren Beamt*innen und/oder Politker*innen diskutiert. Falls diese Gremien es für nötig halten, folgen Konsequenzen.

Prickelnde Geheimdienst-Arbeit erfolgt nur in der Abteilung *Desinformation*. *Die* Desinformation, die unsere moderne Zeit einläutete, war die mit den *potemkinschen Dörfern*. Die Lüge war, dass der russische General-Gouverneur Potemkin die Zarin Kathrina II. belogen haben soll. Die inspizierte 1787 „Neurussland" und auch die Krim.
Potemkin soll die Zarin über die viel zu schwache Besiedlung getäuscht haben, indem er Dorf-Attrappen aufstellen ließ. Mit diesen *potemkinschen Dörfern* habe der Gouverneur die Zufriedenheit seiner Herrin erreicht. Diese Behauptung war eine Lüge.
Eine erfolgreiche Lüge. Noch heute glauben viele Leute an diese Behauptung, die vom Personal der Habsburger Botschaft in Petersburg in Umlauf gebracht wurde.
Die Wahrheit: Potemkin ließ keine Dorfkulissen aufbauen.

Natürlich hat diese banale Wahrheit keine Chance gegen die Lüge, die eine Sensation und einen Skandal bedeutet. Mit *potemkinschen Dörfern* werden – solange es Menschen gibt- falsche Tatsachen vorgespiegelt.

Ein ähnliches Kaliber hat die Nachricht vom Tod Kleopatras (der VII., der Großen). Angeblich starb sie durch den Biss einer Schlange. Diese Selbstmord-Variation lässt moderne Menschen wegen ihrer Umstände schaudern. Doch die Ägypter des Jahres 30 v. Chr. verstanden die Botschaft über die Umstände von Kleopatras Tod ganz anders.
Militärisch hatten die Legionen Octavians (der später zu Augustus wurde) die letzte Königin Ägyptens besiegt. Aber durch den Biss der Schlange gelangte Kleopatra in den Olymp der Götter. Die tote Königin wurde für die Ägypter*innen zu einer Göttin.

Ob Kleopatra tatsächlich durch eine Schlange starb, steht nicht fest. Aber ihr Hofstaat hatte großes Interesse, diese Nachricht zu verbreiten: Noch 400 Jahre später beteten Menschen die Göttin Kleopatra an.

Desinformation spielt eine große Rolle, besonders weil explosive Informationen (im Stil von **„Großbritannien schoss vor einer Sekunde zehn atombestücke Raketen auf die Europäische Union ab"**) mit ein paar „Klicks" weltweit verbreitet sind (= milliardenfach – wortwörtlich: Dieser Fake erreicht in einer Sekunde an 1.000.000.000 Menschen - und ein paar mehr).

Abgesehen von unserer speziellen Abteilung: Wer taugt als Agent*in? Wer lesen kann (besonders zwischen den Zeilen), einen wenig abwechslungsreichen Job sucht und mit der bitteren Wahrheit leben kann, dass 99,6% seiner in die Arbeit gesteckten Energie keine Resonanz finden.

Und wie gelangen Geheimdienste an die illegalen 4 % ihrer Informationen? Zu 97 % durch „Mit – und Abhören", zu 2% durch Whistleblower, der Rest ergibt sich durch „Bestechungen".

ODRA funktioniert genauso (zu 85% siehe oben). Doch unsere Aufträge erhalten wir von ganz weit oben, mit präzisen Zielvorgaben, stets mit Termindruck: Die geforderten Erkenntnisse werden gewöhnlich „vorgestern" gebraucht. Seit einem halben Jahr gehöre ich zu ODRA, verpflichtet für insgesamt sechs Jahre. Länger steht niemand diese Anforderungen durch.

Aktuell muss ein Mordopfer verschoben werden. Es begab sich in die Drachenwälder und griff Informationen über ein Nest ab. Darin liegt eventuell ein goldenes Ei, in das sich schon ein König verliebt haben soll. Gemunkelt wird auch über zwei silberne Eier in dem Nest. Die Eier können nur potemkinsche Dörfer sein, heißt es andererseits. Es gebe weder ein Ei, noch drei, noch den König und nicht einmal ein Nest.

In diesem Zusammenhang mobilisierten wir Moritz Prob. Es fiel mir nicht schwer, in der Chefetage für seine Qualitäten zu bürgen. „Dieser Moritz Prob wurde von mir gründlich gecheckt. Keine Vorstrafen, keine Anzeigen, keine Aktenvermerke. Er arbeitet seit zehn Jahren als Objektschützer in Stettin und ist bestens im Geschäft. Die Hafenbehörde und zwei große Firmen geben ihm regelmäßig Aufträge. Ihre Personalabteilungen stufen ihn als zuverlässig und verschwiegen ein. In Flensburg hat er gerade mal einen Punkt."
Die Kopien der entsprechenden Dokumente legte ich vor. Das meiste Gewicht erhielt meine Erwähnung, dass ich selbst bis vor sechs Monaten für und mit Moritz Prob Objekte bewacht hatte. „Wir sind seit unserer Schulzeit befreundet. Herrn Prob zeichnet besonders Flexibilität aus." Also wurde mein Vorschlag angenommen.

Vor fünf Stunden stürmte ich in Moritz´ Ein-Zimmer-Appartement. „Moritz, Deutschland braucht dich!" Ich strahlte ihn an, wedelte mit dem 10.000 Euro-Geldbündel: „Und diesmal zahlt es gut. Einzige Bedingung: Du darfst nicht wissen, was du machst. Und du musst sofort vergessen, was du getan hat."
Der Auftrag sei schnell erledigt, aber brandwichtig und verlange Verschwiegenheit. Ich bat Moritz eindringlich um seine Hilfe: „Lass mich nicht im Stich. Wen kenne ich denn hier in Stettin? Nur dich."
Ganz stimmte das nicht. Schließlich lebe ich lange genug in Stettin, um mir ein feines und solides Netzwerk aufgebaut zu haben. Das aber spricht Deutsch, denn ich kann kaum Polnisch sprechen. Im Gegensatz zu Moritz, der es ausgezeichnet beherrscht.
Darum ist unsere Zusammenarbeit heute Nacht eine perfekte Symbiose. Ich brauche Moritz dringend. Deutschland

braucht ihn dringend. Also hilft er mir und Deutschland und bekommt für seinen kleine Hilfsleistung eine gediegene Summe. Insgesamt 30.000 Euro, die er unversteuert anlegen kann.

Mein Freund Moritz war sehr skeptisch:
"Deutschland braucht mich!" Wirklich? Ist es nicht so, dass in dieser Nacht unbekannte Bestien nach meiner Hilfe greifen? Ein Affe wird gebraucht, der über ein hohes Seil balancieren kann. Aber wie wird er behandelt, wenn er seine Schuldigkeit getan hat? Wer überhaupt sind die Raubtiere? Welche Absichten haben sie, welche Ziele?"

Ich erklärte die Zusammenhänge, ganz unaufgeregt. Natürlich erfuhr er nur das, was er wissen durfte. Doch unsere Freundschaft gründet sich darauf, dass wir immer aufrichtig und fair zueinander sind.

Sammlung 3

Ein Legionär und eine Leiche

So., 2001-08-26

Moritz Prob: Akustisches Protokoll

"Ein Dreizack?", fragte ich. "Welche Bedeutung hat der?"

„Bisher wissen wir es nicht", sagte Dr. Edeerk, „Wir suchen in unseren Unterlagen und im Internet nach allem, was im Umfeld der Ostsee Dreizack-Symbole verwendet." Er zeigte mir vorläufige Ergebnisse der Recherche auf seinem Laptop. Und tatsächlich: Im Bereich der Ostsee-Anrainer-Staaten spielt ein Dreizack als Symbol eine häufige Rolle. Bei Marine- und Taucher-Einheiten, Fischern, Reedereien, Werften, Sportvereinen, Mafia-Organisationen, Parteien, Adelshäusern... Dabei wird der Dreizack oft mit Poseidon oder Neptun garniert oder Meerjung-frauen, Walen, Netzen, Ankern usw. Doch keines dieser Dreizack-Symbole glich zu hundert Prozent dem auf Ben Abrames´ Stirn.

Abrames´ Manager Nils Johannsen informierte mich über die letzten beiden Tage des Sängers: "Ben wurde vor vier Stunden hier in seiner Suite ermordet. Er selbst muss den bisher unbekannten Täter*innen die Tür geöffnet haben. Von gestern Vormittag bis heute Nachmittag hatte Ben sich eine „Auszeit" genommen. In diesen Stunden war er allein unterwegs, wurde weder von der Security noch von mir begleitet   .

Beim Überprüfen seiner Konten und stellten wir fest: Gestern entnahm er um 11.44 Uhr unserem Reisekonto 175.000 Euro. Dann richtete Ben, was er noch nie getan hatte, für diese Summe ein eigenes Konto ein, nur auf seinen Namen. Heute Mittag wurde die komplette Summe auf das Spezialkonto einer Keyman-Islands-Bank überwiesen.

Zählte Ben zu den normalen Stars, wäre zu vermuten, er hätte vielleicht ein Sportflugzeug erstanden, oder ein Sportteam, eine Yacht oder einen Bugatti. Aber er liebte das Ausgefallene. Als vorletztes kaufte er ein Bio-Museum, das sich der Rückzüchtung alter Tierarten verschrieben hat, vom Pferd bis zur Wildkatze.
Als Ben heute zur Konzertprobe kam, war völlig euphorisch. Abends erlebte das Publikum eines seiner besten Konzerte. Obwohl er vor dem heutigen 32. Tourneeauftritt ziemlich ausgelaugt war. Alle Besucher*innen nahmen seinen Spirit auf und gerieten in Ekstase. Das war faszinierend.

Wir Manager handeln prinzipiell mit Fassaden und Illusionen. Aber dieser Auftritt, sein letzter… wuchs für mich zu einem Akt der Psychohygiene aus, als mir während des gestrigen Auftritts klar wurde: Ben Abrames ist ein wirkliches Talent, ein begnadeter Sänger… Vor allem einer, der seine Texte ernst meinte. Und gleichzeitig hütete er ein dunkles Geheimnis, ein tödliches…

Nach dem Konzert begab Ben sich gleich in seine Suite. Vor anderthalb Stunden fand ich ihn … so, wie er… vor uns liegt…" Nils Johannsens Stimme versagte. Tränen standen in seinen Augen. Um ihm zu helfen, eilte ich zur Tür und öffnete sie. Michi stand dort, mit einem großen Rollkoffer.
„Wo ist die Küche?", fragte ich.
„Was brauchen Sie?", fragte ein massiger Nebelschatten.
„Ein Glas Wasser für Herrn Johannsen!"
„Wird gebracht!" Der Massige bewegte sich schnell wie ein Blitz. Ich war perplex.

Keine Minute später hielt Johannsen ein Glas Wasser in seiner Hand und trank in kleinen Schlucken.

Michi Gewander hatte den Raum im Schatten des Massigen betreten und schob in gespenstiger Stille den Rollkoffer zum Bett. Er sah zu Dr. Edeerk. Der nickte unmerklich. Michi legte den Koffer sanft auf das große Bett neben die Leiche. Johannsen trank einen letzten Schluck und sagte: "Ben muss etwas erworben haben, dass einem anderen heilig ist. Oder er wurde betrogen, und ihm sollte nur Geld abgezogen werden…"

Er sah uns fragend an. Dr. Edeerk zuckte die Schulter. Er konnte diese Frage nicht beantworten, noch nicht: „Wir werden dieses scheußliche Verbrechen aufklären, Herr Johannsen."

Dr. Edeerk sah in meine Richtung: „In Stralsund wird der Dreizack auf Herrn Abrames´ Stirn verschwinden. Eine Spezialistin hält sich dort bereit. Sie wird informiert, wenn Ihr Werk getan ist, Herr …"

„Prob. Moritz Prob!"
„Herr Prob, vielen Dank für Ihre wichtige Hilfe!"
Michi trat an mich heran und flüsterte kaum hörbar: "Die Leichenstarre scheint einzusetzen." Er war sichtbar ungeduldig.
Der Manager bemerkte nichts davon und verlor erneut die Kontrolle: "Warum hatte Ben kein Vertrauen? Zwischen uns gab es doch keine Geheimnisse..." Er senkte den Kopf.

Dr. Edeerk packte ihn beschwichtigend am Unterarm und erläuterte leise: "Herr Johannsen, wir haben es besprochen. Es ist für alle besser, wenn Herr Abrames in einem Hotel in Stralsund gefunden wird. In zwei Wochen gibt es Parlamentswahlen in Polen. In diesem Zusammenhang könnte die Ermordung eines hochpopulären deutschen Sängers in Polen negative Emotionen wecken. Deshalb bitten beide, die deutsche und die polnische Regierung gemeinsam, den offiziellen Ort der Ermordung zu verlegen.

Sonst könnten aufgebrachte deutsche Fans polnischen Behörden Schlamperei vorwerfen, und der freie Tag, den Abrames einlegte, bietet Anlass für die tollsten Gerüchte.

Hier in Polen wiederum gibt es eine sehr, sehr kleine Minderheit, die die Kunst des lauten Schreiens perfektioniert hat. „Die Deutschen werden diesen Mord als Anlass für einen Krieg nutzen!", werden sie prophezeien. „In Vorpommern, Brandenburg und Sachsen warten deutsche Armeen in geheimen Bunkeranlagen darauf, uns Polen erneut überfallen zu können."

Nils Johannsen schüttelte sich und sah uns an. Entweder hatten Dr. Felix Edeerks Worte ihn nicht erreicht oder ihn nicht überzeugt. Als er mich ansah, nutzte ich die Chance, und versuchte, diesen Dr. Edeerk zu unterstüttzen, der meinen Namen bestimmt schon wieder vergessen hatte:

„Die totale Verschiebung der Völker hier in diesem Zipfel Europas ist ja erst zwei Generationen her. Vom Gefühl vieler Beteiligter her passierte das erst gestern. Es ist möglich, dass Polen fürchten, die Deutschen wollten hierhin zurück. Die wissen eben nicht, wie wir Deutsche ticken. Für Westpreußen würde keiner von uns in den Krieg ziehen.
Die Deutschen wollen keine Kriege, die buchen Urlaubsreisen. Wie viel Prozent der Wählerstimmen würde in Deutschland eine Partei erreichen, die den Gardasee oder Mallorca erobern und zu Teilen der Bundesrepublik machen wollte?"
Johannsen schmunzelte kurz, fiel aber gleich darauf in seinen dunklen Gemütszustand zurück. Dr. Edeerk griff vorsichtig Johannsens rechten Unterarm und führte ihn langsam zur Tür: "Sie können mit mir fahren. Auf keinen Fall sollten Sie gleich allein mit dem eigenen Wagen nach Stralsund aufbrechen."

Die Tür schloss sich. Michi drängte, und ich half ihm sogleich: "Moritz, noch haben wir eine Chance, die Leiche in den Koffer zu bekommen. Aber es gibt Anzeichen erster

Leichenstarre! Übrigens: Wenn du die Leiche in Stralsund verstaut hast, musst du ganz unauffällig verschwinden. Sonst könnten dich die falschen Leute für den Täter halten, besonders die Polizei."

Während wir schweigend die Leiche in den Rollkoffer steckten, hätte ich gerne den Fernseher oder ein Radio angestellt. Was irritierte mich während der Arbeit? Das waren weder der Leichengeruch noch die Tatsache, dass ich durch die dünnen Haushalts-Handschuhe mit der Kälte, der Haut, den Muskeln und den Knochen des Toten in Berührung kam. Aus dem Gleichgewicht brachten mich die Geräusche. Das sanfte Knacken der Gelenke, das Reiben der Haut an der Kleidung. Diese fast unhörbaren Details kosteten mich Nerven, viele Nerven.

"Ben Abrames ist meine erste berufliche Leiche", überlegte ich. Vor zehn Jahren hatte ich mir meine Arbeit als Objektschützer völlig anders vorgestellt: Keine Nacht ohne Nervenkitzel und große Gefahren. Nun: „Jedem Anfang wohnt ein Zauber inne." Jetzt weiß ich es besser. Und trinke jede Nacht zwei Liter Kaffee, um nicht einzuschlafen.

Ob ich Michi nach der Zahl seiner professionellen Leichen fragen konnte? Ich entschied, die Frage auf ein späteres Treffen zu verschieben. Damit die Leiche nicht im Koffer hin und her rutschte, füllten wir den leeren Raum des Koffers mit Kleidungsstücken. Michi holte Hosen, Hemden, T-Shirts und Unterwäsche von Ben Abrames: „In Stralsund kannst du die Teile im Schrank verstauen. Dann haben Unbedarfte den Eindruck, er habe in der *Hanse*-Suite logiert."

Die Leiche lag jetzt im Koffer, mit angewinkelten Füßen kauernd. Wie ein Fötus im Mutterleib. Nur war es diesmal ein Danach und kein Davor. Zum Schluss deckten wir Abrames´ Leiche mit zwei Anzügen ab. "In den Koffer passt mehr rein, als ihm von außen anzusehen ist", flüsterte Michi. "Ich war mir nicht sicher, ob der Koffer groß genug für Ben Abrams Leiche ist. Irgendwie verband ich die Größe seines Körpers mit der Größe, die er für seine Fans hat. Er war ein ausgezeichneter Star."

„Also, falls dir dein Beruf nicht mehr gefällt: Als Leichenredner hättest du gute Chancen", sagte ich und schloss rasch den Koffer. Seine drei Verschlüsse schnappten geräuschlos ein. "Ein ausgezeichneter Star, ein ausgezeichneter Koffer", kommentierte ich ironisch.

Innerlich verstand ich Michis Respekt vor dem Toten. Der Gerichtsmediziner hatte Ben Abrames ganz abgeschminkt, doch sein Gesicht strahlte immer noch eine positive Aura aus. Es glich aufs Haar dem humorvollen Gesicht auf den Autogrammkarten. Ben Abrames war sportlich durchtrainiert, und seine dunkelblonden, gelockten Haare musste er nicht färben lassen. Abrames musste den Pfau nicht spielen. Er war einer.

"Stellen wir den Koffer auf die Rollen?", fragte ich Michi, denn das gerade verschlossene Teil lag noch immer auf dem Bett. Er nickte und wir beide packten zu. Im Nu stand der Koffer auf dem Boden und wir rollten ihn zur Tür. Geräuschlos wie eine anschleichende Katze glitt der Koffer in den Flur.

Als ich die Schlafzimmertür hinter uns schloss, winkte mich Michi mit verschmitztem Gesicht zu sich. Seine Augen leuchteten wie damals, als wir Schüler waren und gemeinsam Streiche ausheckten. Er wirkte in diesem Moment zwanzig Jahre jünger. Michi zog mich durch eine Tür in die Pantry und schlich zu einem kleinen Tisch mit einer abgedeckten Servierplatte. Neben dieser lag ein Etikett *Echter Beluga-Kaviar*.

„Möchtest du vor dem Friedhofstransport himmlischen Nektar speisen?", fragte Michi. „Das ist absolut echter

Kaviar, Rogen von wirklich noch frei lebendem Stör. Im Prinzip unbezahlbar und selten." Er nickte mir zu: „Der Mensch ist, was er isst."

Ich blickte ihm unbeeindruckt in die Augen: „Und was *isst* der Mensch, Michael? Pferde, Hunde, Frösche, Schnecken. Sowie Wurzeln, Blätter, Blumen... Tauben, Tintenfische, Insekten und Igel... Letztlich auch Maden und, nun ja... Menschen. Wie die Schweine sind wir Menschen eben Allesfresser."

Michi ging nicht darauf ein: „Du hattest deine Chance!" Er stecke sich einen halben Löffel voller Kaviar in den Mund und kaute andächtig. Noch immer war Michi der jugendliche Schüler, der gerne Streiche ausheckte.

Im nächsten Moment eilte er zum Koffer. Gemeinsam schoben wir ihn bis zur Eingangstür. Hier nickte er mir ernst und bestimmt zu: "Nun ist das *allein* dein Spiel."

Er zeigte mir auf seinem Smart-Phone eine Adresse: „Dein Spiel bis zur *Hanse-Suite* des Hotels Hotels *Kaiserhof*, Nikolausstraße 19, in Stralsund. Der Service-Eingang liegt auf der rechten Seite des Gebäudes. Hier sind vier Schlüssel. Mit dem ersten Schlüssel lässt sich die Schranke zum Parkplatz öffnen. Mit den anderen der Service-Eingang, der Lastenaufzug und die *Hanse-Suite*.
Sie liegt im fünften Stock vom Aufzug aus rechts. Dort legst du Ben Abrames aufs Bett. Den Koffer nimmst du wieder mit und entsorgst ihn. Für dich wurde ein Zimmer bestellt, in Altefähr auf Rügen."
Michi übergab mir einen Prospekt: Hotel *Strelasund*, Altefähr, Hiddenseeweg 1. Weiter informierte er mich: "Von unseren Leuten wird sich dir keiner zeigen. Meine Aufgabe ist es, hier alle Hinweise auf Ben Abrames wegzuräumen. Wir sehen uns ..."
Polterndes Klopfen an der Tür unterbrach Michael.

Moritz Prob: Brief

Stettin, 26. August 2001
[Nicht abgeschickt]

Hallo, Meline,

ein harmloser Vorfall brachte mir schlagartig ins Bewusstsein, dass Opa Georgs berühmte Geschichte sich gerade
mal 100 Kilometer von hier abspielte. Mich erstaunt, wie
rasch sich Umstände grundsätzlich ändern können. Ich
lebe, arbeite und liebe (letzteres neuerdings) im jetzt
polnischen Stettin. In Frieden und Freundschaft und das
als Deutscher. Noch vor achtzig Jahren herrschte zwischen
unseren Völkern Verachtung und Feindschaft.

Kennst du Opa Georgs Geschichte überhaupt? Als ich so
alt war wie du, kannte die ganze Familie sie. Nach Opa
Georgs Tod waren alle froh, von seinen Erinnerungen an
1945 nicht mehr hören zu müssen. Vielleicht verhält es
sich mit dieser Geschichte wie mit Plauen. Keiner aus
unserer Familie weiß, wo Plauen liegt. Denn wir wollen es
nicht wissen.

Letzte Nacht träumte ich Opa Georgs Geschichte. Und mir
wurde auf einmal klar, dass diese Story Teil unserer Fami-
lientradition ist. So wie die Stadt Plauen.

Als ich schweißgebadet erwachte, bebte der Boden noch
unter dem Wummern des Panzermotors. Die heftige Explosion hatte meine Ohren betäubt. Zum ersten Mal hatte ich
sie ganz geträumt, die Geschichte deines Urgroßvaters,
aus seiner Perspektive, vom ersten bis zum letzten Augenblick, ohne kleinste Unterbrechung.

Bisher fanden immer nur Teile des Mosaiks Eingang in meine Träume. Die Frauen beim Mittagessen, ein ängstlicher Soldat, die Suppe, die toten Kinder. Vor 25 Jahren hatte Großvater Georg auch mir die Geschichte erzählt, bei jedem Besuch.

Sie enthielt Ungereimtheiten. Mit zehn Jahren hatte ich ihm noch jedes Wort geglaubt. Mit dreizehn kamen mir die ersten Zweifel. Da war Opa schon sechs Monate tot, und Einzelheiten ließen sich nicht mehr erfragen. Woher konnte Großvater Georg wissen, was in jedem Haus geschehen war? Woher wusste er, was alle Beteiligten dachten, wollten und fühlten?

Großvater Georg bestand darauf: Alles sei *so* gewesen, damals, 1945. Er habe nichts erfunden und lasse nichts aus. Er habe nichts zu verschweigen. Darüber ließ er nicht mit sich diskutieren. Die Besuche bei Großvater Georg hatten auch schöne Seiten. Uns Enkeln drückte er immer einen Fünf-Mark-Schein in die Hand. Und wenn er sang... Er hatte eine herrliche Bariton Stimme.

Auch heute noch geistern Lieder, die wir gemeinsam sangen, als Ohrwurm durch meinen Schädel. „Wir wollen zu Land aus fahren, wohl über die Fluren weit...“

Alle hätten Großvater Georg viel öfter besucht, wäre da nicht seine Geschichte gewesen, die er immer und immer wieder erzählen musste. Ich war stets ganz Ohr, auch meine Cousins Holger und Daniel. Krieg, Schüsse, Leichen... Wir lauschten gebannt, und uns fiel nie auf, wie ein Erwachsener nach dem anderen sich aus dem Zimmer schlich. Großvater Georg soll die Geschichte noch auf seinem Sterbebett erzählt haben.

Auf jeden Fall träumte auch mein Vater von dieser Story. Er verriet es mir, als er einmal morgens während des Urlaubs am Plattensee erschöpft am Tisch saß. Er habe das Blut der Toten gerochen.

Großvater Georg erzählte ganz freimütig, dass er sich damals in die Hose gemacht hatte. Und irgendwie glaube ich jetzt, seine Geschichte war unverdaute Wahrheit. In einer Reihe von Punkten wird die Erinnerung ihn betrogen haben. So wie er bei anderen Details seine Erinnerung betrog.

Aber am verborgenen Kern seiner Geschichte habe ich keine Zweifel. Er war jung, er hatte Ideale und Träume. Er wollte das Gute. Und fand sich plötzlich als Täter mitten in einem Krieg, bewaffnet mit Gewehr und Handgranaten.

Georg Probs Geschichte

Am 15. Februar 1945, einem bitterkalten Tag, streifte der kleine Rest der Einheit, zu der Großvater gehörte, auf dem Rückzug nach Deutschland durch Polen. Sie orientierten sich in Richtung Seelower Höhen. Dorthin, wo sich die deutsche Wehrmacht aufstellte, um Deutschland zu verteidigen, Berlin und den "Österreicher". Der Zug der zwölf Soldaten, angeführt vom 23-jährigen Leutnant Nordmann, hielt auf ein polnisches Dorf zu.

Leise bewegten sie sich…, vorsichtig, lauernd. Der Krieg war verloren. Aber sie wollen nicht sterben. Waren Russen in der Nähe oder Partisanen? Am Rand des Dorfes sahen sie nur zwei Frauen und ein kleines Mädchen.

„Teilen wir uns in vier Gruppen. Esst und ruht euch aus. In exakt drei Stunden: Treffpunkt hier", wies Leutnant Nordmann sie an. So zogen sie los und steuerten auf verschiedene Häuser zu. Die Gewehre entsichert, denn sie rechneten mit allem.

Gernot, Friedhelm und Otto, die sich gleich dem ersten Haus zuwandten, fanden in der Küche eine Frau in alter, sichtbar geflickter Kleidung. Sie kochte gerade Suppe.

Unfreundlich starrte die Frau sie an. Waren die Deutschen nicht endlich weg? Nun standen drei dieser verfluchten Feinde vor ihr, schwenkten ihre Gewehre und verlangten das wenige Essen, das sie gerade für ihre Familie kochte.

Wütend stellte die Bäuerin drei Teller auf den Tisch. Den Soldaten war es egal. Würziger Duft der Suppe nahm ihre Sinne ganz in Anspruch. Die Bäuerin wies mit der Hand in Richtung Stühle. Sie sollten sich setzen. Die drei Soldaten zogen nur ihre Handschuhe aus, denn der Herd strahlte nicht genügend Wärme für den Raum ab. In den Augen der Bäuerin zeigte sich Verachtung und Furcht, als sie die Löffel auf den Tisch legte.

Ein kleines Mädchen kam herein. Sein Mantel hatte an der Seite einen Riss. In seinen kalten Händen hielt es eine kleine Puppe, der ein Auge fehlte. Zutraulich kam das Mädchen an den Tisch. Gernot streichelte die Puppe.

Das Mädchen blieb vor dem Tisch stehen und bat die Mutter um etwas. Die verneinte barsch. Das Essen war nur für die Soldaten. Unglücklich, aber auch hoffend, blickte das Mädchen von einem Soldaten zum anderen. Die Frau stellte den heißen Topf auf den Tisch und füllte mit einer Kelle die Teller auf. „Danke", sagte Gernot. Die anderen sagten nichts. Sie waren die Herren. Diese Polin hatte zu parieren. Gierig löffelten sie die Suppe in sich hinein.

Friedhelm meinte zu Gernot: „Die kocht ordentlich. Lang zu, sonst esse ich dir alles weg!"
Aber Gernot löste seinen Blick nicht von dem kleinen Mädchen. Es litt: "Warum essen die Soldaten meine Suppe? Dürfen die das? Ich habe einen Riesenhunger."

Die Mutter stand am Herd und kochte einen weiteren Topf mit Suppe. Mit einem Teller Suppe wären die Soldaten kaum zufrieden. Gernot konnte einfach nicht essen, solange dieses kleine, hungrige Geschöpf ihn immer weiter anstarrte. Er winkte das Mädchen zu sich und setzte es auf seinen Schoss. Er zeigte auf sich: "Gernot."

Dann zeigte er auf das Mädchen. Sie verstand, reagierte aber gewitzt. Sie zeigte ihre Puppe und sagte: "Maria!" Gernot nickte. Er zeigte auf sich: "Gernot!" Dann nahm er die Puppe in die linke Hand: "Maria!"
Mit der Hand der Puppe zeigte er auf das Mädchen. "Halina", lachte sie. Nun sprachen beide zusammen: "Maria. Gernot. Halina."

Halinas Augen strahlten. Die Freude stand ihr ins Gesicht geschrieben. Fröhlich lächelte sie Gernot an, streichelte seinen Arm und seine Hand. Gernot sprach mehr zu sich selbst: "So eine zarte Haut."
Diese feinen Kinderhände! Halina schüttelte ihre blonden, lockigen Haare. Sie kitzelten seinen Hals und sein Kinn. Gernot gab Halina seinen Löffel. Die Kleine aß mit weit ausholenden Gesten. Nach jedem Löffel Suppe funkelten ihre Augen. Halina war so dankbar!

Gernot schwebte in Glück und Zufriedenheit. Er wusste von keinem Krieg mehr. Dieser kurze Moment wuchs zu einem Stück Ewigkeit. "Pax in Bellum", flüsterte Gernot, "Pax in Bellum."
„Du kommst noch vor ein Kriegsgericht, wenn du dich mit Polinnen einlässt", frotzelte Otto mit belehrender Stimme. Die Mutter drehte sich um, um zu sehen, was los war. Sie sah ihre Tochter die Suppe essen. Auf einen Schlag war ihr Gesicht kalkweiß. Ihr Mund öffnete sich zu einem stummen Schrei. Sie stürzte auf ihr Kind zu, riss es von Gernots Schoss und umschlang es klagend.

Otto und Friedhelm sahen sich fragend an. Gernot begriff sofort: „Gift! Sie hat die Suppe vergiftet! Steckt eure Finger in den Mund! Spuckt sofort alles aus! "

Die beiden anderen sprangen hoch, würgten und stürzten nach draußen. Halinas Mund füllte sich mit hellgrünem Schaum. Stoßartig quoll er ihr auch aus der Nase. Halina versuchte zu sprechen, konnte aber nur noch lallen. Der Schaum vor dem Mund bildete große Blasen. Ekliger Gestank füllte die Küche. Roch der Schaum so oder Halina?

Der bittere Dunst ließ Gernot Galle spucken. Dabei hatte er heute noch keinen einzigen Bissen gegessen.

Draußen stülpten sich die Magen seiner beiden Kameraden nach außen. Er hörte Erbrechen und Jammern, gepaart mit irrem Lachen. Halinas Kopf zuckte nach hinten. Ein langer, kreischender Laut füllte die Küche. Die Bäuerin stürzte mit ihrer toten Tochter hinaus, hockte sich auf den eiskalten Boden und umklammerte Halina mit weit aufgerissen Augen.

Gernot sah aus dem linken Fenster auf seine Kameraden, die noch zuckend mit verrenkten Gliedern auf dem Hof lagen. Da erklangen hohe Stimmen an der hinteren Tür. Zwei Kinder traten ein, dick vermummt, ein Junge und ein Mädchen. Das konnten nur Halinas ältere Geschwister sein.

Zorn packte Gernot, unstillbarer Zorn. Diese Bälger lebten, und ihre Mutter hatte Otto und Friedhelm heimtückisch getötet. *Krieg! Es war Krieg!*

Nun, die beiden waren gekommen, um zu essen. Er würde ihnen ein besonderes Mahl vorsetzen... Doch dieser eklige Geruch. Er störte! Gernot sprang auf, öffnete kurz die Fenster und winkte die Geschwister an den Tisch, holte zwei Teller und schenkte mit der Kelle Suppe ein.

Dann nickte er ihnen zu, so gleichmütig, wie er eben konnte. Der Junge aß mit großem Appetit. Das Mädchen nahm zwar den Löffel in die Hand, aber es zögerte zu essen. Instinktiv fühlte die Kleine, dass sie am Rand einer Fallgrube stand.

"Iss!", befahl Gernot. Er wunderte sich über den Gleichmut in seiner Stimme. Sie nahm nur einen Löffel. Gernot setzte sich zu ihr und streichelte ihre linke Hand: "Iss!" Sie aß, mit Unverständnis in ihren Augen. Als sie sieben Löffel gegessen hatte, lächelte er. Das durfte genügen. Er erhob sich langsam und ging zur Tür: "Adieu!"

Der Junge hielt plötzlich beide Hände vor seinen Mund und würgte. Gernot ging die Treppe hinunter, um nach seinen Kameraden zu sehen: "Wir müssen sie doch begraben! Seit anderthalb Jahren waren wir zusammen. 3000 Kilometer marschierten wir gemeinsam. Und jetzt sind sie krepiert. So kurz vor dem Ziel! Die Alte soll sie begraben. Und dann knalle ich sie ab."

Wie aus dem Nichts stand plötzlich die Bäuerin hinter ihm. Mit ganzer Kraft drosch sie eine Eisenstange auf seinen Kopf.
Während der Kämpfe der vergangenen Monate hatten alle in Leutnant Nordmanns Gruppe ein sicheres Gespür für Gefahr entwickelt. Gernot hatte die Bäuerin weder gehört noch gesehen. Aber sein Instinkt warnte ihn. Mit einem Ruck drehte er sich der Frau entgegen. In dem Moment, in dem sie zuschlug, stieß Gernot den Schaft seines Gewehres in ihren Brustkorb. Er hörte noch die Rippen brechen. Die Rippen, die sich tief in ihre Lunge bohrten.

Sie brach zusammen und kroch auf ihn zu, wollte ihn erwürgen. Der Mörder ihrer Kinder hatte kein Recht zu existieren. Ihre rechte Hand berührte seinen Hals. So blieb sie liegen. Es sah so aus, als wollte sie ihn streicheln.

Am Abend fanden Leute vom Nachbardorf die beiden, erfroren und erstarrt nebeneinander liegend. "Jesus, Maria, das könnten ja Mutter und Sohn sein", meinte ein Mädchen. "Wie beide da zusammen liegen, blond, blauäugig, groß. Waren sie vielleicht miteinander verwandt und wussten es nicht?"

Die Bäuerin bekam ein Grab. Gernots Kadaver und die seiner Kameraden zerfetzten sie mit zwei Handgranaten.

So endet der erste Teil von Opa Georgs Geschichte. Ob die Menschen damals wussten, warum sie Feinde waren?

Dein Onkel Moritz

Moritz Prob: akustisches Protokoll

Auf das laute Klopfen an der Eingangstür reagierten Michi und ich völlig unterschiedlich. Ich blieb wie angewurzelt stehen, Michi verschwand geräuschlos in der kleinen Küche. Wie aus dem Nichts hatte er eine Pistole in der Hand. Ich nahm ein Klacken im Türschloss wahr, dann öffnete sich die Tür um einen kleinen Spalt.

"Hallo?", fragte eine höfliche, alte Stimme. "Hallo? Ich bin der Nachtportier. Frau Wissem schickt mich. Hallo?" Die Tür öffnete sich um weitere fünf Zentimeter.

Rasch schlich ich zur Wand hinter der Tür. Da fühlte ich mich sicherer. Bewusst antwortete ich laut: "Ja, Hallo! Ich bin hier im Schlafzimmer. Warum schickt Sie Frau Wissem?"
Die Tür ging noch weiter auf und herein trat ein weißhaariger Mann in Portieruniform. Als ich hinter der Tür hervortrat, zuckte er zusammen. Wahrscheinlich hatte er mich wirklich im Schlafzimmer vermutet.
Michi kam aus der Küche, ohne Pistole. "Guten Morgen, Herr Ziglevsky!", sagte er entspannt.
"Guten Morgen, Herr Gewander!", antwortete der alte Pförtner Ziglevsky servil. "Ich soll Sie mit einem Kostümkoffer durch das Kellerlabyrinth zum Parkplatz geleiten. Da unten kann man sich tagsüber am Licht der Kellerfenster orientieren. Aber nachts haben sich dort bereits einige Köche verlaufen.
Entschuldigen Sie bitte mein lautes Klopfen. Frau Wissem sagte, ich dürfe auf keinen Fall die Klingel benutzen." Herr Ziglevsky lächelte freundlich und arglos.
„Er kann nichts wissen. Sonst hätte er nicht so heftig gegen die Tür geklopft und sie dann sofort selbst geöffnet.

Wüsste er etwas über Ben Abrames´ Tod, verhielte er sich anders. Er hatte auch nicht danach gefragt, warum er nur klopfen durfte. „Dieser Ziglevsky ist eine auf Gehorsam gedrillte Arbeitsbiene", folgerte ich.

Michi wies mit seiner Hand in meine Richtung, gab dem Nachtportier ein hohes Trinkgeld und erklärte: "Ben Abrames muss leider sofort abreisen. Den Koffer mit seinen Kostümen soll Herr Müller transportieren. Sein Kombi steht zehn Meter vom Personaleingang entfernt. Von dem Transport und Herrn Müller darf in den nächsten Stunden niemand etwas erfahren, Herr Ziglevsky.
Sonst heften sich Fans an Ben Abrames´ Fersen. Ich verlasse mich auf ihre Verschwiegenheit. "

Ich lächelte dem Portier zu: „Hallo!" Der lächelte zurück. Da wir uns gegenseitig als Lastenesel einstuften, gaben wir uns nicht die Hand.
Michi sagte noch zu mir: „Morgen Abend bringe ich Ihnen die restlichen 20.000 Prospekte in die Firma, Herr Müller, in vier Kartons." Wieder hatte er sein Schulbubengrinsen im Gesicht.

Wir beide verabschiedeten uns per Handschlag, dann schob ich den Rollkoffer in Richtung Tür. Herr Ziglevsky öffnete sie sofort, eilte weiter zum Service-Lift und drückte den Kopf. Mit dem Tempo eines Rehbocks sauste er wieder zur Suite, schloss geräuschlos ihre Eingangstür und stand nur einen Augenblick später wieder am Aufzug. Der Mann arbeitete hart für sein Geld.

Neben dem Lift hing ein großes Bild. Bei aller Verfremdung war das leuchtende Stettiner Schloss sofort zu erkennen. "Das wäre etwas für mein Büro", überlegte ich. Meine polnischen Klienten würden sich über meine Liebe zu Stettin begeistern; den deutschen könnte ich erst einmal erklären, welches Highlight dargestellt ist.

Der Aufzug war nicht zu hören, weder sein Herankommen noch das Öffnen der Tür. Ich schob den Koffer herein, Ziglevsky drückte auf *–2*. Lautlos wie eine Raubkatze glitt der Aufzug nach unten und öffnete sein Maul. Dann ging es durch die Flure: nach links - rechts – rechts - links - rechts - links - links - links - rechts. Das Einzige, was wir im Keller hörten, waren unsere Schritte und manchmal die flüsternden Rollen des Koffers.

Jede Wand strahlte orange, alle Eisentüren waren babyblau, feuerfest und schallschluckend. Viele LED-Strahler sorgten dafür, dass keine Schatten entstanden. Wir kamen auch durch einen Raum, in dem sich hunderte von himmelblauen Putzeimern stapelten, jeder mit der englischen St. Andrews´ Flagge bedruckt.

"Soso, deshalb also *Hotel London* ", schmunzelte ich und gab gleichzeitig den Gedanken auf, mir diesen Weg einzuprägen. Herr Ziglevsky führte mich mit gleichmäßigem Schritt durch das Labyrinth. „Fiele das Licht aus, könnte er mich so sicher wie ein blinder Maulwurf durch dieses Gewirr führen", war ich mir sicher.

„Gleich sind wird da", sagte der höfliche Nachtportier. Konnte er meine Gedanken lesen? Ziglevsky öffnete die nächste Tür und erstarrte in seiner Bewegung. Still stand er da, wie eine Salzsäule. Der Schreck lähmte ihn. Im Nu erfasste ich die Lage. Direkt vor meinem Begleiter standen zwei Männer. Sie trugen schwarze Gesichtsmasken und Handschuhe. Der rechte Mann hatte etwas in seiner Hand. War das eine Pistole?

Mir spielte nicht nur der Vorteil in die Hände, dass ich hinter dem Nachtportier stand. Situationen dieser Art hatte ich wegen meines Berufes gedanklich öfter durchgespielt. "Was wäre, wenn?" - Auf einem Kontrollgang stehen dir plötzlich Raubtiere gegenüber. Abtauchen ist nicht mehr möglich, im besten Fall ein sich verteidigen. „Was dann?"

„*Security! Alarm!*", brüllte ich so laut, dass alle drei vor mir zusammenzuckten. Die beiden Maskierten reagierten so, wie ich es erhofft hatte. Sie machten auf dem Absatz kehrt und flohen wie Hasen.

Ziglevsky griff sich an die Brust. „Das ist mir ja noch nie passiert! Noch nie in all den Jahren. Danke, Herr Müller. Danke! Die hätten mich bestimmt zusammengeschlagen!" Der Portier lehnte sich gegen die Wand und amtete drei-, viermal kräftig durch.

„Das war der dritte Einbruchsversuch am Liefereingang in diesem Vierteljahr. Wie oft habe ich Frau Wissem vorgeschlagen, hier eine ständige Außenbeleuchtung und eine aktive Videokamera anbringen zu lassen. Sie nickte jedes Mal, sagte aber nichts.
Hat sie Beleuchtung und Kamera bei der Geschäftsleitung beantragt?" Ziglevsky zuckte mit den Schultern.

"Wenn der Antrag genehmigt wurde, hat Frau Wissem den Auftrag erteilt?" Herr Ziglevsky zuckte wieder mit den Schultern.
„Sollte sie den Auftrag erteilt haben, kann die Sicherheitsfirma den Auftrag noch in diesem Jahr erledigen?" Ziglevsky zuckte zum dritten Mal mit den Schultern.
Ich nickte zustimmend mit dem Kopf. Verwaltung bedeutet Anonymität eines Ameisenhaufens. Welcher Antragsteller weiß schon, welche Büros in welchen Gebäudeflügeln an welchem Tag zu welchen Vorgängen welche Entscheidungen verschieben?

Bei allem Ärger konnte ich mich über einen Punkt freuen: "Der alte Mann hat sich wieder gefangen." Eine Minute später spähte Herr Ziglevsky vorsichtig durch die ramponierte Eingangstür des Lieferanteneingangs. Er ging kurz hinaus, kam zurück und flüsterte mir zu: „Nichts und niemand in Sicht, Herr Müller!"

Anschließend riss er die Tür ganz auf. Mein Kombi stand zehn Meter vom Eingang entfernt. Mit dem linken Zeigefinger drückte ich die Fernbedienung. Die Ladeklappe meines Wagens bewegte sich nach oben. Dorthin schoben wir den Koffer und wuchteten ihn auf die Ladefläche.

"Das sind aber schwere Kostüme", meinte Herr Ziglevsky.

"Ja, im Koffer sind elf Ordner mit neuen Songtexten und anderer gewichtiger Kram, der bald in irgendwelchen Papierkörben landet", beschwerte auch ich mich über den viel zu schweren Koffer.
Erneut drückte ich die Fernbedienung. Die Kofferraumklappe schloss sich von selbst. Zum Abschied bedankte ich mich beim Portier für die große Hilfe.
Der bedankte sich ebenfalls: "Herr Müller, *ich danke Ihnen* für Ihr Eingreifen. Sonst läge ich in diesem Moment zusammengeschlagen im Keller, ohne dass es irgendjemand wüsste."
Auf dem Rückweg griff Ziglevsky zu seinem Handy. Mit Sicherheit verständigte zuerst Frau Wissem und erst danach die Polizei.

Geheimer Bericht: Wagen S 11

Archiv, die Ersten der Zwei

Um 1.44 Uhr startete P. vom *Hotel London*. Wir waren uns sicher: Das gesuchte Objekt muss im Rollkoffer stecken. Zu Beginn der *so nicht geplanten Verfolgungsfahrt* meldeten wir, dass unser Tank fast leer war.

Zweimal wechselte P. auf Nebenstraßen. Er wollte sicherstellen, dass ihm niemand folgte. Wir blieben nur deshalb unentdeckt, weil wir uns nach dem Peilsender richten konnten. Schließlich fuhr P. einen kleinen Parkplatz an und stieg mit einem Kästchen im Format einer Streichholzschachtel aus dem Wagen. Es war vermutlich ein Detektor. Denn er ging konzentriert eine Skala beobachtend um seinen Kombi. Plötzlich blieb P. wie angewurzelt stehen. An seinem Kästchen ein leuchtete rotes LED-Lämpchen auf. Wir sahen uns erschrocken an. Befand sich an dieser Stelle nicht unser Sender?

P. bewegte sich vorsichtig einen halben Schritt weiter. Vibrierte der Detektor nun zusätzlich? Ja! Die Vibrationen waren am Radkasten des rechten Hinterrades am stärksten. P. bewegte das Kästchen langsam am Radkasten vorbei. Drei rote Lichter der LED-Anzeige leuchteten an dieser Stelle. Nachdem P. den Detektor auf das Wagendach gelegt hatte, griff zu seiner Taschenlampe und kniete sich auf den Boden.

Er richtete die Taschenlampe in den Radkasten und schaltete sie an. Ihr Licht muss sofort auf unseren kleinen Sender an der höchsten Stelle des Radkastens gefallen sein. P. hebelte den 5 cm langen und nur mit einem Magneten versehenen Sender ab, ging zum nächsten Wagen und befestigte den Sender dort unter dem Seitenholm.

Sofort kehrte P. zu seinem Kombi zurück und setzte die Suche nach weiteren Sendern fort, ohne positives Ergebnis. Gleich darauf startete P. seinen Kombi. Zehn Minuten später waren wir uns sicher, dass er über die Grenze fahren wollte. Das Objekt nach Deutschland zu bringen, war ein cleverer Schachzug seiner Organisation. Zu unserer Überraschung bog P. plötzlich von der Magistrale in ein kleines Wohngebiet ein. Sollten wir ihm folgen? Nach dem Straßenplan des Navis gab es nur diese Zufahrtsstraße zum Wohngebiet, das gerade mal aus vier Straßen bestand. Vermutlich wollte P. erneut testen, ob es Verfolger gab.

Als er wie erhofft etwas später wieder auf die Magistrale in Richtung Grenze bog, folgte ihm zu unserer Überraschung ein Kleinwagen. Stur hielt der sich immer drei Wagenlängen hinter ihm. P. entging dieser Verfolger natürlich nicht. Er fuhr genau die erlaubten 50 km/h. Alle anderen Pkw und sogar zwei Lkws überholten ihn, nur der Kleinwagen nicht. P. verlangsamte, der Verfolger ebenfalls.

Dann tauchte der Hinweis *1000 m bis zur Grenze* auf. Rechts lag die von vielen Autos angefahrene letzte Tankstelle vor der Grenze. Auch P. verlangsamte und bog ein. Er hielt aber an keiner Zapfsäule, sondern neben dem Imbiss. Der Kleinwagen folgte und parkte gleich hinter ihm. Wir nutzen den Halt zum raschen Auftanken unseres Wagens.
Indessen schlenderte P. zum Tresen des Imbiss-Standes. Plötzlich kreischte eine Frauenstimme: "Halt!" Die Fahrertür des Kleinwagens wurde fest zugeschlagen. Eine ältere Frau stützte sich am Kleinwagen ab und wankte auf P. zu. Die Frau wollte schnell sein, schwankte und stürzte. Sie hatte sichtlich zu viel Alkohol genossen.

"Wo ist mein Mann?", rief die Betrunkene energisch. "Er ist in Ihren Wagen gestiegen!"
P. ging auf die Frau zu und half ihr auf. Er kontrollierte ihre Hände. Die waren leer. Mit schnellen Schritten ging P. zum Wagen der Betrunkenen. Sie hatte den Schlüssel stecken gelassen. Er nahm ihn, nicht auf das Gekreische der Frau achtend. Ihre Stimme wurde immer lauter: "Wo ist mein Mann? Wo versteckst du ihn? Du Schwein, du!"

Die Szene hatte wohl schon zehn Zuschauer*innen gefunden, aber P. brachte völlig cool den Wagenschlüssel zur Imbiss-Theke: "Die Dame braucht ein Taxi. Sie darf auf keinen Fall mehr fahren. Das sehen Sie ja."
Die Angestellte nahm den Schlüssel, sagte zur Betrunkenen: „Kommen Sie zu mir. Ich spendiere Ihnen einen Kaffee!"

P. dankte ihr und legte einen fünf-Euro-Schein auf den Tresen: „Für den Kaffee!" Er setzte sich in seinen Wagen und wollte losfahren.

Da stellte sich die Betrunkene breitbeinig vor seinen Kombi. P. legte den Rückwärtsgang ein, setzte mit hoher Geschwindigkeit eine Wagenlänge zurück, umkurvte die Betrunkene und erreichte eine Minute später die Grenze.

Mit 20 km/h fuhr er an den Zollhäusern vorbei. Wir waren unsicher: Wurde dieser Vorfall für uns inszeniert? War vielleicht doch ein zweiter Mann in Ps Wagen? Die Situation am Kiosk entwickelte sich in normalen Bahnen. Die Frau keifte immer lauter, sie forderte Autoschlüssel und Wodka.

Zwei Lkw-Fahrer versuchten, die Frau zu beruhigen, und die Angestellte musste sich und den Wagenschlüssel vor der Frau in Sicherheit bringen. Wir mussten eine Entscheidung treffen und folgten P. nach Deutschland.

Moritz Prob: akustisches Protokoll

Automatisch, ohne auf „unauffällige" Verfolger zu achten, ging es in Richtung Stralsund. Mein Wagen kannte die Strecke, darauf verließ ich mich. In meinem Kopf rotierte ein Karussell aus Fragen.

Wer hatte Ben Abrames getötet? Und wie viele Täter*innen?

Wissen sie, die Nebelschatten, wer die Täter*innen waren?

Vielleicht wissen es nur die Polen. Oder nur die Deutschen?

Was ist, wenn jeder etwas anderes weiß?

Und was weiß Michi?

Wie war Ben Abrames getötet worden?
An Verwundungen hatte ich nur den Dreizack gesehen.
Die Blutkrusten im Bereich der Brust müssen nicht echt gewesen sein.
Wurde Abrames erschossen? Oder erstochen?
Mit welcher Waffe?

Wo genau war er umgebracht worden?

Und wann?

Schließlich: *Warum* wurde Ben Abrames getötet?
War der Dreizack Hinweis auf das Motiv? *Oder ein Ablenkungsmanöver?*

Die Spitze der Ungereimtheiten war die Begründung für meine Aufgabe: - *„Die Leiche darf offiziell nicht in Stettin gefunden werden." - „Aus Gründen politischer Raison muss der Tatort in Deutschland liegen."* Fest stand auf jeden Fall: Ben Abrames war ein Sänger mit großer Ausstrahlung und damit Einfluss auf viele Fans.

Wer hatte etwas davon, dass Stralsund zum offiziellen Tatort wurde? Fakt war: Bald wurde das polnische Parlament gewählt.
Wie viele Stimmen kann die Ermordung des beliebten deutschen Sängers Ben Abrames in Stettin eine polnische Partei kosten? Wie viele Stimmen kann sie anderen Kandidat*innen bringen?
Wie einfach Menschen doch funktionieren, wie primitiv. Ein Gerücht über den *weißen Elefanten* genügt und reflexartig werden 50.000 Kreuzchen auf Kandidat*in eins gesetzt.
Oder Kandidat*in vier erhält plötzlich diese Kreuzchen.
Wähler reagieren wie Lemminge. Menschen sind Tiere.

Welchen Oberraubtieren ist die Rochade der Leiche von Stettin nach Stralsund glatte 30.000 Euro wert? Ich hätte es doch auch für 2.000 Euro gemacht. Darauf folgt: 28.000 werden fürs Schweigen des Lastesels gezahlt.

Was macht mein Schweigen so wertvoll?

Das Karussell der Gedanken wirbelte immer schneller. Es gab zu viele Fragen, ich kannte zu wenige Fakten.

Nur ein Detail dieses Tanzes im Dschungel war Fakt: Ich, Moritz Prob, hatte einen Leichnam aus der Suite *Trafalgar Square* des Hotels *London* in Stettin entfernt. Und zwar im Auftrag des Deutschen Informationsbüros, das mich offiziell nicht kannte und mir entsprechend weder Auftrag noch Geld zukommen ließ. Eben so wenig durfte ich meine Auftraggeber kennen. Unter diesen Vertragsbedingungen brachte ich die Leiche nach Stralsund.

Als ich um 3.51 Uhr die Abfahrt nach Stralsund nahm, fiel mir ein, dass Leichenstarre einige Stunden anhält. Panisch fragte ich mich: „Wie bekomme ich die Leiche aus dem Koffer?" Beim Hineinlegen hatte Michi mir geholfen. Da war die Leichenstarre noch kein Problem gewesen. "Wenn die Leiche so gefunden wird, wie sie im Koffer gesteckt hat, in kauerndem Embryonal-Zustand, ist offensichtlich, dass sie vorher transportiert wurde", war meine Überlegung.

Da gab es nur eine Chance. Die Leitwölfe mussten es so einrichten, dass die Leiche zur richtigen Zeit von den richtigen Personen gefunden wurde. Nun, die Auftraggeber wollten ja auch den eingravierten Dreizack auf der Stirn verschwinden lassen. Dann sollte die unnatürliche Haltung der Leiche für sie nur ein kleines Problem darstellen.

In Stralsund ließ mein Navi mich zwei Strafrunden drehen. Das Hotel war schon in Sichtweite, aber es war verboten, nach rechts in die Nikolausstraße abzubiegen. "Du irrst, die Straße ist hier oben gesperrt. Eine Baustelle!", flüsterte ich meinem Navi zu.

Gleich nach dem Abbiegen zeigte es eine alternative Route an, ohne das so oft übliche *"Bitte wenden!"* Dummerweise führte auch die Ersatzroute wieder zur Baustelle, nur zwei Nebenstraßen weiter. Ich fuhr an die Seite, schaltete das Navigationsgerät aus, griff zum analogen Stadtplan von Stralsund, guckte nach meinem Standort und der Nikolausstraße. Vier Minuten später war das Hotel erreicht.

Beim Abbremsen vor dem Service-Parkplatz nahm ich zwei Gestalten wahr: "Zwei Füchse auf der Lauer. Sie wollen nicht gesehen werden." Beide verbargen sich hinter dem Transporter mit der Aufschrift „Hotel Kaiserhof".

Wegen der Schatten musste die Planung geändert werden. Ich hielt ich nicht sofort vor der Schranke, sondern parkte den Wagen an der Seite, stieg aus, griff die kleine Dose mit dem Pfefferspray und spazierte gemächlich zum großen Blumenkasten links neben der ein Einfahrt. Hinter dem Hotel-Transporter stand nur noch einer der beiden Nebelschatten. Plötzlich war auch dieser Fuchs verschwunden.

Es war so still, dass das Rauschen der Meereswellen zu hören war. Hier, fast 150 m vom Sund entfernt. Ich riskierte es, zurückzugehen und schlenderte zu meinem Wagen. Wieder lauschte ich dem gleichmäßigen, langsamen Takt der Wellen. In diese Ruhe hinein kreischte eine Katze, in höchsten Sopranstimmen. Mir stockte der Atem. Ich riss die Wagentür auf, stieg in meinen Kombi, schlug ungewollt die Tür heftig zu.

Ein kurzer Blick auf das Schlüsselbund mit den vier Schlüsseln: Für die Einfahrt zum Parkplatz, den Service-Eingang, den Aufzug und die Suite. Auch nachdem ich die Schranke geöffnet hatte und auf den Parkplatz fuhr, blieben die beiden Füchse verschwunden. Wahrscheinlich gehörten sie so wie ich zu den Lasteneseln, mit dem kleinen Unterschied, dass ich frei war und sie beamtet.

Als ich die hintere Tür des Kombis öffnete, keifte die Katze erneut. Von einer Sekunde zur anderen schwieg sie. Wieder begleitete beruhigendes Meeresrauschen die Stille. Es war nicht einfach, den Koffer aus dem Kombi zu wuchten. Genau in dem Moment, als die Rollen des Koffers auf den Boden prallten, begann die Katze ununterbrochen in sirenenartigen Tönen zu schreien.

Mein Herz setzte aus: "Das hat das halbe Hotel geweckt!" Ich schloss den Kombi ab und schob den Koffer zum Service-Eingang. Dabei kam ich in die Nähe des Hotel-Transporters: "Und die Füchse? Weder zu hören noch zu sehen. Auch nicht zu riechen."

Entschlossen öffnete ich den Service-Eingang. Noch immer kreischte die liebestolle Katze. Leise zog ich die Tür zu. Sofort war alles still: "Hoffentlich sind alle Zimmer so perfekt isoliert wie der Keller." Das Licht flutete von selbst an. Einige Pakete lagen herum und zwei Kolli mit schmutziger Wäsche. Zum Lastenaufzug waren es keine zehn Meter. Auch dieser glitt geräuschlos nach oben.

Im Nu waren Koffer, Leiche und ich im fünften Stock. Die *Hanse-Suite* lag schräg rechts dem Lift gegenüber. Neben der Eingangstür hingen zwei bemerkenswerte Bilder, eines mit einem weißen, eines mit einem schwarzen Kreis: „Als Künstler*in würde ich es *Bilder ohne Titel III* benennen."

Kaum hatte ich die Tür der Suite geöffnet, sorgten Bewegungsmelder für Licht im Eingangsbereich. Rasch trat ich in die Suite, zog den Koffer herein und schloss geräuschlos die Tür. An den dielengroßen Eingangsbereich grenzten acht Türen. Die Suche nach dem Schlafzimmer wuchs zu einem Problem aus. Ich fand eine Küche, ein Badezimmer, einen Medienraum, eine Mini-Muckibude samt

Mini-Mini-Sauna, einen begehbaren Kleiderschrank, einen Swimming-Pool und plötzlich doch noch ein Schlafzimmer.

Von diesem Fund überrascht, schob ich leicht verwirrt den Koffer bis zum Bett, zog das Oberbett beiseite und plante mein weiteres Vorgehen. Heute Morgen musste Abrames´ Leiche zum ersten und zum letzten Mal in ein irdisches Bett gewuchtet werden. "Lastesel, tu deine Pflicht! Lege jede Menge Futter für die Streifenhörnchen aus!"
Ich griff zu den Haushaltshandschuhen in meiner Jacke und kippte den Koffer zuerst gegen die Bettkante. Danach packte ich die Rollen unten an der Seite und wuchtete iden Koffer mit einem kräftigen „Hau-Ruck!" auf das Bett.
„Entschuldigen Sie bitte, Herr Abrames", flüsterte ich.

Mich tröstete der Gedanke, dass dieser Überschlag dem lebenden und sehr sportlichen Ben Abrames Spaß gemacht hätte. Wunschgemäß ließ sich der Koffer problemlos öffnen. Die Leiche lag auf dem Kofferdeckel. Ich griff zuerst alle Kleidungsstücke, mit denen Michi und ich Abrames´ Körper gegen Verschiebungen gesichert hatten und räumte die Kleidung in die Schränke. Danach ruckelte ich vorsichtig an Leiche und Koffer, bis die Leiche nicht mehr auf dem Kofferdeckel lag. Endlich ließ sich der Koffer vom Bett nehmen, verschließen und zur Seite schieben.

Da vibrierte etwas in meiner rechten Jackentasche. Sofort griff ich zum Antik-Handy. Mein Herz schlug schneller. Was würde der Informant in seiner SMS mitteilen?

Moritz Prob: akustisches Protokoll

Vertrauliche Akte A. O.

Adrianna. Niemand wusste von Adrianna.

Sie war mein geheimer Joker. Selbst Michi wusste nichts von ihr. Blieb Adriannas Existenz verborgen, konnte sie mir beiseite stehen, so wie in dieser Nacht, in der Raubtiere meine Pfade kreuzten oder ihnen folgten. Eigentlich wollte ich Adrianna immer von meiner Arbeit fernhalten.

Adrianna. Ich verbarg sie, um sie zu schützen.
Es genügte, wenn ich mich in den Dschungel begab. Nur in wirklichen Notfällen sollte Adrianna den Urwald vom Rand aus beobachten und mir aus gesicherter Position Hinweise zuflüstern. Adrianna selbst durfte niemals in Gefahr geraten.

Adrianna. Wie verguckt *Mann* sich in eine *Frau* ? Die Antwort der Biologie ist eindeutig: Beide Geschlechter, Weibchen und Männchen, wollen Partner*innen, die in der Lage sind, Kinder in die Welt zu setzen. Ein Mann achtet bei einer Frau auf die Spannkraft ihres Körpers, die Proportionen der Hüfte und der Brüste, auf die Frische des Gesichts und ihrer Augen. Aber bei Adrianna war es nichts von alldem gewesen.

"Die ist es!", dachte ich, als ich ihren Kopf im Profil sah. So gelassen... und so stolz! - *Sie hatte mich gefangen!* Sie hatte mich gefangen, ohne dass sie mir nur einen Blick zuwarf, ohne dass sie es überhaupt beabsichtigte. Adrianna.

„Die Schöne kommt. So lässt sich der Name Nofretete übersetzen. Die Bedeutung trifft zu für die uralte Plastik der Frau Echnatons, für ihr Profil. Die Schöne kommt.“ Ich war über mich selbst erstaunt. Noch nie hatte mich eine Frau innerhalb einer Sekunde bezaubert und verhext. *Auf einen Schlag!*

Ich konnte mich nicht satt sehen an dieser Stimmigkeit von Hals, Kopfform, Nase, Kinn, Stirn, Ohren. Sie saß da, mit zwei Freundinnen in diesem Stettiner Club, 50 Meter von der Oder entfernt. Ich sprach sie an.
Schon beim ersten Tanz spürte sie mein erotisches Verlangen und fing sofort Feuer. Als wir uns um drei Uhr nachts trennten, war ich, Moritz Prob, 36 Jahre alt, in Adrianna verknallt wie ein 17-jähriger Teenager.

Um halb fünf wollte ich sie anrufen. "Ich frage mal nach, ob bei ihr alles in Ordnung ist." Sie hatte ihr Handy ausgeschaltet. Das brachte mich etwas zur Vernunft. Dann sahen wir uns fast täglich. Ich hatte mir nie Gedanken gemacht über mögliche Gefahren der Arbeit als Objektbewacher, hatte nicht einmal eine Lebensversicherung.

Vor Jahren schloss ich mal eine kleine Sterbeversicherung ab. Damit meinen Eltern keine Kosten entständen. Unter meinen Unterlagen im Tresor lag ein Zettel mit der Bitte, mich irgendwo anonym zu beerdigen.
Kaum kannte ich Adrianna, spukten Gedanken an mögliche Gefahren in meinem Kopf. Einmal träumte ich, einem Einbrecher gegenüber zu stehen, der mich mit einer riesigen Sicherheitsnadel bedrohte.

Instinktiv war mir klar: Adrianna wollte und musste ich aus meinem Beruf heraushalten. Objektschützer. Sehr schnell ich machte das zum Thema zwischen uns.

"Zu 99,7 % passiert da nichts. Gebäude bewachen... Das ist kein Kampf mit Einbrechern, das ist ein Kampf gegen das Einschlafen. Die bisher gefährlichste Aufgabe für mich bestand darin, zwei Wochen lang drei Katzen zu betreuen und zu verhindern, dass sie nicht zunahmen."

Und doch bestand dieses klitzekleine Risiko. Irgendwann konnte ich dem Bösen gegenüberstehen... Damit durfte Adrianna nicht in Berührung kommen. Private und berufliche Reviere mussten streng voneinander getrennt bleiben.

Moritz Prob: akustisches Protokoll

Der Informant übermittelte vier Autokennzeichen.

B BAB 351
SC 918 825
WZ 909 407
B UIQ 884
Ich speicherte die SMS, wechselte die SIM-Karte meines Handys, wählte eine Nummer und sandte die SMS weiter. "Die Nachteule ist bestimmt noch wach. Raimund geht nie vor sechs Uhr morgens ins Bett", dachte ich.

Dann steckte ich das Handy in die Jacke und ging erneut zu Bett und Leiche. Unter dem Toten lagen noch fünf Kleidungsstücke. Sie zu entfernen, machte keine Probleme. Allein ein T-Shirt leistete heftigen Widerstand. Es hatte sich um Abrames´ rechten Oberarm gewickelt. „Sicher sein Schmuse-T-Shirt", dachte ich in meinem Ärger.

In diesem Moment vibrierte mein Antik-Handy erneut. Ich meldete mich mit "Reikjavik."

"Wagen eins: Deutsches Informationsbüro
Wagen zwei: Polnische Geheimdienstsektion Westeuropa
Wagen drei: Polnisches Innenministerium
Wagen vier: Leihwagen, Firma "Auto Service Potsdam",
                        Vermietet an einen Brenter, Carsten".
"Danke!"

Auflegen. Die SIM-Karte wechseln, Nr. zwei raus, Nr. drei rein. Raimund Schlack, mein Freund, der informative Informatiker, hatte 250 € Dank verdient.

Vier Wagen! Das Blut pochte in meinen Schläfen. *Vier* Wagen hatten mich verfolgt. Ein oder zwei Wagen, das lag im grünen Bereich. Aber vier Wagen waren zwei zu viel.

Sie wussten doch, wo die Leiche für sie entsorgt wird. War der tote Abrames so wichtig?
Es blieb genügend Zeit, Abrames´ Leiche zu inspizieren. Der Transport hatte Flecken verursacht, aber gebrochen war nichts, nicht einmal ein Finger. Die Mörder*innen hatten zweimal auf Abrames geschossen. Vorsichtig schob ich das Kopfkissen halb unter Ben Abrames´ Kopf, stellte seine Schuhe pedantisch genau neben das Bett und befestigte seine Uhr wieder am Handgelenk.
Zum Schluss drapierte ich die Leiche mit der Bettdecke. Ich nickte zufrieden. Nur der dunkelrote Dreizack störte das Bild des friedlich schlafenden Abrames.

Als ich das Schlafzimmer verließ, waren alle Spuren meiner Anwesenheit verwischt. In der ganzen Suite gab es keine Spuren eines Moritz Prob. Der Koffer kam mit und lag Minuten später auf der Ladefläche meines Kombis. Das Hotel-Kaiserhof-Schlüsselbund würde noch heute Abend wieder in Michis Hände gelangen.
Müde und zufrieden startete ich den Motor. Ein letzter Blick zum fünften Stock des Hotels. In keinem Zimmer brannte Licht: „Auftrag an Gedächtnisspeicher: Die letzten neun Stunden löschen. Zurück zum Ziel!"

Die Adler der See: Vermerk

Kaum war Moritz Probs´ Kombi um die Ecke gebogen, tauchten die beiden Nebelschatten wieder auf. „Unsere Meister werden zufrieden sein, wenn sie Barde vox populi schlafen sehen", sagte der Jüngere.

„Sie sind schon zufrieden", sagte der Dicke. „Unsere Aufnahmen empfingen sie vor zwei Minuten. Da der Ahnenforscher ebenfalls schlummert, waren wir fett effizient."

Die Nebelschatten öffneten die Tür zum Service-Eingang. Sie verfügten über einen Generalschlüssel des Hotels *Kaiserhof*.

Die Ersten der Zwei: Mitschnitt Telefonat

Anrufer: „Dur logiert in Stralsund, Hotel Kaiserhof, Nikolausstraße 19, 5. Stock, Hanse-Suite. Das Kind verließ Stralsund und bewegt sich in Richtung Rügen."

Zentrale: „*Dur* wird sich nicht allein im Hotel aufhalten."

Anrufer: „Zwei Begleiter *Durs* sahen wir."

Zentrale: „Versuchen Sie, *Dur* einzuladen."

Anrufer: „Wir sind nur zu zweit."

Zentrale: „Die Überraschung ist auf Ihrer Seite. Sie haben alle Vollmachten."

Anrufer: „Ich wiederhole: Wir haben alle Vollmachten."

Zentrale:	„Sie werden pfleglich damit umgehen: Sie haben alle Vollmachten."
Anrufer:	„Korrekt! Ende."
Zentrale:	„Ende"

Adrianna Osinska: akustisches Protokoll

Vertrauliche Akte A.O.

Vor dem Stralsund-Drama machte Moritz zu meinem Ent-zücken eine Ausnahme. In den letzten Monaten hatten wir mehrfach darüber fantasiert, bei Whisky oder Cognac: Wie ich ihm helfe, gerissene Diebe zu überführen, die contai-nerweise wertvollen Schmuck entwenden.

Auch über sein Antik-Handy-System war ich im Bilde. Für Spezial-Aufträge hatte Moritz sich von Freunden, die ich nicht kennen darf, mit Handys und vielen SIM-Karten be-schenken lassen. Gebraucht hatte er sie nur bei halbjähr-lichen System-Überprüfungen.

Die ganzen Phantastereien mit mir waren für Moritz nur Gespräche über einen Fall, der seiner Meinung nach nie eintreten würde. Ich hatte unsere Überlegungen ernster genommen als er. Meine mögliche Hilfe spielte ich ge-danklich immer wieder durch.

Als er anrief, war ich sofort Feuer und Flamme. Seine Hin-weise zu meinem Auftrag und zu unserer Kommunikation saugte ich wie ein trockener Schwamm auf.

„Zurück zum Ziel, Moritz!
...Einen Leichnam? Von hier nach Stralsund? ...

In dieser Zeit zuerst auf der Autobahn und anschließend in der Umgebung des Hotels *Kaiserhof* mögliche Verfolger herausfiltern? ...
Die Liste der Handy-Nummern habe ich. ...
Kontakte laufen über unsere Antik-Handys. ...
Außer der Reihe melde ich mich nur, wenn etwas nicht stimmt. ...
Klar, keine Namen, Boss!"...
"Okay!"

Die Besorgnis in seiner Stimme war unüberhörbar. Dass ich ihm so viel bedeutete! Wie nannte er mich gerade? *"Schlangenbraut?"*... Er möchte mich vor Risiken beschützen.

Moritz Prob: akustisches Protokoll

Vertrauliche Akte A.O.

Ganz eindeutig hatte Michis Verhalten verraten, dass das Deutsche Informationsbüro in einer wirklichen Klemme steckte. Zwar überspielte er spitzbubenhaft seine innere Aufregung. Aber ich kannte ihn viel zu gut, um mich täuschen zu lassen. Die warnenden Schreie der Vögel füllten den ganzen Dschungel. Die Zeit des Spielens war vorbei, Raubtiere suchten ihre Beute.
Adrianna durfte ihnen auf keinen Fall zum Opfer fallen.

Ihr durfte es nicht gehen wie Thorben Gewander. Michis jüngster Cousin hatte die Werte der freien Welt in Afghanistan verteidigt und wurde dort zum Opfer. Er lebte zwar, aber wie? Michi erzählte es mir letzte Woche: "Thorbens Frau flüchtete mit ihrer Tochter vor ihm in ein Frauenhaus. Dabei liebt er Jenny und das Kind über alles.

Thorben war so aufgebracht, er hat die halbe Wohnung zertrümmert. Drei Polizisten mussten ihn bändigen. Jetzt ist er in der geschlossenen Abteilung der Psychiatrie.

Das ist zum kleinsten Teil seine Schuld. Er kann nichts für die fundamentalen Fehler im System. Unsere Gesellschaft kennt nur den Frieden. Die nicht weiß, was sich in den Köpfen der Soldaten durch Kampfeinsätze verändert. Deutschland darf keine 22-Jährigen in Kriege werfen und sie dann mit ihrem Erleben und Entsetzen allein lassen. Thorben ist das Opfer eines Verständnisses von Krieg, das nur gebrochene Knochen zählt. Zerquetschte Seelen werden nicht wahrgenommen.

Der eigentliche Vorfall in Afghanistan war entsetzlich banal. Der Einsatztrupp, zu dem er gehörte, fünfundzwanzig Mann stark, suchte einen Bauernhof nach Taliban-Kämpfern ab. Thorben und sein Kamerad Alex sollten sichern, dass sich hinter dem kleinen Ziegenstall kein Feind versteckte. Thorben ging links um den Schuppen, sein Kamerad rechts. Und rechts lag die Mine. Rechts unter einem Grasbüschel.

Thorben wünscht sich immer wieder den Moment ihrer Absprache zurück. Er hätte rechts herumgehen müssen! Er! Und nicht Alex. Aber *es war Alex*, der auf die Mine trat. *Es war Alex,* dessen linkes Bein in zehn Stücke zerfetzt wurde. *Es war Alex*, der in unbändigem Schmerz brüllte. *Es war Alex*, der verblutete.

Genau fünf Sekunden vor ihm hatte Gregor auf eine Mine getreten. Die Sani Karina eilte stracks zu Gregor. Sie konnte sich nur auf einen der beiden Schwerverletzten konzentrieren... Alex verblutete in Thorbens Armen. *„Wie ein Schaf! Wie ein Schaf!"*

Alex schrie, er zuckte, er blökte, er krampfte, er verlor seine Stimme, sein Bewusstsein, sein Leben. Und ständig waren seine Augen auf Thorben gerichtet.

Jede Nacht sieht Thorben Alex´ Augen. *Jede Nacht* stirbt Alex in seinen Armen. *Jede Nacht*, auch hier in Deutschland. Zehn Monate nach dem Ereignis, jede Nacht, fünftausend Kilometer von jenem Bauernhof in Afghanistan entfernt.

Natürlich kümmerte sich die Armee um Thorben. Äußerlich. Ein Major schüttelte ihm die Hand, der Militärpfarrer ließ ihm eine Spruchkarte zukommen. Die Küche spendierte zwei Extra-Rationen Bier, die Einheit zehn Tage Sonderurlaub. Er wurde nach Deutschland geflogen.

Dort begegnete er Menschen, die in einer anderen Welt lebten. Sie hatten Probleme, gewichtige Probleme. Aber sie waren so weit von der Finsternis entfernt, die ihn quälte. Da war Denise, ihre Tochter, die seit einer Woche Tag und Nacht zahnte und quengelte. Warum regte sich seine Frau darüber auf? Warum war sie am Ende ihrer Nerven? Er verstand Jenny nicht. Sie verstand ihn nicht.

Thorben sprach auch mit mir. Und ich belästigte ihn mit einem meiner Probleme: Wie mache ich Moritz Prob klar, dass ich nicht mehr für ihn arbeiten kann? Thorben meinte knapp: „Leg ihm eine Tellermine in den Weg." Ich lachte und begriff nicht, dass er es so gemeint hatte, wie er es gesagt hatte.

Thorben fand bis heute nicht in unsere zivilen Realitäten zurück. Er schmiss einen Fortbildungs-Lehrgang, kündigte bei der Armee und wurde von zwei Firmen während der Probezeit entlassen. Unsere Familie und seine alten Freunde versuchen zwar immer wieder, mit ihm zu sprechen. Aber bis jetzt hat ihn keiner von uns erreicht."

NEIN! Adrianna darf in keinen Krieg geraten. Sie soll und sie darf keinen Kampf sehen, kein Gemetzel. Das Gesetz des Dschungels ist nun einmal Fressen oder Gefressen werden. Unvermeidbar fließt Blut, bleiben Opfer zurück. Im Kino macht sich das gut oder in den digitalen Sphären. Es wirkt spannend und unterhaltsam, kitzelt die Nerven, jagt wohlige Schauer über den Rücken, lässt Zuschauer*innen oder Gamer*innen gemeinsam das Böse beseitigen und mit den Guten gewinnen.

Aber in der Wirklichkeit der Kriege und der Kämpfe überleben nur die Bestien. Die, die im Blut ihrer Feinde waten können. Die, die nach einem Tag des Abschlachtens kein einziger Albtraum plagt.
Adrianna ist definitiv keine Bestie. Sie ist leider ein Gutmensch.

Adrianna Osinska: akustisches Protokoll

Vertrauliche Akte A.O.

"Alles auf Anfang, *Oscar Wilde* !", sagte ich. In meinem gemütlichen Kuschelwagen *Oscar Wilde* verließ ich Stralsund, um nach Stettin zurückzufahren. Vor elf Stunden summte das Antik-Handy. Moritz rief mich an, als ich in den Vorbereitungen für eine Poesie-Klausur in Anglistik steckte. Dabei hatten wir ausgemacht, dass Moritz keinen Kontakt mit mir aufnimmt. An diesem Wochenende musste ich ungestört arbeiten können.

Doch Moritz kam gleich zur Sache: „Alles auf Anfang, Adriana! Stufe Gelborange!"

Er brauche unbedingt meine Hilfe. Ob ich alles stehen und liegen lassen könne? Klar, für Moritz würde ich jede Arbeit unterbrechen. Konzentriert bis in die Haarspitzen nahm ich seine Informationen auf. Denn schriftliche Notizen waren für Aufträge der Stufe Gelborange nicht vorgesehen.

Wir brauchten 25 Minuten, um uns abzusprechen. Zwischendurch meldete sich dieser Michael Gewander vom Deutschen Infobüro zweimal mit wichtigen Details auf Moritz´ Diensthandy. In meinem Kopf entwickelte sich die grobe Skizze der Lage zu einem farbigen Bild.

Dann waren Antik-Handys einzupacken, die Codeliste und sieben SIM-Karten. Über Autobahn und Schnellstraße transportierte *Oskar Wilde* mich problemlos in Richtung Stralsund. Auf einem Parkplatz in Höhe Greifswald legte ich mich um 1.00 Uhr auf die Lauer. Zwei parkende Lastwagen schirmten *Oskar Wilde* ab. Ich bekam alle Wagen und Motorräder in den Blick, die in Richtung Stralsund fuhren.

Nach einer Stunde Wartezeit fuhr ein mir sehr bekannter Kombi am Parkplatz vorbei. Ich lächelte, griff zum Antik-Handy und schaltete die Kamerafunktion ein. "Sobald ich vorbeigefahren bin, dokumentiere in den zehn folgenden Minuten jedes Fahrzeug, das in meiner Richtung fährt", hatte Moritz angeordnet.

Neunzehn Wagen landeten in meiner Dokumentation. "Parke später in Stralsund in gebührender Entfernung vom Hotel *Kaiserhof* und gehe die Straßen um das Hotel ab. Stehen dort Wagen, die auf der Autobahn zeitnah hinter mir fuhren, informiere mich. Die können zum Rudel der Verfolger gehören."

Ganze vier von den 19 Pkw fand in innerhalb einer Viertelstunde. Das konnte kein Zufall sein! Zwei parkten direkt hintereinander in Sichtweite des Hotels Kaiserhof, die Wagen drei und vier eine Querstraße weiter. Der Dritte war weit entfernt vom Vierten abgestellt worden. Alle Wagennummern meldete ich Moritz. Der hat Zugang zu Systemen, die ihm die Besitzer der Fahrzeuge verraten.

69

"Moritz hat untertrieben. Die Sache muss viel heikler sein! Vieles malt er sich gern zu hell aus", überlegte ich besorgt.

Ich wartete eine halbe Stunde, spazierte noch einmal um das Hotel herum. Zwei Männer stiegen rasch in den Lieferwagen des Hotels. War es schon an der Zeit, Brötchen zu holen?
Moritz meldete sich kein einziges Mal. Das hieß "Alles ist ok!". Ich machte mich mit *Oskar Wilde* auf den Heimweg. Die breiten Lichter des Sportwagens fielen mir nicht auf. Der musste *Oskar Wilde* seit dem Start in der Nikolausstraße verfolgt haben.

Gryfino: Event

Vertrauliche Akte   A. O.

Um mich während der Rückfahrt durch die Dämmerung abzulenken, dachte ich über Babunias kuriose Bitte nach. Babunia lebt, weit über 90 Jahre alt und in der festen Absicht, als erste in unserer Familie 100 zu werden, in Gryfino.
Eines Mittwochnachmittags lief im Fernsehen ein Bericht über Oberammergau in Deutschland und seine Passionsspiele. Babunia schnappte über: "Dieses Oberammergau ist viermal so klein wie Gryfino. Nur 5.500 Einwohner haben die! Und alle Welt kennt sie. Unser Gryfino hat 20.000 Einwohner und keiner kennt es. Kein Mensch in der Welt und nicht einmal die meisten Polen wissen, dass es uns gibt! Das muss anders werden."

"Wie denn, Babunia?"

"Ganz einfach. Du spielst doch Theater. Schreib ein Passionsspiel. Das führen wir dann hier in Gryfino auf.

Wenn Jesus dabei nackt gekreuzigt wird, so wie es auch in Wirklichkeit gewesen ist - Das erzählt doch unser Pater Marian! - dann wird Gryfino weltbekannt."

„Babunia, erstens ist Gryfino eine schöne Stadt. Willst du, dass wir von Touristen überlaufen werden? Zweitens kennt bestimmt die Hälfte aller Polen Gryfino. Zumindest die, die nicht jede Geographiestunde verschlafen haben. Drittens spiele ich zwar in einer Studentengruppe Theater. Aber Dramen zu spielen, heißt nicht, sie schreiben zu können. Viertens hatten die in Oberammergau die Pest und veranstalten ihre Passionsspiele aufgrund eines Gelübdes. Sollen wir hier in Gryfino eine Aids-Epidemie bekommen oder eine neue Spanische Grippe?"

"Nein, Adriana. Wie wäre es, wenn ein Sandalenpaar Jesu von den Wellen der Oder in Gryfino ans Ufer gespült würde?"
"Sandalen, Babunia? Damit eine Forscherin bei deren erster Untersuchung den Aufdruck *Made in Bangladesch* auf den Sohlen findet?"
Großmutter sah mich mit großen Augen an und wackelte nachdenklich mit ihrem Kopf. Sie gab mir also Recht.

"Und wenn hier Jesu´ Milchzähne gefunden würden?"
"Babunia! Nach vier Tagen würde dann per DNA-Vergleichen der Nachweis erbracht, dass unsere Familie von Jesus abstammt. Oder vielleicht die Brodowskis!"
Die Brodowskis waren unsere Nachbarn. Bartek und ich hatten immer unbekümmert mit den vier Brodowski-Kindern gespielt. Weder die Eltern noch Babunia hatten es uns verboten. Andere Eltern waren da strenger: „Mit den Brodowskis spielst du nicht. Die sind ein ganz schlechter Umgang."

Ganz unrecht hatten diese Eltern nicht. Von den Brodowskis saß meist einer hinter Gittern. Gerade jetzt sitzt damalige Freundin Ewa Brodowska im Gefängnis; wegen Urkundenfälschung. Damals, als wir Kinder waren, bewunderten Ewa und ich gegenseitig unsere Milchzähne.

Gemeinsam bewahrten wir sie in einer geblümten Plastik-schachtel auf. Wahrscheinlich lagert die immer noch oben auf Babunias Küchenschrank.

Babunia sah ein, dass auch ihr Milchzahn-Vorschlag nichts taugte: "Na gut, Adriana. Dann musst eben du ran. *Du hattest eine Vision!* Der größte Papst der Weltgeschichte, unser Johannes Paul II., erschien dir. *Er* beauftragte dich damit, ein Passionsspiel für Gryfino zu schreiben. *Er* gab dir die Szenen ein, *er persönlich*. Es ist *sein* Werk, *nicht* deines!"

Immer wieder staune ich über Babunias Gedankengänge. Welche Vorschläge meint sie ernst? Da sagte sie, ohne mit der Wimper zu zucken: "Der nackte Jesus am Kreuz, das ist ganz wichtig, Adriana. Damit sollen aber keine Zuschau-er angelockt werden! Nein, so wird ihnen vor Augen ge-führt, wie weit sich Jesus für uns erniedrigte." - Diese oberfromme Begründung konnte unserer scheinheiligen Babunia doch nur als Vorwand dienen.

Oder etwa doch nicht? Babunia ist gewitzt und hat es faustdick hinter den Ohren. Wer sie nicht kennt, macht sich schnell ein völlig falsches Bild von ihr. Zu gerne spielt sie das weltfremde Großmütterchen.

„Babunia, ein weiteres Passionsspiel... Das könnte zu ei-nem Konsum-Event mutieren. Nicht der Inhalt ist wichtig, sondern das Dabeisein. Vorgestern war man bei den Olym-pischen Spielen, gestern mit einem Kreuzfahrtschiff auf Venedigs Kanälen, heute bei den Salzburger Festspielen, morgen beim Formel-1-Rennen in Kathar und übermorgen nimmt man an diesem mystischen Event in Gryfino teil.

Da werden Ereignisse gesammelt, um andere zu über-trumpfen. Wer dazu gehören will (Wozu auch immer), muss auf alle Fälle dabei gewesen sein. Auch wenn diese Events einem überhaupt nichts bedeuten und man seine

Zeit viel sinnvoller in einer Hängematte verbracht hätte.

Passionsspiele müssen doch aus ihrer religiösen Tiefe leben. Ihre Darsteller sind Werkzeuge des Glaubens, sie präsentieren dabei ihr existentielles Fundament."

„So könnten wird das im Prospekt schreiben, Adrianna. Merk dir die Sätze. Sie klingen überzeugend. Es ist aber zu bedenken… Also, wenn ich das richtig sehe, müssen Ereignisse heute ein Hype sein.

Als ich in deinem Alter war, vor zwei Generationen, bestimmten drei fundamentale Orte Europa: Athen wegen der Wissenschaften, Rom wegen des Rechts und Jerusalem wegen der Religion.
Aktuell löst ein einziger Ort sie ab: Das stille Örtchen und die existentielle Frage, ob genügend Toilettenpapier vorhanden ist. Heute bestimmen Bilder die Gesellschaften, nicht Worte. Die Verpackungen zählen, nicht die Inhalte.

Ich habe mein Alter, Adriana, von mir erwartet niemand Veränderungen, aber du – *du musst doch in deiner Epoche leben*, nicht im Gestern."
„Babunia, heute leben wir authentisch. Wir verwirklichen uns selbst."

„Und ihr bleibt dabei brav im Rahmen. Tätowieren, das geht jetzt. Zu meiner Zeit ging das ganz und gar nicht. Aber tätowiere dir einmal als ehrlichen Kommentar zu dieser Gesellschaft einen fetten, braunen Hundehaufen auf die Stirn. Dann bist du raus. Weil du dich selbst verwirklicht hast."

Sie lächelte, und ich begriff meine postmoderne Großmutter. In Gryfino musste Jesus nackt gekreuzigt werden. Wie sonst?

Gegenüber Babunia lehnte ich ihr Ansinnen ab, ein Passions-Event zu schreiben. Aber bei Gelegenheiten wie dieser, wo *Oskar Wilde* bei beginnender Dämmerung über eine leere Autobahn glitt, wucherten wie von selbst Ideen zu einem Passions-Event in meinem Gehirn. Meine Gryfino-Freundin Zuzana Pomrowska und ich diskutierten zwei Alternativen für die erste Szene.

Event Gryfino: Szenen: „490" / „Gabriel"

Vertrauliche Akte   A. O.

Nach meiner Vorstellung wurde der Bach neben dem Gryfinoer Marktplatz zum Schauplatz der ersten Szene.

Zehn junge Männer veranstalten eine wilde Wasserschlacht. Es geht es hart und brutal zu. Der Kleinste flüchtet aus dem Bach, verfolgt von einem Großen. Der Verfolger bespritzt den Kleinen mit einem nassen Hemd, das er heftig schleudert. Dabei nimmt er auch auf die Zuschauer*innen keinerlei Rücksicht.

Diesem Intro folgt die entscheidende Szene. Im Bach wehrt sich tapfer, aber vergeblich ein Schwarzhaariger gegen zwei Blonde, die ihn brutal untertauchen. Schließlich reißen sie ihn hoch und lassen ihn kurz Luft schnappen. Zwei weitere Male tauchen sie in unter, endlos lang. Zuletzt ziehen sie ihm den Lendenschurz vom Leib und verspotten den Nackten: "Hast du genug Wasser geschluckt, Großmaul?"

Ihr Opfer ist viel zu erschöpft, um ihnen zu antworten oder seiner Kleidung hinterher zu eilen. Mühsam klettert der

Gedemütigte an Land und ringt lange um Luft und Fassung. Dann wendet er sich an den jungen Mann, der seit Beginn der Szene in Gedanken versunken am Ufer sitzt und dort gegen eine Ulme lehnt: "Jesus, wie oft soll ich meinen Freunden vergeben? Sieben Mal?"

Der Angeredete dreht erst jetzt seinen Kopf gegen den Mann. Er fragt: "Willst du vergeben, Petrus, oder willst du zählen? Wenn du vergeben willst, dann vergib 490-mal."

"490-mal vergeben? Das kann kein Mensch. 490-mal. *Das ist unmöglich!*"

Jesus steht auf, läuft in den Bach und winkt Petrus fröhlich zu: "Doch, Petrus. Komm, ich zeige es dir." Petrus folgt Jesus kopfschüttelnd. Der bespritzt ihn heftig und stößt ihn kurzerhand ins Wasser. Petrus kommt hoch, stürzt sich auf Jesus und drückt dessen Kopf kurz unter Wasser. Jesus kommt hoch, lacht und drückt Petrus unter Wasser. Das wiederholt sich drei-, viermal. Schließlich watet Jesus den Bach hinunter und holt Petrus´ Lendenschurz. Petrus legt ihn an, und beide setzen sich lachend ans Bachufer.

Petrus meint zu Jesus: „Jetzt müssen wir uns gegenseitig noch 487-mal vergeben. Oder 486-mal?"

Als ich diese Idee zum Event mit meiner Freundin Zuzana diskutierte, fand sie das zwar nicht schlecht: "So sehen alle, wozu Jesus die Menschen anstiftete. Gott gibt jedem Mensch Würde. Also verdienen alle gegenseitigen Respekt." Sie meinte auch noch: „Mein Freund Mateusz wäre bestimmt ein ausgezeichneter Darsteller des Petrus!" Seltsam, ich hatte mir Moritz als Petrus vorgestellt.

Aber Zuzana wollte unser Event mit einer anderen Szene beginnen.

"Adriana, an den Anfang des Spiels gehört unzweifelhaft Maria. Mit ihr muss ein Passionsspiel eröffnet werden. Nur dann verstehen die Zuschauer die Zusammenhänge um Jesus. Ein Engel muss zu Maria kommen, die gerade kichernd mit ihrer Freundin Martha Bilder per Handy austauscht. Beide haben große Gläser Limonade vor sich stehen, in die sie heimlich Schnaps schütten.
Der Engel teilt Maria würdevoll mit, dass Gott sie dazu beruft, Mutter des Erlösers zu werden. Maria und Martha lachen den Engel aus und erklären ihm den Weg zum nächsten Psychiater.

Nicht Maria, sondern Martha begreift als erste, dass der Fremde tatsächlich ein Engel ist. Schnell verabschiedet sich Martha unter einem Vorwand. Maria hört die Botschaft des Engels, schüttelt mit dem Kopf, gibt dem Engel ihr Handy und weist ihn an: "Lieber Gabriel, oder wie immer du heißt, ruf bitte deinen Chef an und frage ihn, ob er im Bio-Unterricht nicht aufgepasst hat. Damit ein Kind zustande kommt, braucht es *eine* Frau und *einen* Mann!
Außerdem ist *Jesus* kein vernünftiger Name für einen Jungen. *Jesus: Gott ist Heil...* Keiner meiner Söhne soll je Jesus heißen. Nie im Leben! Sag ihm das!"

Der Engel gibt ihr das Handy zurück: "Maria, am Namen Jesus kannst du nichts ändern. Und das mit der Jungfrauen-Geburt muss du auch einsehen. Dieses Wunder beweist die besondere Stellung deines Sohnes. Er wird nicht Sohn eines Menschen. Gott hat ihn gezeugt. Das ist ein Wunder."
"Gabriel ... So heißt du doch? Gabriel. So kann mein erster Sohn heißen. *Gabriel: Kämpfer Gottes!* Das gefällt mir

zehnmal besser als Jesus! *(Maria schüttelt heftig ihren Kopf.)* Jesus. BÄÄH!

Also Gabriel, die Menschen pfeifen auf Wunder. Mose teilte auf Befehl Gottes das Meer. Mit Hilfe des Allmächtigen verhungerte das Volk nicht in der Wüste. Jeden Tag gab es etwas zu essen. Und? Wie sah der Dank unserer Vorfahren aus? Sie tanzten um ein goldenes Kalb. So viel zur Wirkung von Wundern.

Sag mal, Gabriel, kennt Gott eigentlich uns Menschen?"

Der Engel: "Ja, Maria. Er kennt euch. Darum braucht ihr seinen Sohn. *Diesen ... Jesus.* "

(Maria und der Engel verlassen gemeinsam, miteinander diskutierend, durch eine Tür die Bühne.)

Ich war verblüfft: "Du stellst die Jungfrauengeburt in Frage, Zuzana? Macht sie nicht auch Marias Würde aus?"

Zuzana erwiderte sofort: "Die Menschen brauchen keine Wunder, keinen Deus ex Machina. Im verborgenen Hintergrund wirkende Mächte, die unser Leben bestimmen, sind etwas für Verschwörungstheoretiker. Heute werden Motivatoren und Coacher gesucht.

Und so eine Frau war Maria, Adrianna! Maria setzte Jesus nicht nur in die Welt. Sie ebnete ihm den Weg! Darum muss sie gleich am Anfang des Spiels auftauchen. Schließlich hat Maria erst Jesus möglich gemacht. Maria musste Jesus erst dazu anschieben, zum Propheten zu werden. Ohne Marias Einmischung wäre die Hochzeit in Kana eine trostlose Veranstaltung geblieben. Danach begann doch erst der Hype um Jesus."

Wir diskutierten noch lange über Zuzanas Vorschlag. Ich fragte mich danach: "Wie können aufgrund gleicher Geschichten so unterschiedliche Bilder in Köpfen entstehen?"

Eigentlich kritisierte ich schon immer Zuzanas tieffromme Marienverehrung: "Zuzana, brauchst du überhaupt Jesus? Maria bietet dir doch schon das volle Paket. Es gibt Mariä Geburt, Mariä Empfängnis, Mariä Heimsuchung, Mariä Lichtmess, Mariä Himmelfahrt."

Adrianna Osinska: akustisches Protokoll

Vertrauliche Akte A.O.

Endlich erreichte ich das Autobahndreieck Uckermark.

„Noch 30 Minuten bis Stettin. Merkwürdig, dieses Scheinwerferpaar ganz weit hinten. Das folgt mir doch seit langem. Dabei den Abstand immer auf Sichtweite haltend. Ist das schon seit Stralsund hinter mir? Ich werde es testen!"

Langsam, wie zufällig erhöhte ich *Oscar Wildes* Geschwindigkeit, von 115 auf 135 km/h. Er murrte hörbar. Das Scheinwerferpaar hinter mir hielt hartnäckig seine Position. Drei Minuten lang, fünf Minuten, acht Minuten.

"Lieber Verfolger, vor Stettin muss ich aus deinem Bild hüpfen!" Ein Lkw tauchte vor mir auf und der Hinweis auf die Abfahrt Penkun. Dort konnte ich den mit Moritz besprochenen Plan T umsetzen. T wie Tarnen.
Ich nutzte weiter die rechte Spur, bis *Oskar Wilde* den Lkw erreichte, blinkte, setzte auf die Überholspur und scherte anschließend ohne vom Gas zu gehen vor den Lkw.

Die Ersten der Zwei:

kommentierter Mitschnitt

Die Verfolger werteten das Verhalten der Fahrerin als normal ein:

1 „Objekt Kopenhagen hat einen Lkw überholt und kehrt auf die Normalspur zurück."

2 „Es fuhr seit dem Dreieck Uckermark schneller."

1 „Vermutlich will Objekt Kopenhagen in den Stall."

2 „Wir haben noch immer keinen Blickkontakt zum Objekt!"

1 „Die Kurve nimmt die Sicht."

... ...

1 „Jetzt sind wir in Höhe der Ausfahrt."

2 „Hier scheint aber niemand abzufahren zu. *Doch,*

ein Schatten! Da fuhr ein Pkw ohne Licht! Ich bin mir ganz sicher. Gib Gas, wir müssen vor den Lkw, um den Verbleib des Objekts zu überprüfen. Ich mache schon mal Meldung, dass es abgetaucht sein könnte."

1 „Nein, warte, bis wir Genaues wissen. Wenn Objekt Kopenhagen verloren ging, kann uns kein Vorwurf gemacht werden. Wir haben immer wieder unsere Bedenken geäußert: Es reicht nicht, wenn das Büro den Objekten immer nur einen Wagen folgen lässt."

„Verflixt, vor dem Lkw befindet sich kein Wagen mehr. Objekt Kopenhagen ist abgetaucht!"

Adrianna Osinska: akustisches Protokoll

Vertrauliche Akte A.O.

Am Ende der Abbiegespur schaltete ich wieder das Licht ein. „Da trennte mich nicht viel von der Leitplanke. Wie gut, dass Moritz und ich zweimal Fahren im Dunkeln geübt haben. Jetzt nach Süden abbiegen. Auf keinen Fall sofort in Richtung Stettin fahren!"

Etwas später fuhr ich bei Gryfino über die grüne Grenze. Neben einem Feldweg ging ich einmal um meinen *Oscar Wilde.*

"Auf der Abbiegespur kam *Oscar Wilde* ganz nah an die Leitplanke heran. Hat er sie dabei berührt? Da war ein helles Kratzen zu hören."

Glücklicherweise ließ sich nichts feststellen und Oscar Wilde brachte mich rasch nach Hause. Ich stellte ihn nicht wie üblich in der Nähe meiner Wohnung ab, sondern auf einem Platz, der zehn Minuten entfernt lag. Dort wechselte ich rasch die Nummernschilder. Vielleicht sollte ich *Oscar Wilde* als gestohlen melden?

Im Waschkeller des Mietshauses wusch ich die beiden für Stralsund verwendeten Kfz-Kennzeichen, trocknete sie ab, achtete darauf, keine Fingerabdrücke zu hinterlassen, zog die untere Schublade des Schranks für die Waschmittel auf, nahm alle Lappen und Bürsten heraus und verstaute die Kfz-Kennzeichen unter dem harten Einlageboden aus Plastik.

"Ein ganz simples Geheimfach. Wer die Schilder finden will, muss die Schublade erst ganz ausräumen und umdrehen."

Die beiden Kennzeichen, mit denen ich während der Nacht unterwegs gewesen war, hatte ich mir ausgeborgt. Unter Verzicht darauf, den Besitzer um Erlaubnis zu bitten. Vor einigen Wochen sahen Moritz und ich zufällig diesen Pkw, der *Oscar Wilde* so ähnlich sah. Wir gingen gerade in meinem Wohnviertel spazieren, und ein leichter Regen fiel.

„Guck mal, Moritz! Der Wagen da könnte fast *Oscar Wilde* sein!"
„Dein Raubvogelblick ist genial, Adriana. Es ist der gleiche Wagentyp mit der gleichen Farbe, nur der Lack ist weniger gepflegt als der von *Oscar Wilde*. Diese Ähnlichkeit könnten wir einmal nutzen."

Korrekt, während der letzten Stunden setzten wir unsere Überlegung um.

Moritz Prob: akustisches Protokoll

"Wieder ein Konflikt mit meinem Autoradio", ärgerte ich mich. " Heute Nacht laufen wirklich nur Programme zum Abgewöhnen." Den MP 3 Player wollte ich nicht aktivieren. Leider waren meine Antik-Handys viel leiser als er. Und während der Aktion musste ich jederzeit erreichbar sein, obwohl der Auftrag komplett abgearbeitet war.

Ein Radiosender wollte seine Hörer*innen um fünf Uhr morgens mit einer Diskussion über die Bedeutung der Gen-Forschung wecken. „Der Beitrag der Genforschung zum Sieg über Krankheiten wie Krebs ist bisher enttäuschend", äußerte sich eine Professorin Lorenza Tubrer. Ich hätte Professorin Tubrer gerne gefragt, ob die Genforschung wenigstens Schnupfen, Husten und Allergien bekämpfen könne. Und somit die wirklichen Geißeln der Menschheit.

"Noch zehn Minuten bis zu Hotel *Strelasund*. Jetzt nur nicht einschlafen!", dachte ich gequält. Mit dem nächsten Sender dröhnte lautstark Heavy-Metal-Music durch die sechs Lautsprecher des Kombis. Ich zuckte zusammen. Nicht ganz mein Stil", dachte ich und drehte das Radio leiser, „Immerhin wummert das den Schlaf aus meinen grauen Zellen."

Auf Musik reagieren Lebewesen verblüffend unterschiedlich. In einer Stadt nutzen sie erfolgreich uralte Musik, um Ungeziefer zu vertreiben. Voluminöse Klangboxen spielen Vivaldis *Vier Jahreszeiten* auf. Ergebnis: Die Drogenszene hat sich aus diesem Stadtviertel verabschiedet. Tiere und Musik, ein interessantes Thema.

Aber es lässt sich nur mit wenigen offen darüber diskutieren, dass Menschen und Tiere auf der komplett gleichen Stufe stehen. Den Unterschied macht der menschliche Denkapparat. Er gleicht unsere Unvollkommenheit beim Kampf um das Überleben in der Natur aus. Im Prinzip müssen Tiere und Menschen die gleichen Grundprobleme lösen: Wie kommen sie an erstens Trinken und zweitens Essen? Wo können sie drittens schlafen und viertens sich Fortpflanzen? Alles weitere ist Schnickschnack, der so genannte Überbau.

Zu dem gehört interessanterweise, dass Menschen gegen alle Tatsachen ihre Verwandtschaft zu Tieren und auch Pflanzen leugnen. Menschen und Bananen verfügen zu 50% über die gleichen Gene. So ist das! Doch diese biologischen Fakten blenden viele Menschen aus, bewusst oder unbewusst. Schließlich zerfetzte nüchterne

Betrachtung des Ist-Zustandes humanes Selbstverständnis und verwiese den homo sapiens vom ersten Rangplatz der Schöpfung.

„Hotel *Strelasund*. Da liegt es, auf der linken Seite des Hiddenseewegs." Während sich die Morgendämmerung ankündigte, schlurfte ich todmüde zu meiner Unterkunft. Freundlich erklärte mir die Rezeptionistin des Hotels den Weg zu Zimmer 28. Dort streifte ich die Schuhe aus, ließ mich aufs Bett fallen und schlief sofort ein.

Nur eine Stunde später summte mein Diensthandy. Die Nummer des Anrufers war unterdrückt. Mein Hirn pendelte zwischen todmüde und hellwach: "Ja, bitte?"
"Paketdienst Vorpommern? Ihre Lieferung ist nicht ange-kommen."
Der Anrufer, der seinen Namen nicht nannte, war Michi.

Ich glaubte, mich verhört zu haben: „King Kong noch mal! Was genau ist mit der Lieferung, Herr Wächter?"
„Die Lieferung befand sich nicht am vereinbarten Ort. Sie ist unauffindbar. Kam es bei der Auslieferung zu einem Fehler?"

Ben Abrames´ Leiche war verschwunden.

In meinem Kopf rotierten die Gedanken: "Eine tote Fliege entkommt aus einem Spinnennetz? Nie und nimmer ist die Leiche weg. Immerhin waren definitiv zwei Schatten prä-sent, als ich sie ins Hotel brachte. Und gleich nach meinem Verschwinden sollte eine Spezialistin den Dreizack von Abrames Stirn entfernen. Die wartete sicher schon auf

dem Flur vor der *Hanse*-Suite auf meinen Abgang. Und die beiden Oberraubtiere wollten mir auch folgen."
Ich griff nach meiner Versicherungspolice. So einfach lasse ich mich von keinem Raubtier fressen. Ein paar Anweisungen ins Antik-Handy getippt: "Herr Wächter, die Lieferung erfolgte auftragsgemäß. Prüfen Sie die Belege."

Noch in der gleichen Sekunde sah Michi eine Bildserie auf seinem Handy. Sie zeigte Ben Abrames´ Leiche in der *Hanse*-Suite. Mit dem Dreizack auf der Stirn schien er friedlich zu schlummern. Im Hintergrund war ein riesiger Monitor zu sehen. Um 4.21 Uhr hatte der Nachrichten-Sender "Europa Aktuell" Aufnahmen eines brennenden Hotels in Belgrad präsentiert.

Wie bei jeder Aktion hatte ich mich abgesichert. Die Serie von sechs Bildern mit dem brennenden Hotel, automatisch im Abstand von jeweils drei Sekunden aufgenommen, befand sich auch nicht allein auf meinem Antik-Smartphone. Zeitgleich hatte mein Dokumentations-Handy sie gespeichert.

Diesen Apparat hatte Raimund mit speziellen Programmen gefüttert. Letztes Jahr übergab ich ihn einem Anwalt in Stockholm mit zwei Anweisungen: „Mein Super-Drache im Winterschlaf braucht ständig Energie und Empfangsmöglichkeiten. Sollten Sie durch Anrufe von einer dieser drei Nummern erfahren, dass mir etwas zustieß, wecken Sie ihn sofort. Das Gleiche gilt für den Fall meines Verschwindens. Alle gespeicherten Einzelheiten gehen an die vierzehn Empfänger auf dieser Liste.“

Bei Michis Nebelschatten war leises Flüstern zu vernehmen, zwei oder drei Stimmen. Ein Räuspern folgte. Schließlich äußerte Michi geschäftsmäßig: "Wir werden Ihren Beleg prüfen, Herr Meister!"
"Natürlich", dachte ich, "Wer ständig fälscht, schenkt der Wahrheit kein Vertrauen."

Weiter fragte Michi: "Können Sie bitte rasch erneut zum vereinbarten Ort kommen?"

"Bin schon unterwegs, Herr Wächter."

Der Kontakt brach sofort ab. Ich hielt meinen Kopf unter den Wasserkran. Der Dschungel rief. Aber warum? Ein Gedanke folgte dem nächsten: "Aus welchem Grund soll ich ins Hotel *Kaiserhof* kommen? Der Lieferauftrag war zu hundert Prozent erledigt. Wer bitte wollte Abrames´ Leiche stehlen und warum? Eigentlich mussten die vom Informationsbüro, Dr. Ekeerk und auch der Mananger, Johannsen, doch gleich nach mir im Hotel gewesen sein. Wer konnte an denen vorbei Abrames´ Leiche entwenden? Haben die selbst für das Verschwinden der Leiche gesorgt? Soll mir eine Falle gestellt werden?"

Ich bestellte ein Taxi und sorgte dafür, dass die Rezeption meinen Zielort *Hotel Kaiserhof* kannte. Gegenüber dem Nachtportier behauptete ich, mich mit Nils Johannsen, dem Manager von Ben Abrames treffen zu müssen.

"Johannsen hat um 10.00 Uhr einen Pressetermin in Stettin. Dazu braucht er wichtige Informationen. Folglich muss sich sein Berater hier am Sonntagmorgen um halb sieben Uhr aus dem Bett und nach Stralsund quälen.

Johannsen ist ein fairer Chef, dafür verlangt er alles! Auch Aufstehen mitten in der Nacht."

Das bestellte Taxi stand schneller als erwartet vor der Tür. Ich lächelte die Fahrerin an und murmelte: „Bitte kein Gespräch. Bin im Tiefschlaf!" An den Spruch würde sie sich bestimmt erinnern.

Ich nahm hinten Platz, schnallte mich an und schloss meine Augen. Sofort ratterten die grauen Zellen: "Den

Leitwölfen wird klar sein, dass zu viele wissen, wo und wann ich sie treffe. Warum zitieren sie mich erneut zum Ort des Geschehens? Sie werden meine Aktionen doch selbst orts- und zeitgleich überprüft haben. Wollen sie mir eine Falle stellen? Wenn, dann wie und mit welcher Absicht?"

Schnell überdachte ich ein paar Szenarien: "Erstens können sie selbst die Leiche entfernt haben und brauchen mich als Sündenbock, der angeblich nicht lieferte.
Doch Michi wird meinen Beleg überprüft haben. Ihnen muss klar sein, dass ich mich abgesichert habe. Die Verknüpfung von Bild, Zeit und Empfang im Dokumentations-Ordner weist nach, dass Abrames´ Leiche in der Hanse-Suite des Hotels Kaiserhof lag.
Die Raubtiere müssten einen anderen Esel fangen und opfern.

Szenario zwei. Unbekannte Dritte entwendeten die Leiche. Die Nebelschatten können vermuten, dass ich mit diesen Leuten unter einer Decke stecke und werden mich auseinandernehmen. Vielleicht mit Wahrheits-Serum? Was man da wohl ausplaudert? Eigentlich wollte ich schon immer einmal die Wahrheit über mich erfahren. Meine Belege sind aber korrekt. Da beißt die Maus keinen Faden ab.

Irgendwie switchten meine Gedanken vom Wahrheitsserum zu den Realitäten des toten Ben Abrames.

Wer war Ben Abrames wirklich?
Bis gestern Abend hatte ich ein falsches Bild von ihm. Es war um 175.000 Euro ärmer. Ben Abrames? Für mich trällerte er banale Liedchen über Liebe, Hoffnung, jugendliche Frische. Damit gewann er die Herzen seiner Zuhörerinnen im Sturm. Abrames strahlte Männlichkeit aus, Präsenz, Agilität, Fröhlichkeit. Im Leben seiner weiblichen Fans nahm er eine wichtige Rolle ein: Er wurde zum letzten Märchenprinz ihres Lebens.

Wer aber war dieser Ben Abrames wirklich?
Was liebte und was hasste er von Herzen? Welche guten Seiten hatte er und welche dunklen? Wann lebte er sie aus? Und wie?

Nils Johannsen, sein Manager, war begeistert vom Künstler Ben Abrames. War ihm der Mensch genau so sympathisch? Oder unterdrückte er den Menschen, um den Künstler zur Geltung kommen zu lassen?
Abrames musste den starren Erwartungen seiner Fans entsprechen. Abweichungen bedeuten das Aus. Da gibt es das böse Beispiel eines Sängers, der sich Rex Gildo nannte. Sein Schlager „Fiesta Mexicana" samt „Hossa! Hossa!"-Rufen war Teil der Pop-Kultur. Mit der Zeit bröckelte seine Popularität. Inzwischen entwickelte sich Rex Gildo weiter und hätte sich gerne anders präsentiert, auch musikalisch.

Doch *sein* Rest-Publikum verlangte vom ihm, die *„Hossa! Hossa"-Kunstfigur* zu bleiben, als die es ihn kannte. Der andere, der „neue" und wirkliche Rex Gildo war nicht gefragt. Selbst über seinen Tod machen sich *seine* Fans *ihr* eigenes Bild. Für die einen fiel er unbeabsichtigt im Rausch aus dem Fenster, für die anderen hatte er seinen Selbstmord geplant.

Wer also war der wirkliche Ben Abrames, der hinter den offiziellen Bildern?
Das war auf jeden Fall der, der am Tag vor seiner Ermordung 175.000 Euro transferierte. Der hatte einen sechsten Sinn für Geschäfte. Bei dem von ihm finanzierten Tierzuchtprojekt ging es vielleicht auch um Artenschutz. In erster Linie aber warf es astronomische Gewinne ab. Diese *geheime* Seite von Ben Abrames musste unbedingt beleuchtet werden.

„Elektron!" Das konnte kein Zufall sein.
Drang er in geschäftliche Reviere anderer so aggressiv ein, dass die ihn töten mussten? Oder steckte Rache dahinter?

In welche Rätsel war dieser Mann verstrickt, dessen heimlich nach Stralsund transportierte Leiche dort zum zweiten Mal verschwand? Und das unter den Augen der Nebelschatten!

Wer brauchte Ben Abrames´ Leiche wozu? Was steckte hinter den offiziellen Interessen der Regierungen und Amtsträger*innen? Der „Planet der Liebe"-Sänger lebte in einem Dschungel voller Geheimnisse. Und ganz mittendrin steckte leider auch ich.

Hoffentlich stand mein Informant noch draußen.

Für ein paar Sekunden öffnete ich meine Augen. Das Taxi fuhr gerade am Parkplatz *Stelasund* vorbei. Vor ein paar Stunden war dort eine dünne Plane in eine Abfalltonne entsorgt worden. Vorher lag sie im Kofferraum meines Kombis und auf ihr ein Koffer.
Jener Koffer, in dem ich Ben Abrames transportiert hatte. Und der teilte sich das dichte Gestrüpp am Rande des nächsten Parkplatzes mit Hasen und Ratten. Besondere Mühe hatte ich mir mit dem Verstecken des Koffers nicht gemacht. Wozu auch?

„Wenn der in ein paar Tagen gefunden wird, ist Ben Abrames ganz offiziell in Stralsund gestorben. Der Vorfall wird längst abgehakt sein; Medien und Menschen sich für andere brandneue Aktualitäten interessieren. Keine zwei Eulen werden sich mit dem vermutlichen Diebstahl von Abrames´ Koffer in Stettin befassen." So hatte ich noch vor drei Stunden gedacht.

Meine Gedanken flogen weiter: "Es spräche für das *Hotel Kaiserhof*, wenn eine Reinigungskraft die Leiche noch vor der Polizei gefunden und sofort im Müll entsorgt hätte. Ebenso abwegig war der Gedanke, dass Ben-Abrames-Fans seine Leiche stahlen, um sie einzubalsamieren und ein Mausoleum zu eröffnen.

Vielleicht möchte das Hotel die negative Publicity durch den toten Ben Abrames vermeiden?

„Buchen Sie Hanse-Suite. Den Geist des toten Ben Abrames inklusive." Lässt sich damit werben? Bei Abrames-Fans sicher. Aber können die sich Zimmer im *Hotel Kaiserhof* leisten? Nein.

Trotzdem: Aus sehr gewichtigen Gründen kann das Hotel Ben Abrames´ Leiche nicht verschwinden lassen. Wer sich mit Nebelschatten anlegt, zieht immer den Kürzeren.

Ob die Raubtiere überhaupt wissen, dass mir gleich vier Wagen nach Stralsund gefolgt waren? Warum war das polnische Innenministerium mit von der Partie? Mit wem hatte der Leihwagen etwas zu tun?"

Das Taxi hielt in der Nähe des *Kaiserhofs,* als mir ein weiteres Szenario einfiel: „Sie wissen, wer die Leiche hat. Aus taktischen Gründen möchten sie den Diebstahl mir anhängen."

Da ich mich immer noch nicht abgeschnallt hatte, sprach mich die Taxifahrerin leise, aber bestimmt, an: „Wir sind da. 34,70 Euro bitte!"

Ich öffnete die Augen. „Kann ich mit Kreditkarte bezahlen?", fiel mir ein. Das war möglich. Damit war ein digitaler Beweis für meine Anwesenheit hier und jetzt erbracht.

Direkt am Hotel hatte das Taxi nicht vorfahren können. Etliche Polizeiwagen versperrten den Eingang. Gerade als ich aus dem Taxi stieg, verkündeten die Sieben-Uhr-Nachrichten, dass der tote Ben Abrames in einem Stralsunder Hotel gefunden worden sei. Die Polizei untersuche den Fall.

Also hatten die Leitwölfe tatsächlich beabsichtigt, Stralsund zum Tatort von Ben Abrames´ Ermordung auszurufen. Nie und nimmer hatten sie damit gerechnet, dass seine Leiche aus der *Hanse-Suite* gestohlen würde. Die von ihnen in die Welt gesetzte Nachricht war aber nicht mehr stoppen. Ein Leiche wurde dringend benötigt, eine Leiche zur Nachricht!

Moritz Prob: akustisches Protokoll

Vertrauliche Akte A.O.

Alles lief schneller ab, als ich in meinen kühnsten Träumen erwartet hatte. Der Oberwolf Dr. Felix Edeerk empfing mich an der Eingangstür. Im Eingangsbereich hielt sich auch der geschockte Nils Johannsen auf. Schon fuhren wir mit dem Gästelift nach oben zur *Hanse-Suite.*

Dr. Edeerk fasste die wesentlichen Details zusammen: "Alle Medien wurden kurz nach sechs Uhr von uns informiert. Sie verbreiteten den Knaller sofort. Offiziell liegt Abrames in der *Hanse-Suite.* Die Polizei weiß, dass es nicht so ist, spielt aber mit. Bisher zumindest. Aber Indiskretionen sind bei so vielen Mitwisser*innen unvermeidbar. Wir müssen die Leiche so rasch wie möglich finden, am besten gestern.

Bitte sehen Sie sich gleich genau in der Suite um. Hat sich etwas verändert?"
„Auf jeden Fall werden sich die Lichtverhältnisse geändert haben. Als ich Abrames schlafen legte, war es noch dunkel."
"Wir haben die Vorhänge zugezogen."
Dr. Edeerk öffnete die Suite. "Alle bitte raus!", bestimmte er leise.

Wie sahen die Räume wohl aus, in denen vor ein paar Stunden Abrames´ einsame Leiche auf ihre Entdeckung wartete? Trotz des wenigen Schlafes war ich voll konzentriert.

Zielstrebig eilte ich zum Bett im Schlafzimmer. Dr. Edeerk sollte bemerken, wie gut ich mich in der Suite auskannte. Das Bett sah frisch bezogen aus. So, als wäre es überhaupt nicht benutzt worden.
"Haben Sie das Bett frisch beziehen lassen?", fragte ich Dr. Edeerk.
Die lakonische Antwort war: "Haben Sie Abrames´ Körper in dieses Bett gelegt?"
Ich nickte: "Und über ihn eine dicke weiße Alpaka-Decke, damit sich der Körper bei schwindender Leichenstarre nicht irgendwie skurril verbiegt. Die ist auch verschwunden."

Mit schnellen Schritten eilte ich zum linken Schrank und zog die unterste Schublade auf. "Auch die zweite Decke fehlt! Herr Gewander und ich sicherten in Stettin den Körper im Koffer mit Kleidungsstücken. Wahrscheinlich nutzten die Täter die Alpakadecken zum Abtransport!"

Der Schrank rechts war gähnend leer: "Hier hatte ich Ben Abrames´ Anzüge hingehängt. Damit der Eindruck entstand, er habe die Suite wirklich benutzt."
Unten befanden sich zwei Schubladen. Ich zog beide Schubladen auf. In der rechten fand ich ganz hinten zwei Paar Socken. "Kaschmir. Mit Monogramm."

Ich zeigte Dr. Edeerk die Socken. Auf jede war in dezentem Anthrazit das Monogramm *B A* gestickt. "Damit steht fest, dass Sie zumindest zwei Paar Socken hier abgelegt haben."
"Es steht fest, dass ich weiß, wo die lagen."
Dr. Felix Edeerk zog seine Augenbrauen nach oben. Wir grinsten uns an. "Anscheinend haben wir das gleiche Problem", dachte ich.

Ich blickte mich weiter um. Im Badezimmer fehlte eines der beiden Duschtücher. "Hier hingen zwei Duschtücher, ein blaues und ein goldgelbes. Das blaue fehlt. Und beide Zahnputzbecher. Das hinterlässt den Eindruck eines unerzogenen Hotelgastes."

Auf dem Schreibtisch fehlten die beiden Kugelschreiber. Der Schreibblock lag da. Auf das abgerissene obere Blatt hatte jemand etwas geschrieben. Die Notiz hatte sich auf das zweite Blatt durchgedrückt. Ich zog meine kleine Taschenlampe aus der Jacke und hielt sie schräg über den Block.

Mir stockte der Atem. Ein Kfz-Kennzeichen war notiert. Es war das Kennzeichen, das Adrianna benutzt hatte.

Hatte Dr. Edeerk meinen Schreck bemerkt? Ich durfte mir nichts anmerken lassen. Mit müder Stimme präsentierte ich die Entdeckung: "Hier wurde etwas notiert, Herr Dr. Edeerk. Es könnte ein polnisches Auto-Kennzeichen sein. Das wäre ein erster Einfall, weil die so aufgebaut sind. Vielleicht handelt es sich um ein Bankschließfach. Oder einen Geheimcode... "

Dr. Felix Edeerk rief einen seiner Jagdhunde mit den üblichen Gummihandschuhen: „Block und Schrift untersuchen, und mögliche Bedeutungen der Zahlen feststellen!"
Ich guckte mich weiter intensiv in der Suite um. Meine Gedanken drehten sich aber um die Autonummer: "Die Ziffern stimmen, doch die notierte Nummer enthält einen Zahlendreher."

Statt SCN 634 T 965 war SCN 643 T 965 notiert.
         Vermutlich wollten sie mir eine Falle stellen. Ich befasste mich weiter mit der Suche nach Veränderungen. Plötzlich schlug ich mir gegen die Stirn und stürmte zum großen Flur der Suite: "Die Jacke! Die dunkelrote Jacke auf

dem Stuhl vor der Schlafzimmertür lag nachts nicht hier. Sie gehörte auch nicht zu Ben Abrames´ Kleidung. Hat einer Ihrer Männer sie hier liegen lassen?"

"Nein, wir haben auch dort absolut nichts verändert."
Dr. Felix Edeerk rief. Der Wachhund von gerade eben kam. Er untersuchte die Jacke, natürlich mit Handschuhen. „Alle Taschen sind leer. Kein Name oder Monogramm." Der Jagdhund steckte die Jacke zur weiteren Untersuchung in einen Beutel.

"Dürfen wir ihre Fingerabdrücke nehmen, Herr Prob?"
"Haben Sie die nicht schon? "
"Ich muss doch offiziell fragen." Wir blinzelten uns wieder an. "Vielen Dank für Ihre Hilfe, Herr Prob. Die weiteren Abläufe wird Herr Gewander mit Ihnen klären."

Wir verabschiedeten uns.
Fünf Nebelschatten warteten im Flur, auch Michi. Zusammen mit ihm ging ich die Treppen hinunter. Den Lift brauchten die Jagdhunde. „Die restlichen 20.000 Euro können erst gezahlt werden, wenn Abrames´ Leiche wieder aufgetaucht ist", erklärte Michi. Ich knirschte zwar mit den Zähnen, aber innerlich beschäftigte mich eine ganz andere Frage.

In Abrames´ zweitem Sockenpaar hatte ein kleiner Zettel gelegen, auf dem nur ein Wort stand: *Elektron.* Zettel und Begriff erwähnte ich gegenüber Dr. Edeerk nicht. Vielleicht sollte mit diesem Zettel meine Verlässlichkeit überprüft werden. Aber ich hatte mit den Socken so schnell hantiert, dass Dr. Edeerk die kurze Szene mit dem Zettel nicht wahrgenommen haben konnte.

Verwirrt dachte ich nach: "Wieder *Elektron!* Das Wort hatte doch auch auf dem Monitor in Stettin gestanden. Deutsches Informationsbüro, Ben Abrames, Stralsund, vier

Pkw auf der Pirsch, das zweite Verlegen einer Leiche, eine Falschmeldung, eine Jacke, ein Zettel, Elektron. Das sind viele lose Enden. Was verbindet sie?"

Die Ersten der Zwei: Absprache

Orange: „Absprache Nr. 734

Problem 1: Der Sonnensturm aus Afghanistan soll alle bisherigen übertreffen. Wir sind in dieser Richtung leider blind. Das ist nicht unser Aufgabengebiet. Obwohl es Verbindungen nach Hamburg geben soll.
Problem 2: Positive Entwicklung. Wir haben Dur. Dank pflichtbewusster Kinder. Bald wissen wir, was er wusste."

Violett: „Also, um den Sonnensturm würde ich mich auch sehr gerne kümmern. Doch das führte zum Ende unserer Tarnung.
Bleiben wir bei Problem 2: Satellit wird den Gobelin fristgerecht erhalten. Das ist gesichert."

Indigo: „Wissen wir, wo sich der Turm befindet?"

Violett: „Das erfahren wir bis Mittag."

Gelb: „Problem 2: Negativ: Auch der Maulwurf ist verschwunden."

Orange: „Zuerst spricht das doch für die Zuverlässigkeit unseres Wissens."

Gelb: „Mag sein. Aber unbekannte Figuren wandern über unsere Wege."

Orange: „Keine Panik! Geduldig reagieren! Warten. Beobachten. Handeln."

Indigo: „Deshalb bringen wir Dur erneut ins Spiel?"

Gelb: „Ja. Unsere Kinder verwirklichen eine steile Idee. Aus."

Indigo: „Ende."

Orange: „Vorbei."

Violett: „Schluss."

Die Adler der See: Absprache

Ih: „Der Wasserstand schwankt erheblich.
Kann First etwas finden?"

Oh: „Die Söhne wird First auf keinen Fall finden."

Ah: „Deren Übergabe verläuft im Schatten der Übergabe Stammvaters."

Eh: „In unserem Bereich ist vollständiges Schweigen gesichert."

Ih: „Die Werkstatt wurde geschlossen und abgebaut, alle Bestellungen sind Geschichte."

Oh: „Die 850 wandeln sich in schwarz.
Alles klar. Ende."

Ih: „Alles klar. Ende."

Eh: „Alles klar. Ende."

Ah: „Alles klar. Ende."

Sammlung 4

Professor und Elektron

Mo., 2001-08-27

Adrianna Osinska: akustisches Protokoll

Vertrauliche Akte A.O.

Sanfter Wind bewegte die Vorhänge des Bistros im Hafen-viertel. Ich nippte an meinem schwarzen Tee, wie üblich Assam. „Darjeeling verträgt sich nicht mit unserem Stet-tiner Wasser", steht für mich fest. Meine Kommiliton*innen lächeln maliziös über diese verlässliche Angewohnheit der Queen. Bei Reisen ins Ausland nimmt sie ihr eigenes Was-ser mit, aus reinen englischen Quellen, für ihren eigenen Tee. Das ist kein Spleen, das ist simpler Anspruch auf beste Qualität.

Das Treffen mit Moritz war notwendig: Abrames´ Leiche verschwand gestern Morgen. Warum? Wer waren die Tä-ter? Einer allein kann es nicht gewesen sein. Und wie hat-ten sie die Leiche gestohlen? Die Umstände lagen im Dunkeln. Und zu dieser Nachtschwärze gesellte sich die nächste Ungeheuerlichkeit: Eine zweite Leiche war aufge-taucht. Die lag zwar in den sicheren Räumen der Rechts-medizin, doch mit ihr explodierte die Zahl der Merkwürdig-keiten.

Ich sah aus dem Fenster. Auf dem weiten Platz vor dem Bistro war von Moritz nichts zu sehen. Aber darüber machte ich mir keine Gedanken. Er tauchte gerne plötzlich wie aus dem Nichts auf. "So verwirre ich andere, und sie verraten ungewollt ihre Gefühle und Gedanken", erklärte er diese Angewohnheit.

"Anakonda, alles auf Anfang!" Moritz saß neben mir, ganz selbstverständlich. Vor uns lag wie von Zauberhand ausgebreitet eine Reihe von Fotos, ganz selbstverständlich. "Zurück zum Ziel, Tiger!"

Die Kellnerin reagierte perplex, als sie Moritz unvermittelt neben mir sitzen sah. 15 Fotos nahmen den halben Tisch ein. Moritz und ich beobachteten dezent ihre Reaktion und täuschten vor, uns auf die Fotos zu konzentrieren. Verunsichert fragte die Kellnerin Moritz nach seinen Wünschen. Man sah, was sie dachte: "Das ist doch verrückt! Gerade saß die junge Frau doch ganz allein an Tisch 9. Wo kommen auf einmal der Mann und die Fotos her?"

In Moritz` Augen spielte ein fröhliches Leuchten. Die Kellnerin war in seine Falle getappt. "Hier können wir nicht noch einmal hin", wisperte ich ihm tief empört zu.

Rasch stand das Gewünschte auf dem Tisch. Vor Moritz stand ein Versuch von Kaffee, schwarz, ohne Zucker. Er roch, kräuselte die Nase und rührte den Kaffee nicht an.

Wir hatten uns je ein kleines Frühstück bestellt. Während ich meine Croissants mit Butter, Honig und Konfitüre bestrich, sah ich perplex zu Moritz. Er betonierte seine Croissants mit einer zentimeterstarken Schicht Schokocreme. Meine Augenbrauen hoben sich leicht nach oben: „Tiger?"

"Was ist?" Erst sah er mich verwirrt an, dann verstand er: "Ach, die Schokocreme auf meinen Croissants? Das kannst du natürlich nicht wissen. Bisher teilten wir nur unser Bett, aber noch nie unseren Frühstückstisch. Zu meiner Existenz gehören grausame Wahrheiten. Die allererste ist die, dass ich morgens Schokocreme esse. Schon seitdem meine Mutter mir nicht mehr die Brust gibt."

Ich nickte mit sehr irritierten Blicken, und Moritz fügte erklärend hinzu: „In meinem Kühlschrank stehen immer zwei Gläser davon."

Wir widmeten uns dem *Standard-minus-Preis-plus-Frühstück* und ließen unauffällig unsere Blicke schweifen. „Kein Lauschwiesel zu entdecken", flüsterte Moritz. So leise wie möglich sprach er weiter: "Mit diesem Bistro hast du eine gefährliche Wahl getroffen, Anakonda. Drei Häuser weiter befindet sich das Quartier des Bundeslauschbüros."

Er wies auf das uralte Haus mit der breiten, aber niedrigen Eingangstür. In besseren Zeiten hatte es Vorübergehende mit grasgrünem Putz geblendet. Aber aktuell schämte es sich seiner glanzlosen Häuserfront, die in hartem Kontrast zu den frisch renovierten Fassaden der Nachbargebäude stand.

"Ach du Schreck! Davon wusste ich nichts, Tiger. Aber kommen wir zur Sache. Am Samstagabend gab es einen weiteren Mord in Stettin. Auch der sehr ehrenwerte und noch interessantere Historiker Professor Andrzej Trogsky wurde erschossen. Eine Reihe von Punkten weist auf Zusammenhänge zwischen beiden Ermordeten hin."

Moritz sah mich an: „Lokalradio Stettin stellte die Nachrichten über die Ermordeten in keinen Zusammenhang. Zuerst kam ein längerer Bericht über Prof. Trogskys Ermordung im Grüngürtel von Stettin und später die Meldung über Abrames´ Leiche in Stralsund. Gibt es denn Hinweise auf Gemeinsamkeiten?"

„Allerdings, Tiger! Zuerst: Professor Andrzej Trogsky traf sich Samstagmittag mit Ben Abrames im Nobelrestaurant *Goldenes Dreieck*. Ihr Treffen lief unter dem Deckmantel der Verschwiegenheit. Meine Kommilitonin Olivia wurde zufällig Zeugin ihrer Begegnung im *Goldenen Dreieck*. Sie arbeitet dort als Kellnerin, in der vorlesungsfreien Zeit.

Olivia ist eine Ben-Abrames-Fanatikerin. Deswegen rief sie mich aufgeregt an. „Mein Lieblingssänger hatte sich geschickt verkleidet. Erkannt habe ich ihn erst, als er etwas bestellte. Seine Stimme ist so markant", schwärmte Olivia. Warum er sich ausrechnet mit Professor Trogsky traf, war ihr schleierhaft: „Die passen zusammen wie Wasser und Feuer!", sagte Olivia.

Der Sänger simpler Lieder passte wirklich nicht zum anspruchsvollsten Professor der Uni Stettin. Nach Trogskys Erstsemester-Klausuren blieb nur die Hälfte seiner Student*innen übrig. Vom Rest verabschiedete er sich mit der Bemerkung, sie dürften gerne mal ein Buch vom ihm lesen, aber ihn bitte nicht weiter in Anspruch nehmen."

Moritz seufzte: „So sprang der mit seinen Studenten um? Dann gibt es eine erhebliche Zahl potentieller Mörder, Adrianna."
„Jein, Moritz. Er wies während der Vorlesungen immer wieder auf seine Anforderungen hin. Wer eine Klausur bei ihm schrieb, wusste, worauf er sich einließ. Seine Bewertungen galten auch stets als sachlich und fair."

"Der anspruchsvolle Professor Trogsky und Abrames hatten also ein geheimes Treffen. Beide wurden keine zwölf Stunden später getötet. Das liegt jenseits allen Zufalls. Hinzu könnte ein weiterer Fakt kommen, Adrianna.
Kannst du Olivia noch diese Woche fragen, ob Ben Abrames eine Tasche oder einen Beutel zum Professor hinüberschob? Abrames hatte am Freitag 175.000 Euro in bar abgehoben. Das berichtete Nils Johannsen, sein Mananger, als ich Abrames´ Leiche in Stettin eintüten musste. Beim Toten fand man keinen Cent mehr. Das Geld könnte zu Trogsky gewechselt sein."

Ich nickte und öffnete die Bilddatei meines Handys: „Moritz, vervollständigen wir den Reigen der Gemeinsamkeiten. Mir wurden wichtige Bilder zugespielt. Wie Ben Abrames wurde Professor Andrzej Trogsky durch zwei Schüsse in die Brust getroffen."

„Wie kamst du an diese Bilder?", wollte Moritz wissen.

„Die sandte Kamil Malinowski, der Finder der Leiche ganz cool an alle, die er kannte. Kamil studiert Germanistik im vierten Semester. Jeden Morgen joggt er an dem Gebüsch vorbei, vor dem Trogsky lag."

"Kann dieser Student die Bilder manipuliert haben?", fragte Moritz.

„Nein, Tiger. Kamil Malinowski lebt streng strukturiert Auf Neues reagiert er hilflos. Er berichtete beim Versenden der Fotos, er selbst habe später den Hut von Professor Trogskys Gesicht genommen. Denn er glaubte, der Professor sei dort eingeschlafen."

„Trotz der Blutlache auf der Brust, Anakonda?"

„Trotz der Blutlache auf der Brust. Kamil ist eben so naiv gestrickt."

Moritz sah sich das erste Bild an. Ein Mann lag zwischen kniehohem Farn. Er trug helle Wildlederschuhe, eine weiße Hose mit beigem Gürtel und ein weißes Hemd zu einer weißen Jacke. Auf seinem Gesicht lag ein Panamahut.

Allein der große rote Fleck im Brustbereich passte nicht zur Beschaulichkeit der Situation. „Mit seiner hellen Kleidung erinnert mich der Professor an einen schmucken Polarfuchs", meinte Moritz.

Ich schüttelte den Kopf: „Professor Trogsky benötigte keine aufhübschende Kleidung. Er faszinierte bereits durch seine Anwesenheit. Die Spiegelneuronen aller Menschen in seiner Umgebung umkreisten ihn wie Planeten.
Über die Macht persönlicher Ausstrahlung verfügte er seit seiner Geburt. In der Uni hieß es über ihn: „Denkt euch

einen Anlass. Egal, ob eine Demonstration oder eine Nobelpreisverleihung. Lasst dort dreihundert beliebige Leute zusammenkommen. An wen werden sich später alle erinnern? Wen werden alle später genau beschreiben können? Herrn Professor Andrzej Trogsky!"

Es war so. Vor einigen Wochen erlebte ich es selbst. Mit zwei Kommilitoninnen mache ich Pause in der Mensa. Professor Trogsky kam herein, ins Gespräch mit einem anderen Dozenten vertieft. Er beachtete und grüßte niemanden. Aber alle in der Mensa unterbrachen nacheinander ihre Gespräche und richteten ihre Blicke auf ihn.
Wir drei Studentinnen waren selbst verblüfft über unsere Reaktionen und suchten nach Erklärungen. Doch plausible Begründungen für unser Verhalten fanden wir nicht."

Ich wechselte zum zweiten Bild: „Trogsky befasste sich der Geschichte des polnischen Nordens in den letzten hundert Jahren, dem Mit- und Gegeneinander von Polen, Deutschen, Juden, Kaschuben."
Das erste Bild hatte idyllisch gewirkt. So, als ob Trogsky ein friedliches Nickerchen hielt. Doch das zweite Bild zeigte Professor Trogskys Gesicht. Der Hut war abgenommen worden und lag neben dem Kopf mit den kurz geschnittenen Haaren. Furchtbarer Schmerz entstellte das Gesicht des Professors.
Seine aufgerissenen Augen blickten entsetzt in die Kamera. "So also starrt ein Kaninchen die Schlange an, bevor sie zubeißt", meinte Moritz.

Während er sich auf die Bilder konzentrierte, ließ ich meine Blicke durchs Bistro schweifen. Mir fiel niemand auf, der uns Beachtung schenkte. Ich wandte mich Moritz zu: „Achte auf Trogskys Stirn! Du wirst staunen!"
Moritz sprach ruhig und sachlich: „Adrianna, sehe ich richtig? Da wurde vermutlich mit einem Stempel ein Dreizack in die Haut geritzt. Wie bei Abrames! Nur wurde der Stempel bei Ben Abrames tiefer eingedrückt!"

Moritz´ innere Aufregung übertrug sich auf mich. Doch im Gegensatz zu mir hatte er sich äußerlich völlig unter Kontrolle. Seine Stimme blieb gedämpft und seine Gesten wirkten auf einen möglichen Beobachter so träge, als kämpfe er darum, aufzuwachen.

"Bei Moritz versteckt sich ein Bild im anderen", dachte ich, "Du erkennst nur einen Eisberg. Aber unter dessen Oberfläche bricht gerade ein Vulkan aus. Wer nach Anzeichen dafür sucht, findet sie. Eis und Feuer sind wesentliche Bestandteile dieses Bildes."

Ganz impulsiv äußerte ich einen zweiten Gedanken: "Zwei Leichen. Moritz, hier wird Blut als Farbe verwendet. Echtes Menschenblut. Zwei Menschen wurden getötet, nein *hingerichtet*. Abrames und Trogsky. Ihr Tod war *geplant!* Es ist bereits krank, psychisch krank, wenn jemand ernsthaft Morde plant. Doch wer solche Gedanken in die Tat umsetzt, der überschreitet alle Grenzen unserer Zivilisation! "

Um mich zu beruhigen, blinzelte Moritz mir freundlich zu: "Wir beide erleben live und in Farbe, wie Raubtiere ihre Beute reißen, Anakonda. Nur überschreiten Raubtiere keine rote Linie, wenn sie kämpfen und töten. Aggression ist normal. Sie gehört *definitiv* in die Mitte jeder Gesellschaft.

Jeder Staat der Welt braucht Soldaten, die ihn nach außen sichern. Ebenso benötigt er Polizisten und Gefängnisse, damit sich im Inneren sozialer Systeme jeder brav an die Spielregeln hält. Gewalt gegen Menschen, auch Gewalt in ihrer brutalsten Form, ist systemisch unvermeidbar.
Sie muss aber legitimiert werden. Die Handelnden benötigen einleuchtende Gründe, wenn sie Gewalt anwenden. Jetzt kommt der Verstand ins Spiel. Er muss überzeugende Vorwände für aggressives Handeln liefern, es muss möglichst alternativlos sein. Das ist das Interessante am menschlichen Verstand. Wenn wir Gründe brauchen, liefert der Verstand sie uns. Denn der Bauch bestimmt uns, nicht der Kopf."

Heftig widersprach ihm: "Nein, Tiger. Verstecke dich nicht hinter deinem Biologismus. Beim Thema Mord machst du es dir zu einfach. Wir Menschen töten uns vom Instinkt her nicht gegenseitig. Zum Beispiel ist die auch juristisch erlaubte Selbstverteidigung nur eine Reaktion, aber keine Aktion.

Selbst für Kriege stellten wir Menschen Regeln auf. Die Haager Konventionen gibt es seit über hundert Jahren. Wie soll der Verstand Gründe für zwei Morde finden? *Europa ist eine Zivilisation.*"

Moritz schüttelte den Kopf: "Zivilisation? Das ist nie mehr als nur Fassade, Adrianna. Menschen brauchen keine besonderen Gründe fürs Töten. Wie läuft das bei Tier und Mensch? Warum töten Löwen ihre Jungen? Sie schalten spätere Konkurrenten aus. Warum lässt in Diktator seine Geschwister umbringen? Er fürchtet Rivalen. Töten ist für alle Lebewesen Normalität."

"Nein. Eine humane Hemmschwelle hindert Menschen daran, zu töten. Müsste jeder Mensch seine Weihnachtsgans selber schlachten, ginge es den Gänsen sehr gut."

"Adrianna, jeder Mensch kann dazu gebracht werden zu töten. Nicht nur Weihnachtsgänse, sondern auch andere Menschen."

"Zum Töten müssen Menschen erst manipuliert werden. Normale Soldaten verfehlten in Kriegen regelmäßig ihre Gegner. Damit unsere Hemmschwelle zu töten sinkt, müssen wir lange konditioniert werden."

"Jeder Mensch tötet. Die überbrutalen Ausschreitungen in und neben Fußballstadien sind nicht die Ausnahme, sie sind die Regel. Um seine Existenz zu sichern, muss ein Lebewesen sich gegen andere durchsetzen können. So wie die argentinischen Ameisen zurzeit die europäischen Ameisen vernichten. Adrianna, wir Menschen sind Tiere. Aber wir wollen nicht es wissen."

"Nein, Moritz. Wir Menschen haben unsere Tag- und Nachtseiten. Und zwischen beiden Seiten stehen für mich

Regelwerke wie die zehn Gebote. „Du sollst nicht töten."
Aufgabe unseres Menschseins ist es, unser ganzes Leben
lang Menschen zu werden.

Wir sollen von unserer Tagseite her leben und wissen,
dass wir eine Nachtseite haben. Was machte mein eigentlich besonnener Bruder Bartek noch im Alter von 20 Jahren? - Wahrscheinlich macht er es noch heute. - Er
sammelte Glasflaschen in einem Karton. Hatte er furchtbar
schlechte Laune, schnappte er sich den Karton und ging in
den Hof. Er stellte die Flaschen in einer Reihe auf und
bewarf sie so lange mit Steinen, bis auch die letzte zer-
brochen war. Mit Frieden in seinem Herzen kam er zu uns
zurück.

Unsere Humanität muss gepflegt werden, Moritz. Das Wort
Kultur kommt vom Ackerbau her. Ein Feld bestellen oder
Humanität leben. Beides ist schweißtreibend und schließt
das Risiko von Missernten ein."

Moritz schlürfte einen Schluck seiner Kaffeebrühe: "Warum
eint uns unsere Uneinigkeit? Irgendwie ist es faszinierend:
Gerade durch unsere konträren Auffassungen wachsen wir
zu einem hervorragenden Team zusammen."
Ich biss in mein Croissant, kaute bedächtig, schwieg eine
ganze Weile. "Ein Tiger. Eine Anakonda. Aus Abstand
wurde Nähe. Wie nah sind wir uns eigentlich?"
Er antwortete spontan: "Wir schlugen eine Richtung ein,
erst jeder für sich, dann gemeinsam. Ab und zu schenkten
wir uns gegenseitig Vertrauen. Jetzt verlassen wir uns aufeinander. Immer mehr. Ich denke mit immer größerer
Freude an dich. Lass uns einfach immer weiter gehen."

Ich fasste seine Hände: "Im Gegenlicht der Sonne und im
Dunkel der Nacht, Tiger!" Unsere Blicke verschmolzen für
einen paradiesischen Moment.

Er endete, als mein Handy brummte, weil es in den Sparmodus schaltete. Erneut öffnete ich die Bildergalerie. Moritz sah wieder in das Entsetzen von Professor Andrzej Trogsky. Ich konzentrierte mich auf den fein in die Haut eingeschnittenen Dreizack und überlegte laut: „Besteht die Möglichkeit, dass wir wegen des Dreizack-Symbols zu sehr auf die Bildmitte achten und den entscheidenden Hintergrund aus den Augen verlieren, Moritz?"

Moritz tippte wieder auf das Bild des Toten: „Du fragst nach verborgenen Motiven der Raubtiere? Nun, wir können davon ausgehen, dass ihnen bestimmte Informationen 175.000 Euro wert sind."
„Du sagtest einmal, Täter haben nur drei Motive: Geld, Sex oder jemand ist beleidigt", zählte ich auf.
Moritz meinte: „Noch lässt sich keines dieser Grundmotive ausmachen."

„Im Grunde wissen wir ganz wenig. Da hängt ein Bild, aber es wird durch ein Tuch abgedeckt. Wir wissen nur das, was der Maler uns wissen lässt."
„Exakt. Wir wissen nur, was wir wissen sollen", stimmte Moritz mir zu. Er saß so, dass er in Richtung Eingangstür sah. Plötzlich weitete sich sein Blick. Zwei Männer betraten das Bistro, ein junger und ein Felsklotz.
"Diese Männer kenne ich!" Unauffällig machte er mich auf die beiden aufmerksam. "Aus Stralsund. Sie standen vor dem Hotel *Kaiserhof.*"

"Sind das die Stralsunder Schatten?"
"Ganz sicher!"
"Okay. Plan C. Bereiten wir die Auflösung unseres Bildes vor."
Moritz nickte und legte sein Handy auf den Tisch. "Ein wichtiges Detail müssen wir noch abklären. Vielleicht wissen wir doch etwas, was wir nicht wissen sollen." Während er die Bilder aufrief, fragte er mich: „Was verbindest du mit dem Wort *Elektron* ?"

Ich lächelte: „Physik in der Oberstufe? Lass mich überlegen… Elektronen gehören zur Außenhülle von Atomen. Im Altgriechischen bedeutet Elektron Bernstein. Reibe ein Stück Bernstein an einem Katzenfell. Dann ist der Bernstein geladen und zieht kleine Papierschnipsel an. Warum fragst du?"

„Kannst du Professor Trogsky, abgesehen von seinem Charisma, mit dem Begriff *Elektron* in Verbindung bringen?"
„Mit Elektron nein, aber mit Bernstein!"
„Wieso, Adriana?"
„Trogsky dozierte immer wieder über ein Thema und folterte damit seine Studenten. Hast du schon einmal etwas vom Bernsteinzimmer gehört?"

„Meinst du die gegen Ende des Zweiten Weltkriegs aus Königsberg verschwundenen Wanddekorationen aus Bernstein? Die bald im Petersburger Katharinenpalast durch eine Kopie ersetzt werden sollen?"
Ich nickte: „Das Bernsteinzimmer fiel vermutlich 1944 Bomben zum Opfer, vielleicht auch einem Brand. In der Zeit danach entstanden tausend und mehr Theorien darüber, dass es doch *irgendwie gerettet* wurde und *irgendwo versteckt* wird, von *irgendwelchen* Dunkelmännern.

Professor Trogsky kannte alle Theorien dazu, wirklich alle. Er schrieb Abhandlungen darüber in Büchern, Zeitschriften, beriet Internetseiten, gab Interviews. Darüber hielt er auch seine Student*innen auf dem Laufenden.
Allen Anfangssemestern setzte er bei Klausuren Texte zum Bernsteinzimmer vor. Es handelte sich um Auszüge ohne Angabe der Quellen. Die Texte waren einzustufen und zu bewerten. Wer konnte der Verfasser sein? Wie kam er zu seinen Erkenntnissen? Was daran konnte stimmen, was war auf jeden Fall falsch?

Trogsky begründete diese Art von Klausur: „Bei den Analysen trennt sich die Spreu vom Weizen. Es zeigt sich, wer erstens überhaupt Quellen lesen und sie zweitens historisch einordnen kann." Mit Hilfe dieses Schwertes trennte er sich von der Hälfte seiner Student*innen."

Moritz ging während meiner Erläuterungen seine eigene Handy-Bildergalerie durch und fand endlich die Aufnahme der Rückseite einer Uhr. Nicht irgendeiner Uhr, sondern eines Chronometers der exklusiven Schweizer Werkstatt *Tell & Guillaume* aus Lausanne: „Ben Abrames trug diese Uhr." Darauf klebte ein Etikett mit dieser Notiz:

```
Elektron

50 42 04

12 23 17
```

„Als ich den Toten und seine Kleidung untersuchte, war das Etikett auf der Rückseite der Uhr das einzig Auffällige. Ich nahm es mit dem Handy auf und streifte ihm die Uhr wieder ums Handgelenk.
Es muss Abrames sehr wichtig gewesen sein, und er wollte es geheim halten. Da ist das Stichwort *Elektron* notiert, womit Bernstein gemeint sein könnte und Professor Trogsky war ein Experte in Sachen Bernsteinzimmer."

Moritz stürzte den Rest des kalten Kaffees hinunter und fuhr in seiner Erklärung fort: "Abrames suchte übrigens noch am Tag seiner Ermordung im Internet Informationen zum Stichwort *Elektron*. Es könnte einen Zusammenhang mit dem Bernsteinzimmer geben. Aber welche Bedeutung haben dann die Zahlen?"
Er spielte ratlos eine Reihe von Möglichkeiten durch. Eine Kombination zum Öffnen eines Tresors? „Eine Tele-

fonnummer oder zwei? Ziffern für das Darknet? Die Verschlüsselung eines Begriffs? Es gibt unendlich viele Möglichkeiten…"

Eine Eingebung durchzuckte mich: „Alles auf Anfang! Es gäbe eine einfache Lösung, Tiger. Angenommen, die ersten Zahlen wären Gradangaben, die zweiten Zahlen Minuten und die dritten Sekunden. Dann handelte es sich um geographische Koordinaten. Wir sollten zu einem Atlas greifen. Stettin liegt grob 53 Grad 30 Minuten nördlich und 15 Grad 30 Minuten östlich. Wenn die Zahlen Koordinaten sind, befindet sich der angegebene Punkt südlich und westlich von Stettin, wohl eher in Deutschland als in Polen."

"Das wäre die Lösung!" Moritz strahlte mich an. "Zurück zum Ziel! Dort muss die Höhle des Löwen liegen. Die Leitwölfe verstecken da etwas von weit größerem Wert als 175.000 Euro. So etwas wie das Bernsteinzimmer. Vielleicht auch nur Teile von ihm oder irgendwelche Reste. Aber ganz sicher wird dort etwas zu finden sein! Lass uns das überprüfen.
Möglicherweise musste Professor Trogsky sterben, damit niemand sonst von den Koordinaten erfährt. Trogsky wird gewusst haben, dass er sich mit gefährlichen Bestien einließ und die wohl kaum belogen haben. Aber er unterschätzte deren Blutgier."

Plötzlich brach am Tisch links vom Eingang laute Hektik aus. Der Felsen schob krachend seinen Stuhl nach hinten, eilte zur Theke und legte dort das Geld für Kaffee und Croissants neben die Kasse.
Gleichzeitig kippte beinahe der Stuhl des Jüngeren um, als dieser aufstand. Ohne Unterbrechung hielt er sein Handy ans Ohr, sagte mal kurz "Nein", "Ja" oder "Sofort!" Ganz nebenbei zerrte er zwei Jacken von der Garderobe. Beide Männer stürzten aus dem Bistro, in Richtung Quartier des Deutschen Informationsbüros.

Das wurde gerade von vielen Menschen betreten. Plötzlich wies Moritz mit seinem linken Zeigefinger auf einen Mann in seinem Alter, hager, 1,80 m, sportlich gekleidet, dunkelhaarig: „Das ist mein Freund Michi, also Herr Michael Gewander." Der schob sich eilig durch die breite Glastüre ins Gebäude. "Im Dschungel herrscht Panik!", murmelte Moritz.

Nervös registrierten Moritz und ich jede Bewegung im Bistro. Die ganze Aufregung konnte nichts als ein Ablenkungsmanöver für uns sein. Aber wir stellten keine wesentlichen Veränderungen fest.
Aus der Ferne dröhnte kräftig das Signalhorn der Fähre *Nummer Zwei*. Noch war nichts von ihr zu sehen. Moritz blickte erstaunt auf seine Uhr, automatisch sah ich zur Zeitangabe auf meinem Handy. Blitzschnell sammelte Moritz alle Bilder ein: "Schon neun Uhr fünfzig. Ich habe noch einen Termin im Rathaus, Adrianna. Kann ich dich allein lassen?"

"Kein Problem, Tiger. Nachdem du mir vorhin erklärt hast, dass Brutalität und Killen ganz normales menschliches Handeln sind, werde ich hier noch in Ruhe meinen Tee trinken und mir dann im Supermarkt eine Maschinenpistole kaufen."
"Das ist großartig! Zum ersten Mal seit wir uns kennen, gibst du mir recht. Das wird dick im Kalender angekreuzt!"
Er gab mir das Geld für die Kellnerin. „Zurück zum Ziel!"

"Alles auf Anfang!", flüsterte ich.
Im nächsten Moment war Moritz verschwunden. Das macht ihm keiner nach", dachte ich, "wie eine Figur im Schwarzen Theater taucht er aus dem Nichts auf und verschwindet ebenso plötzlich von der Bühne. Man fragt sich, ob er überhaupt da war."
Hundert Gedanken und Gefühle drehten sich in meinem Kopf. "Bei dieser Fülle von Bildern wird mir ganz schwindelig." Ich bestellte noch einen Assam-Tee. "Für die Lyrik-Klausur heute Nachmittag lerne ich nichts mehr. Die wird mit ganz freiem Kopf geschrieben!"

Event Gryfino: Szene „Nein zum Kind"

Vertrauliche Akte   A. O.

Zwecks Ablenkung und und Entspannung las ich den Text, den Zuzana mir gepostet hatte. Sie hatte weitere Ideen für den ersten Akt des Gryfinoer Passionsspiels entwickelt. Natürlich mit Maria.

(Maria sitzt mit weit gespreizten Beinen vor Anna, Elisabeth und Zacharias.
Die kucken unter ihre Röcke, die sie angehoben hat.)

Anna: „Deine Jungfernhaut ist noch völlig intakt, Maria."

Zacharias: „Unbefleckt wie am Tag deiner Geburt."

Maria: „Das darf doch nicht wahr sein! Dass Gott mir *das* antut! Zuerst steckt er mir einen Balg in den Leib.

Wie soll ich den Leuten erklären, wo der herkommt? Wenn ich denen sage, es sei von Gott... Die steinigen mich doch, die Nazarener. Wegen Gotteslästerung.
Und als Tüpfelchen auf dem I lässt Gott meine Jungfernhaut unbeschädigt."

Zacharias: „Das ist doch der Beweis für die Göttlichkeit des Kindes, Maria."

Maria: „Nichts da. Die Nachbarn werden sagen: „Du hast dir ein Stück Haut beschafft und aufnähen lassen. Die Mara aus Kapernaum, die schließt Vor-

hautlücken wieder, wenn es sein muss. Wir wissen es doch alle!"
Schließlich soll als absolute Krönung des Ganzen der Kleine Jesus heißen! - *Jesus!* Was für ein alberner Name!
Mein Sohn wird *Gabriel* heißen! *Gabriel!* – *Gottes Held!* Das soll zutreffen! - Aber doch nicht *Jesus! - Gott hilft!* Den Namen tragen lebensuntüchtige Frömmler!"

Anna: „Maria, wir haben eine phantastische Nachricht. Josef will trotz deiner Schwangerschaft mit dir zusammenbleiben."

Maria: „Was? Josef will mich noch nehmen? Trotz der Schwangerschaft?
(schüttelt den Kopf) So ein uncooler Schlaffi."

Zacharias: „Gott ist ihm im Traum erschienen und hat befohlen, er solle bei dir bleiben; Maria."

Maria: „Das hat der geglaubt? Gib es zu, Zacharias. Du hast dich mit einem Bettlaken über dem Kopf ans Fenster gestellt und als Engel verkleidet Josef diesen Unsinn eingeredet.
Und Josef fällt darauf rein. Dieser Naivling! Dem könntest du auch weißmachen, dass die Erde eine Scheibe ist.
Nein, den will ich nicht zum Mann. *Den* auf keinen Fall.

(Maria geht aufgebracht auf und ab.)
Elisabeth! *Bitte!...* Die Mara kann doch auch Embryonen entfernen..."

Elisabeth: „Maria! Mit Mara haben *wir* nichts zu schaffen! *Auf keinen Fall!*"

Maria: „Ich habe doch auch ein Recht auf Glück!"

Elisabeth: „Glück? Ich zeige dir, was Glück ist.
(Sie holt ein kleines Öllämpchen, zeigt auf die Öffnung.)
Was siehst du?"

Maria: „Es ist ganz mit Öl gefüllt."

Elisabeth: „Ja, es ist ganz mit Öl gefüllt, Maria. Das ist wahres Glück. *Heute* habe ich Öl, um nachts Licht machen zu können. Wie oft habe ich kein Öl. Aber zu meinem Glück besitze ich *heute* genug für die nächsten beiden Wochen. Was für ein gutes Gefühl das für mich ist.

Maria, Glück können wir von Gott weder fordern noch erwarten. Wir müssen es aber auch nicht suchen. Glück ist Sache des Augenblicks."

Maria: „Ich will dieses Kind *nicht!*"

Anna: „Das ist klug, Maria. Weißt du, was du gerade gemeint hat?"

Zacharias: „Du meintest: „Ich *will* dieses Kind."

Elisabeth: „Dort hinten sehe ich Josef kommen."

Zacharias: „Jetzt wird alles gut, Maria. Alles wird gut."

(Elisabeth, Anna und Zacharias verlassen die Bühne durch eine Tür.)

Maria *(Geht sprechend langsam bis zur ersten Reihe vor.)*

„Meine Damen, wenn ich in Kirchen diese honigsüßen und verklärten Bilder und Skulpturen von mir sehe, wie die sich in ihrem himmlischen Mutterglück sonnen, möchte ich den Künstlern ihre Werke links und rechts um die Ohren schlagen.

Maria war kein sündenreines Engelchen, das in saubersten blauen Kleidern über dem Boden schwebte. Besonders über dem Boden der Tatsachen.

Nein, Maria hatte Haare auf den Zähnen. Sie musste mit beiden Beinen fest auf der Erde stehen. Sonst hätte sie diese ganze entsetzliche Geschichte mit Jesus nicht verkraften können. Wie viele Frauen, wie viele Mütter, wären an ihrer Stelle wahnsinnig geworden oder hätten sich erhängt?

Das begann lange, bevor Jesus als Wanderprediger und Heiler von sich reden machte. Sie musste dem pubertierenden Jesus Erklärungen liefern, wenn er nach Hause kam und verwirrt erzählte: *„Du Mami. Der Zimmermann Benjamin meinte gerade zu mir: "Jesus, zwischen dir und dem Josef gibt es keine Ähnlichkeiten.*

Wie kann dieser Benjamin so eine blöde Bemerkung machen? Josef ist doch mein Vater, oder?"

Im diesem winzigen Flecken Nazareth, mit seiner totalen sozialen Kontrolle musste Maria mit den abschätzigen Blicken der Frauen umgehen. Die dachten ganz logisch, dass Maria eine gewisse Zeit lang die warme Matratze des Ortes war...

Weiter musste Maria den leisen Hohn parieren, mit dem liebe Nachbarn und Freundinnen andeuteten, Josef könne wohl keine zehn Lunarmonate zählen.

(Maria schweigt kurz, blickt dabei ins Publikum und fasst mit beiden Händen an ihren Bauch.)

Sie haben Glück. Sie stehen in keiner Verbindung mit diesem Kind hier.
Sie sind nur Zuschauer.

Maria verschwindet; hinter einem Vorhang oder in einer Versenkung.

Adrianna schüttelte den Kopf: „So viel Text für Maria. Da muss der Jesus-Darsteller direkt eifersüchtig werden."

Zuzana und sie stritten sich immer wieder über Maria. Zuzana meinte: "Maria kann nicht immer nur die gehorsame Magd gewesen sein, als die eine von Männern dominierte Kirche sie darstellt. Ein verhuschtes Mariechen konnte keinen charismatischen Sohn heranziehen. Nur eine starke Frau kann ihrem Sohn seine Bedeutung vermitteln."

"Zuzana glaubt ganz sicher, dass Gott ihre wirbelige erste Szene okay findet und über sie schmunzelt", dachte Adrianna, "Und Maria auch."

Moritz Prob: Brief

Stettin, 25. August

[Nicht abgeschickt.]

Hallo, Meline,

ein Gespräch über die Fähigkeit des Menschen zu töten rief mir Opa Georgs Geschichte in Erinnerung. Ich schreibe dir einen weiteren Teil davon auf.

Die zweite Gruppe der Soldaten, Gunter, Franz und Helmut marschierte zu einem frisch verputzen Haus, das von einem hohen Zaun umgeben war. Die Besitzer hatten ihn erst vor kurzem aufgestellt.

"Es wird gute Gründe geben, so einen soliden Zaun zu setzen", lachte Helmut, "In den nächsten drei Stunden gehört das Haus uns."
Die hölzerne Eingangstür war verriegelt. "Gehen wir durchs Fenster oder zum nächsten Haus?" "Moment!" Gunter verschwand um die Ecke und kam gleich zurück, einen runden Pfahl schleppend, zwei Meter lang und arm-dick. Franz und Gunter nutzen den Pfahl als Ramme, während Helmut mit dem Gewehr die Aktion sicherte.

Die Tür splitterte beim ersten Anlauf auf. Hinter ihr krümmte sich ein wimmernder Mann. Sein linker Arm hing kraftlos nach unten. Vom der gerissenen Jacke tropfte das Blut. Der Stoff der Jacke mischte sich mit Haut und Fleisch. An einer Stelle schimmerte der linke Arm weißlich. War das Knochen?
Der Mann schwankte, fiel wimmernd auf den Boden, starrte die drei an.
"Seine Schuld. Warum versuchte er, die Tür vor uns zu verbarrikadieren?"
Helmut, seit vier Monaten der Sanitäter der Truppe, griff zum Verbandszeug: "Die Wunde schaue ich mir mal an!"
„Dem da helfen? Bist du verrückt?"
„Das muss ein Trümmerbruch sein. Bisher hatte ich noch nie einen derartigen Bruch zu versorgen. Es gab alles Mög-liche: Verstauchungen, glatte Knochenbrüche, Schusswun-den, Quetschungen, Granatensplitter. Alles, aber keinen Trümmerbruch. Jetzt bietet sich eine Gelegenheit zu üben!"

„Meinst du, das glaubt dir das Kriegsgericht, wenn du un-ser Verbandszeug für den verschwendest?"

„Gut, dass du daran denkst. Franz, guck nach, wo du Stoff findest, reiße den in dünne Streifen! Dann vergeuden wir kein deutsches Material an ihn."

Und du, Gunter, komm und halte seine Hand fest!" Die Angesprochenen waren so perplex, dass sie Helmuts Befehlen folgten. Mehrfach schrie der Verwundete auf. Er verstand zwar kein Deutsch, aber er vertraute Helmut.

Der hatte es mit einer offenen Wunde zu tun, mit Haut in Fetzen, mit zerfaserten Muskeln und gebrochenen Knochen, die irgendwie zusammengefügt werden mussten.

Schon das Reinigen des Arms von Blut und Schmutz verursachte beim Verletzten barbarische Schmerzen. Helmut stoppte seine Arbeit und sah dem Mann in die Augen: "Wodka?" Der Mann sah ihn verständnislos an. Helmut wiederholte sanft die Frage: "Wodka?"

Die Augen des Mannes drehten sich. Mit seinem gesunden Arm zeigte er in die Ecke. Gunter ging dorthin: "Hier ist doch nur eine Bretterwand."

"Dann klopf mal an, Soldat!" Gunter lachte, löste die Verschalung und brachte zwei Flaschen mit.

"Füll ihn ab!" Gunter goss den Wodka in den Mund des Mannes. Der lief über die Lippen und sein Kinn hinunter.

"Nicht so viel, er muss ihn schlucken können."

Während Helmut sich um den Polen bemühte, befahl er Franz, einen Besenstiel zu vierteln: "Wir müssen den Oberarm schienen."

Als sie dem Verletzten die halbe Flasche eingeflößt hatten, nahm Helmut sie und goss vorsichtig etwas Wodka über die Wunde. "Oohh!" Der Mann schrie das Haus zusammen. Aber der Wodka macht ihn wehrlos. Helmut nickte ihm freundlich zu: Gleich ist alles vorbei!"

"Gib ihm bitte noch mehr Wodka, Gunter."

"Braucht er das? Wir haben auch Durst."

"Den können wir mit der zweiten Flasche löschen. Denke dran, Leutnant Nordmann wird mehr als sauer, wenn wir zu viel Alkohol in uns schütten!"

Wieder goss Helmut Wodka über die Wunde, wieder brüllte der Verletzte. Mit Franz´ Hilfe umwickelte Helmut den Oberarm mit Stoffstreifen. Bis vor zehn Minuten gehörten sie zu einem dunkelgrünen Vorhang. Zum krönenden Abschluss legte Helmut den Arm in eine Schlinge. Gunter und Franz verfolgten alles mit Respekt: "Du machst das genau so gut wie ein Arzt."

Auf dem Hof war Gackern zu hören. Gunter sah aus dem Fenster. „Ein Huhn. Ein fettes Huhn! Und da ist noch eins!" „Die holen wir uns!"
Helmut blieb bei dem Verwundeten und flößte ihm noch etwas Wodka ein. Der blickte betrunken, dankbar und hilflos.
Draußen peitschten zwei Schüsse. "Sind die nicht in der Lage, zwei Hühner zu greifen und denen den Hals umzudrehen?", ärgerte Helmut sich. "Nachher muss ich, der Sanitäter der Truppe, noch das Geflügel köpfen und rupfen."

Ein dritter Schuss fiel, ein vierter. "Dieser Krach wird Leutnant Nordmann nicht gefallen!", dachte Helmut.
        "Hallo, verschwendet keine Munition!", rief er und blickte vom Verwundeten zur Tür. Er wurde blass. An der Tür standen die Gewehre seiner Kameraden. Wer um Himmels Willen hatte da geschossen?

Panisch griff Helmut zu seinem Gewehr, setzte sich den Helm auf, sah hinter den Vorhängen der Fenster nach draußen. Stille. Nichts regte sich. Leise schlich Helmut vors Haus, sah sich sichernd nach allen Seiten um. Der Einzige, den er sah, war Franz. Der lag reglos vor der offenen Tür zum Stall. Aus seinem Bauch quoll eine große Blutlache. Deren Ränder vereisten bereits.

Helmut eilte mit großen Schritten zu Franz. In der Stalltür erschien ein Knirps mit einem Gewehr im Anschlag. Hinter ihm lag, seltsam verkrümmt, Gunter.
Wie alt war der glatzköpfige Junge? Elf Jahre vielleicht…

ein Pimpf! Aber sein Gesicht wirkte alt, skurril verzerrt durch Wut und Hass.

Hinter Helmut trat der Vater mit seinem verbundenen Arm aus der Haustür. "Nein!", rief er. Bestätigend schüttelte Helmut den Kopf, lächelte und ließ sein Gewehr sinken. "Nein!", rief der Vater erneut.
Doch das Kind schoss zweimal; ohne zu überlegen. Der erste Schuss zerfetzte Helmuts Kopf, der zweite traf die Brust seines Vaters.

"Tata! Tata!" Der Sohn schrie auf, eilte zu seinem Vater, konnte den Zusammenbrechenden nicht halten. "Nein! Tata!"
Der kurze Todeskampf seines Vaters, das Röcheln, der Strom des ausfließenden Blutes, das Zittern und Zucken der Knochen, die plötzliche Leere der Augen --*Tata! Tata!*"
— Alles überwältigte den zwölfjährigen Jungen mit der Wucht eines Feuersturms.

Tage, Wochen, Monate später mussten die Dorfbewohner den Sohn immer wieder einsperren, manchmal sogar anketten. Plötzlich und gnadenlos quälten ihn die Erinnerungen. Eine Stunde vor seinem siebzehnten Geburtstag beging er Selbstmord.

"Der Mensch ist des Menschen Wolf", sagten die alten Römer. Ich denke, sie hatten damit recht.

Dein Onkel Moritz

Sammlung 5   Nach Berlin

Mi., 2001-08-29

Moritz Prob: akustisches Protokoll

Ich stoppte die Wurfbewegung in Richtung Papierkorb. Neun Umschläge hatten heute im Briefkasten gelegen, ungewöhnlich viel Post für einen Mittwoch. Das Sortieren der Post erfolgt nach bewährtem Schema: Rattenkram in den Papierkorb, Fuchspost gleich lesen, Adlerlektüre wird abgeheftet und bei Bedarf gelesen. Der dunkelblaue Brief, den ich in der linken Hand hielt, gehörte zum Rattenkram...

Nein, nicht wirklich. Zu sehr wich dieser Brief vom Rattenmumpitz ab. Sein Format war kein üblicher DIN-lang-Standard. Der Aufdruck des dunkelblauen C-6-Umschlags signalisierte zwar Reklameabsichten: Absender war ein Reisebüro *Sonne, Wind und Meer -Träume G.b.R.* aus Potsdam. Die Briefmarke war durch einen Portostempel ersetzt.
Doch die ganze Aufmachung brachte mich ins Grübeln: "Tiefblaue Umschläge killen erstens jede Werbeabsicht. Zweitens werden C-6-Briefformate für Privatpost verwendet. Drittens passen Inhalt und Umschlag fühlbar nicht zusammen. Da hockt ein Adler im Nest eines Zaunkönigs."

Bedächtig griff ich zum Brieföffner. In dem hauchdünnen Umschlag steckte gefaltetes A-4-Papier, hadernhaltig. „Das dürfte allerbestes 250 g Papier sein! Mit feinst gewellter Oberfläche und einem *J* als Wasserzeichen."

Auf der Vorderseite stand eine kurze Nachricht, mit Füller geschrieben:

Nicht bestellte Ware wurde geliefert.

Bitte nehmen Sie die Ware so rasch wie möglich zurück.

Sie liegt unten.

J

Auf die Rückseite hatte „J" einen Plan gezeichnet. Genauer: „J" hatte dort einen Plan versteckt. Die dünnen glänzenden Linien fielen erst auf, wenn die Rückseite ganz nah an eine Lampe gehalten wurde. Der Zeichner hatte mit feinstem Bleistiftstrich gearbeitet. Ich entdeckte die verborgene Zeichnung erst, als ich mir die Rückseite zum dritten Mal ansah, direkt unter der Lampe.

Die Zeichnung enthielt kein einziges Wort oder Symbol, keinen Pfeil in Richtung Norden: "Ein T-förmiges Gebilde, rechtwinklig, darin eine Menge Rechtecke in verschiedensten Größen und Formen. Die Linien werden häufiger unterbrochen, durch so etwas wie Klappen. Die sind mal in die eine Richtung, mal in die andere Richtung geöffnet.

Es könnte sich um den Grundriss eines Gebäudes handeln, mit Zimmern und Türen. Auf der Vorderseite steht *"Sie liegt unten"*; dann wäre dies hier der Plan des Kellers. Ein Quadrat wurde speziell schraffiert. Vermutlich eine kleine Kammer."
Ich drehte das Blatt wieder um, las den Text erneut und überlegte: „*J.* J wie Januar, Jagd, Jaguar, Johannsen. Nils Johannsen.
Die nicht bestellte Ware könnte ein Toter sein, der vor kurzem meine Dienste in Anspruch nahm. Er müsste im durch Schraffur gekennzeichneten Raum liegen ."

Nun hieß es ins Internet tauchen und Informationen über den Manager Nils Johannsen zu sammeln. Mittags öffnete ich den zweiten Geheimsafe, den kleinen Safe mit den wirklichen Geheimnissen.
Ich schnappte mir das rote Handy und tippte eine SMS ein: „Kannst du Baupläne vom Wohnhaus eines Nils Johannsen in Berlin-Tiergarten, Kurt-Tucholsky-Straße 37, besorgen? Johannsen war der Manager von Ben Abrames. Sein Haus muss unterkellert sein.
Danke!"

„Welches Spiel treiben die Geier mit dieser Leiche?", fragte ich mich. Das rote Handy kam in den Safe zurück. Während ich ihn verschloss und den leeren Heizkörper davor klappte, überlegte ich: Warum spreche ich in letzter Zeit kaum noch mit Raimund? Unsere Kommunikation erfolgt nur noch in schriftlichen Revieren. Früher war es anders gewesen, fröhlich und offen. Liegt es an meinen Freunden?"

Mir kam dieser dumme theoretische Streit in den Sinn, den Raimund Schlack viel zu persönlich-praktisch nahm.

Für mich ging es beim Streit ums Anthropozän um theoretisches Deuten, nicht um unsere Liebensstile. Raimund fühlt sich beim Stichwort „ökologischer Fußabdruck" sofort angegriffen. Denn er tippt nicht auf einfachen PCs herum. Er dirigiert Großrechner, oft benötigt er tagelang deren Rechenkapazitäten und das schluckt jede Menge Elektrizität. Weltweit frisst der Aufwand für die digitalen Welten mehr Energie als der Verkehrssektor. Raimund trägt zu diesem Verbrauch überdurchschnittlich bei.

Und dennoch: Mein Lebensstil den weitaus größeren ökologischen Schaden an. In Raimunds Appartement laufen so viele Computer, der brauchte auch bei minus 25° C keine Heizung, selbst wenn er alle Fenster offen ließe. Ich jedoch brauche viele Heizungen: in meinem Appartement, meinem Büro, meinem Auto, meinen Wachstuben. Ich gehe in Kinos, Clubs, Fitness-Studios und gönne mir auch mal Urlaub in Kanada oder Chile.
Raimunds Leben beschränkt sich auf die digitale Welt. Sollte er sein Appartement verlassen müssen, fände Raimund es nicht wieder. Er würde sich bereits im Hausflur verlaufen.
Die Ernährungsweise trägt auch zu seinem bescheidenen ökologischen Fußabdruck bei: Raimund kennt nur Toastbrot, Margarine und Kaffee.

Für mich ist das Anthropozän theoretischer Fakt: „Raimund, diese Erdalterbezeichnung Anthropozän finde ich bestechend. Mit der Industriellen Revolution und der explosionsartigen Ausbreitung der Menschheit bestimmen wir das Geschehen auf dem Planeten. Wir prägen seine Oberfläche, legen Städte, Kanäle und Häfen an. Wir nutzen die gegeben Ressourcen, Erdöl, Metalle, Wind-, Wasser- und Sonnenkraft. Wir bestimmen, wo welche Pflanzen und Tiere existieren dürfen."

„Anthropozän? Da wird völlig übertrieben. Wir bestimmen nicht, wohin die Winde die Wolken treiben und wo es regnet oder nicht. Wir Menschenzwerge sind bereits hilflos bei Pandemien wie AIDS oder Grippe.

Ein wirklich gigantischer Vulkanausbruch genügte und das Anthropozän wäre gelaufen. Ich, Raimund Schlack, kann daran nichts ändern."

„Witzig ist, dass Wetterphänomene nicht von Menschen bestimmt werden, aber das Klima. Was wir hochjagen an Methan und CO^2, das sorgt für die Erderwärmung."

„Das ist Unsinn, Moritz! Die wenigen industriellen Gase beeinflussen doch nicht das Klima. Gemessen an der Gesamtmenge aller Gase macht das von uns Menschen produzierte gerade mal 20% aus."

„Aber auf *die* kommt es an, *die* stören das sorgfältig austarierte Gleichgewicht der Natur. So wie Nutzung und Gestaltung der Erdoberfläche durch Menschen das Artensterben bewirken."

„Dass wir Menschen das Klima bestimmen, ist ein Fake, eine Lüge. Daran verdienen die Klimafabriken und Umweltpropheten, Moritz.
Ich vergleiche das mit den Jahresberichten der Geheimdienste. Wenn CIA, BND und Konsorten die Zahlen gewaltbereiter Radikaler veröffentlichen, kann ich nur grinsen. Wären diese Zahlen korrekt, dann versänke Europa in Chaos, Gewalt und Bürgerkrieg. Die behaupteten Zahlen dienen zuallererst der Sicherung eigener Arbeitsplätze.

Und mit den Klimaberechnungen ist es das gleiche. Da werden Behauptungen aufgestellt, um zu erreichen, dass ich nicht mehr in Supermärkten kaufe, sondern in Spezialläden für Veganer und Insektenfresser."

„Es geht doch nicht um deine Gewohnheiten, Raimund. Es geht darum, dass bald 8.000.000.000 Menschen Änderungen des Kimas bewirken. Denke doch nur daran, wie die Verwendung von FCKW in Milliarden von Spraydosen und Millionen von Kühlschränken verboten wurde. So verhinderte wissenschaftliche Erkenntnis den Abbau der für uns Menschen lebenswichtigen Ozonschichten."

„Mir reicht´s. Rede nur weiter dein Blabla, Moritz! Ich ändere mein Leben nicht. Ende der Diskussion."
Raimund touchierte sein Handy und brach damit das Gespräch ab.

Ich analysierte: "Raimund fehlten Verstehen und Toleranz. Mir mangelte es an Verständnis für ihn. Unser Nicht-Dialog ist ein weiterer Beweis dafür, dass wir Menschen Tiere sind."

Adrianna Osinska: Tagebuch

Vertrauliche Akte A.O.

Niemand weiß davon. Niemand wird es je erfahren. Nicht einmal Babunia. Oder Zuzana.

Der Tag des Experiments war gekommen.
Schwester und Bruder wateten durch die ruhige Bucht in der Tywa, zu der Stelle, an der sie zwei Meter tief war.

Wie waren die Eltern gestorben? Sie wollten es wissen.

„Brich mir diesmal nicht die Nase", befahl der Bruder barsch. „Nach unserer Probe hatte ich zwei Tage lang Nasenbluten."
„Diesmal passe ich auf", versprach die Schwester, „Aber wir drücken zu und lassen auf keinen Fall los!" Beide amteten tief ein und sahen sich noch einmal an.

„Drei, zwei, eins, los!"
Sie presste ihm mit ihrer rechten Hand Mund und Nase zu und drückte zur Absicherung ihre linke Hand gegen seinen Hinterkopf. Die gleichen Griffe wandte er bei ihr an.

Gemeinsam tauchten sie ins Wasser.
Der Bruder presste krampfhaft seine Augenlider zusammen. Wie Babunia und Mutti hatte er empfindliche Augen. Leider führte die Tywa oft Partikel mit, die seine Bindehaut schmerzhaft reizten. Genau das durfte heute nicht passieren.

Das Wasser war angenehm warm. Bei der Probe war es noch kühl gewesen.
Sterben, heute?... Tod?...
Das war ihm gleichgültig. Die Eltern waren tot. Er im Prinzip auch.

Babunia tat ihm leid, seine Schwester auch.
Solange die Luft reichte, und heute reichte sie endlos, fühlte er sich in den brennenden Tunnel ein, den Rauch, das Husten und Würgen der Eltern und der anderen Opfer…
Rasch geriet er in die Mitte des Trubels. Es gab keine Chance mehr, auszubrechen. Er ließ Luft aus seinen Lungen, neue kam nicht nach. Stehen bleiben, die Schwester weiter am Atmen und am Auftauchen hindern.

Luft. Er brauchte Luft. Warum konnte er nicht atmen? Seine Schwester. Sie hielt ihn fest, wie abgesprochen und kräftig. Die Lunge krampfte. Er öffnete die Lippen, zog trotz der Hand seiner Schwester kleine Mengen Wasser ein. Die Atemröhre vibrierte. Hatte er jetzt Wasser in der Lunge oder Rauch, wie sein Vater? Sein Vater stand da, umarmte die Mutter, die seltsam tanzte. Luft. Wo war sie?

Er öffnete die Augen, sah nur rote Helligkeit, Sterne, Dunkel. Luft. Nacht. Tausend Körner drückten auf die Bindehaut.
Sein ganzer Körper krampfte…

Er erwachte. Schmerzen. Eine blutende rechte Hand. Die gehörte wohl ihm. Seichtes Ufer. Krampfartige Schmerzen. Aber Luft. Gerade noch Tod... Und Sterben... So war das also mit den Eltern gewesen.

Seine Schwester! Wo? War?. Sie?
Vor seinen Augen flimmerte und blitzte es. Da drüben lag Adrianna. Er kroch zu ihr. Luft. Alles schmerzte. Luft. Atmen, tief. Er musste sich übergeben. Luft... Luft. Luft! Und langsam atmen. Schwesterchen. Er legte sein Ohr auf ihre Brust. Ihr Herz klopfte. Oder war es seins?

Mund-zu-Mund-Beatmung. Sein Kreislauf sackte ein. Die Eltern. Sterben ohne Luft. Ein grässlicher Tod.
Er erwachte, weil Schwesterchen ihn kitzelte.

Ihre Augen. Sie hatte begriffen.
„Damals... Im Tunnel... Das war Hölle...‟

Adriana Osinska: Tagebuch

Vertrauliche Akte A.O.

Die Lage war so vertrackt, dass wir selbst bei vertraulichen Gesprächen Codewörter verwendeten. Diese Absurdität ließ einen langsam zweifeln und verzweifeln. Unser entscheidendes Gespräch wäre wie folgt aufgezeichnet worden:

Weibliche Stimme: "Müssen wir wirklich nach Oberstadt fahren und dort Kasperletheater spielen, Tiger? Ich dachte, die Oberwölfe akzeptierten inzwischen die Echtheit diener Fotos?"

Männliche Stimme: "Das mussten sie. Meine Aufgabe bestand darin, den König von der Pfalz zum Schloss am Meer

zu bringen. Kaum war das erledigt, verschwand der König. Es liegt nahe, dass die Wölfe hinter seinem Verschwinden stecken. Schließlich hatten sie das ganze Schloss unter Kontrolle. Gretel und Kasper werden nachweisen, dass der Verschwundene nach Oberstadt gebracht wurde, Anakonda. Von wem, ist für gleichgültig.
Sobald der König gefunden wurde, kann die Königin ihn holen. Kasper und Gretel agieren ständig getarnt, unter der Oberfläche. Offiziell wird die Königin ihren König finden."

Weibliche Stimme: "Tiger, ich verstehe, was dich zu der Aktion in Oberstadt antreibt. Deine Auftraggeber behaupteten, du stecktest hinter dem Verschwinden des Königs. Diese Verleumdung muss aus der Welt, die Fälschung durch das Original ersetzt werden: Der Tiger erfüllte seinen Teil des Vertrags. Wenn zum guten Schluss der König in Oberstadt gefunden wurde, ist das Spiel gewonnen und *vorbei.* Du musst nicht weiter mitspielen und bist frei. *Völlig frei!*
Nichts zwingt dich -und damit uns- dazu, die Krone zu suchen."

Weibliche Stimme weiter (aber nur in Teilen verständlich): " 50° 42´ .." N   12° 2.´ 1." O. Die Zahlen haben sich schon in mein Gehirn eingebrannt. Was willst du da finden? Warum willst du es finden?"

Männliche Stimme: „So sehe ich das nicht. Es gibt zwischen der Suche nach dem König und der Suche nach der Krone keinen Unterschied. Die hängen fest zusammen. Der König starb, weil er die Krone suchte. Sie ist das Ziel. Sie steht im Zentrum aller Kämpfe." Er flüstert fast unhörbar: " 50° 42´ 04" N   12° 23´ ..17" O. Wir müssen die Krone finden."

Dann spricht er in normaler Laststärke weiter: "Ich befasste mich ausführlich mit dem König. Er war ein Top-Künstler, aber ein noch besserer Geschäftsmann. Risiken ging er nie ein. Er investierte nur dort, wo auf jeden Fall

Gewinn zu erwarten war. Nie hätte er 175.000 Euro für irgendeine windige Spekulation bezahlt. Der König wusste, was die Eule ihm lieferte."

Weibliche Stimme: "Glaubst du wirklich an die Krone?"

Männliche Stimme: "Ich glaube an den Wert der Anweisungen der Eule."

Weibliche Stimme: "Wenn es unbedingt sein soll! Suchen wir *die Krone.* Aber mit größter Vorsicht und Distanz."

Männliche Stimme: „Unterstützung wäre von Nöten. Gretel und Kasper kennen das Dorf wie ihre Westentasche. Doch der Wald ist nicht ihr Revier. Hättest du Ideen in dieser Richtung?"

Weibliche Stimme: "Welchen Lohn können wir Helfer*innen bieten? Abgesehen vom Spiel mit Gefahren?"

Männliche Stimme: „Der Lohn besteht darin, die Ersten zu sein, die die verschwundene Krone gefunden haben. Die ersten von zehntausenden, die jahrzehntelang vergeblich nach ihr suchten. Der Lohn steckt im Anblick der realen Krone. Und wie in jeder Sage gibt es ein Tabu: Keiner von uns darf sich die Krone aufs Haupt setzen. Das bedeutete den sicheren Untergang.

Jagen letztlich nicht alle Menschen bis zum Ende ihres Lebens Schätzen nach? Meist nur fiktiven, selten realen. Die Krone ist real, Anakonda, ganz real. Das spüre ich."

Weibliche Stimme: „Dann muss ich Verrückte suchen, die uns als clevere Helfer*innen unterstützen. Helfer*innen, deren Aufgabe wir darauf beschränken müssen, die Farben zu besorgen, mit denen wir beide malen. Tiger, das ist wichtig! *Nur wir beide malen.* Andere dürfen wir nicht in Gefahr bringen."

Männliche Stimme: "So soll es sein, *so muss es sein!* Niemand darf von unseren Helfer*innen erfahren. Gut, wir und sie werden unvermeidbar Spuren hinterlassen. Aber alle Spuren sollen ins Nichts führen. Schlagen wir das entscheidende Kapitel auf, Anakonda. Der König wollte *die Krone* finden. Die Leitwölfe wollen sie vermutlich besitzen.

Wir müssen *die Krone* vor ihnen finden. Selbst wenn hundert Skorpione auf uns lauern."

Event Gryfino: Szene „Nacktes Sterben"

Vertrauliche Akte A.O.

Nachtrag: Do., 2001-08-30

Während der Fahrt nach Berlin postete Adrianna ihre Idee zur Kreuzigungsszene an Zuzana. Sie griff Babunias Idee auf, dass Jesus nackt gekreuzigt werden muss.

"Hi, Zuzana,

deine Idee ist gut! Informieren wir die Zuschauer darüber, dass die Darsteller fleischfarbene Trikots tragen. Das ändert zwar wenig an den erwartbaren Reaktionen. Einige werden uns billige Effekt-Hascherei vorwerfen, andere Gotteslästerung. Mit der Kreuzigung eines nackten Jesus darf Gryfino keine billige Show bieten. Durch eine Kreuzigung hingerichtet zu werden, bedeutete schon damals absolute Erniedrigung. Dass der unschuldige Jesus nackt gekreuzigt wird, potenziert die Grausamkeit ins Unermessliche.

Ein nackter Jesus (selbst wenn er ein Trikot trägt) provoziert Missverständnisse. Um die abzuschwächen, sollte das Bühnenbild um 180° gedreht werden. Wie denkst du über folgende Version?

Die Kreuzigung erfolgt rechts auf der Bühne. Dort ist der Marktplatz ganz eben. Vor Beginn der Kreuzigung fährt ein

Traktor mit Anhänger vor. Der Anhänger wird abgekoppelt, die seitliche Lade zu den Zuschauern hin umgeklappt und diese Aufschrift wird sichtbar:

GOLGATHA

sponsert by

Kollektiv Beerdigung Gryfino

Die drei Verurteilten kommen, ihre Kreuzbalken tragend, von Soldaten begleitet. Neben dem Lastwagen ziehen Soldaten Jesus und die beiden Verbrecher komplett aus, würfeln um ihre Kleidung. Einer gewinnt alles und geht mit den Kleidungsstücken nach links von der Bühne ab.

Die drei Nackten werden an den Kreuzen fixiert. Dabei sind sie, wie schon beim Auskleiden, für das Publikum größtenteils von Soldaten verdeckt. Die Kreuze werden auf die Anhänger montiert. Die Gekreuzigten sehen aber nicht in Richtung Publikum. Sie sehen wie das Publikum in Richtung Bach und sind nur von hinten zu sehen.

Zwei Soldaten stellen sich vor die Kreuze, zücken ihre Handys und machen je ein Selfie von sich und Jesus. Einer kommentiert: "Jesus, du könntest ein bisschen gequälter gucken. Aber heute Nachmittag spielt ja wieder nur die B-Besetzung!"
Eine Stimme ertönt aus dem Off: "Meine Damen und Herren! Fünf von Ihnen dürfen nun auch ein Selfie von

sich und dem Jesus-Darsteller machen. Nehmen sie Ihre Eintrittskarte. Ist hinter Ihrer Eintrittsnummer ein Hashtag aufgedruckt? Dann dürfen Sie sich hier vorn bei der Security melden und werden auf die Bühne gelassen. Sie müssen aber über achtzehn Jahre alt sein.

Für das Selfie haben Sie fünf Minuten Zeit. Jesus brauchte vier Stunden um zu sterben. In ihrem Interesse reduzieren wir das."
Die Durchsage erfolgt auf Polnisch, Englisch und Deutsch.

Alle fünf Zuschauer*innen mit den Extrakarten sind in Wirklichkeit Schauspieler. Zwei haben besondere Rollen. Ein Zwanzigjähriger stürmt als erster zur Security, dann zur Position vor dem Kreuz Jesu´, ist begeistert: "Cool. Das poste ich sofort!"
Er versucht zwei-, dreimal zu senden und ruft schließlich wütend: " Blöd, hier ist ein Störsender!"

Zeitgleich begibt sich eine elegant gekleidete Dame in Richtung Bühnen-Security. Sie weist ihre Karte vor und betritt die Bühne. Mit distinguierter Haltung bewegt sie sich in Richtung Jesus. Dabei kommt sie nah am linken Kreuz vorbei.
Einer der Soldaten warnt sie: "Kommen Sie bitte dem Verbrecher auf keinen Fall zu nahe. Gestern pullerte er aus Versehen einen Mann an, als der sein Selfie mit Jesus machte. Wer da oben hängt, hat seine Schließmuskeln nicht immer unter Kontrolle."

Ich grinste, als ich die Sendetaste berührte. "Zuzana wird mit meinem Vorschlag unzufrieden sein. Maria spielt nicht mit."

Sammlung 6   Kampf um den König

Fr., 2001-08-31

Interviewnotizen   Jenny Benn, „Tiergarten lokal"

Fr., 2001-08-31
[nicht veröffentlicht]

Allein ihre Lage ist exklusiv. Auffällig unauffälliges Personal behütet die Straße Tag und Nacht. Doch heute mussten sich die Anwohner der *Welfenchaussee* mit einem für
sie ungewöhnlichen Problem herumschlagen, das andere
jeden Tag haben. In der Umgebung des Hauses Nummer 37 stapelten sich Limousinen, viele mit Chauffeur.

Wer durch die Welfenchaussee fuhr, musste immer wieder
stoppen und sich mit entgegenkommenden Fahrzeugen
über die Vorfahrt einigen.

„Dieser Johannsen hat wieder einmal ganz Berlin zu
seinem Geburtstag eingeladen", giftete Lydia Ullblad, etwas unsicher ihren neuen SUV nach Hause manövrierend.

Ullblads waren zu ihrem Leidwesen direkte Nachbarn von
Nils Johannsen. Dessen nagelneue Villa hatte ein hipper
indischer Stararchitekt entworfen. Sie fügt sich überhaupt
nicht in das Ensemble der klassizistischen Villen, die das
Bild der Welfenchaussee prägen.

"Unser *Nils*" - Er möchte von allen geduzt werden - ist ein stilloser Parvenü!" In diesem Urteil waren sich seine Nachbarn einig.

Philipp Ullblad meinte zu seiner Frau: „Nils hat nicht ganz Berlin eingeladen, sondern *ganz Deutschland.* Hast du übrigens unsere Absage abgeschickt?"

„Wie jedes Jahr. Eine Woche vor dem Termin."

Keiner der Nachbarn erschien bei Johannsens Geburtstagspartys.

Ullblads waren völlig auf das Fahren konzentriert. Sonst wäre ihnen der kleine weiße Wagen aufgefallen, der überhaupt nicht in die Ansammlung der Edelkarossen passte, die um Nils Johannsens Villa herum parkten.

Die Ersten der Zwei: Tonbandprotokoll

Wagen Y 7

Fr., 2001-08-31

„Wegen dieser Feier haben wir leider nichts mehr unter Kontrolle", meine der im Wagen Y 7 sitzende Oberinspektor Robin Graber zu Kommissar Marc Feld. „Brauchen wir auch nicht", meinte der. „Bei dem ganzen Trubel wird weder in einer Stunde und noch hinterher jemandem auffallen, dass wir genau wussten, wo die Puppe lag."

„Hoffentlich gleitet der Regisseur sanft ins Bett", meinte Graber.
„Ach, richtig. Sie sind heute zum ersten Mal aktiv beteiligt."
„Ja, ich fürchte, ich werde nichts auf die Reihe bringen."

„Graber, wir gehören nur zum Geleitzug. Um den Raketen-abschuss kümmern sich erfahrene Leute. Herr Oberin-spektor, Sie sehen nichts, Sie hören nichts, Sie dürfen nur mit mir über das Bett reden, ausschließlich mit mir. Ist das klar?"

„Definitiv, Herr Feld. Ich bin noch dabei... das Terrain zu sondieren. Mit Betten hatte ich nicht gerechnet."
„Ich auch nicht. Aber die gehören immer mal dazu. Sie sind selten und von ganz oben beschlossen."
„Ist Ricker nicht mehr dabei, weil er gegen Betten ist?"

„Ja. Aber das hätte er sich vorher überlegen sollen. In jedem Beruf hat man Leichen im Keller, Graber."
„Leichen im Keller? Das passt genau!"
Graber, zur Sache! Einerseits mag es gut sein, dass Sie mit ihrem Gewissen kämpfen, Herr Oberinspektor. Aber: Es muss getan werden. Der Regisseur setzte sich selbst auf die Liste. Die Bett-Entscheidung trafen andere, nicht Sie und ich. Tun wir einfach unseren Job, wie alle von uns!"

„Danke, Herr Kommissar. Ihre Hinweise helfen mir!"

Interviewnotizen   Jenny Benn, „Tiergarten lokal"

[nicht veröffentlicht]

Als sie ihre Villa betraten, meinte Lydia Ullblad, zwei Schatten im Garten gesehen zu haben, direkt neben dem Pavillon: „Die feiern *doch nicht* auf unserem Grundstück! Ich rufe sofort bei Johannsen an!"

„Nein, du brauchst nicht anzurufen, Lydia. Da flanieren zwar zwei oder drei Gäste, aber eindeutig durch Johannsens Garten, ganz nah am Zaun."

Polizei Berlin, Bezirk Tiergarten:

Welfenchaussee 37

Aussagen von Gästen -Sammelprotokoll

<u>Hier eingefügt:</u> Sa., 2001-09-01

Die Feier von Nils Johannsens vierzigstem Geburtstag am 31. August auf der großen Terrasse erreichte einen weiteren Höhepunkt. Gerade hatte sein Bruder Justus *Die Holtzwürger* angekündigt, „die angesagteste Band in ganz Europa." Nils Johannsen strahlte, seine Gäste applaudierten leidenschaftlich. Den Sound der *Holtzwürger* pfiffen sogar die Spatzen von den Dächern.

Ein Vorhang öffnete sich, drei Scheinwerfer richteten sich auf die Band, die Instrumente stimmten den Hit *„Wenn die Terroristen wüssten"* an, der Sänger griff zum Mikrofon. Plötzlich standen mit gezogenen Waffen zwei atemlose Polizist*innen neben der Band,. Die Feiergesellschaft stand verwirrt und stockstarr. „Bitte...Bleiben Sie ganz... ruhig!", hustete der ältere Polizist mit der Glatze ins Mikrophon.

Seine junge Kollegin war nicht ganz so außer Atem: „Wir verfolgen vier Einbrecher, die zu einer gefährlichen und brutalen Diebesbande gehören. Sie sind gerade in Johannsens Keller geflüchtet. Halten Sie sich alle von der Kellertür fern. Unsere Verstärkung kommt gleich!"

Der Polizist fragte: „Sind hier Wachdienste im Einsatz?"

135

Justus Johannsen nickte und ging zu dem Polizisten und seiner Kollegin. „Die Security alle Türen bewachen, die in den Keller führen", wies der Polizist ihn an.

Er folgte seiner Kollegin, die beinahe schon die Kellertür neben der zweiten Garage erreicht hatte. „Bleiben Sie ruhig und spielen Sie auf keinen Fall die Helden! Ganz sicher verfügen die vier über Schusswaffen, und sie machen schnell von ihren Gebrauch!", rief sie. Beide verschwanden durch die Tür.

Adriana Osinska: Tagebuch

Vertrauliche Akte A.O.

Fr., 2001-08-31

Im Keller schoben wir beide unsere Pistolen in die Holster. Eilig machten wir uns auf die Suche. Natürlich ging es uns nicht um vier bewaffnete Einbrecher. Aus dem zweiten Raum holten wir den fahrbaren Kollo einer Firma *Party-Service STAR Berlin/Potsdam*. Moritz, als Polizist kurz vor der Pensionierung verkleidet, zog ihn hinter sich her. Wir gingen durch die Kellerräume, mit denen wir durch das genaue Studium des Bauplans sehr vertraut waren. Seine Details waren in meinem Kopf präsent.

Zielstrebig steuerten wir auf den Weinkeller zu, öffneten die Tür und sahen uns kurz um. „Nur in die Kiste da drüben könnte er passen. Vorausgesetzt, der König wurde ordentlich gequetscht."
„Du hast recht. Aber sonst befinden sich hier nur ein paar Geräte zum Dekantieren."
„Dann liegt er im Nebenraum?"

„Ja, die rechte Tür führt zum zweiten klimatisierten Raum.“

„Toll, dieses Licht, das auf Bewegungsmelder reagiert. Als erstes käme die Kiste dort in Frage.“

„Verschlossen. Wie bekommen wir sie auf?“

„Wo ist der Werkraum?“

„Vom Weinkeller in den linken Flur, zweite Tür rechts.“

„Schon unterwegs!“

Zwanzig Sekunden später kam Moritz zurück.

„Dein Lagegedächtnis ist phantastisch.“

„Eine Axt? Du übertreibst!“

„Wir müssen nur Ben Abrames finden. Dann geht alles seinen natürlichen Gang.“

Moritz schlug mit der Axt zu und riss den längeren Teil des gespaltenen Bretts heraus: „Jetzt haben wir ihn. Löst du bitte das zweite Brett ganz?“

„Herr Abrames, es tut uns leid, aber Sie werden in ihre nächste Lagestätte umquartiert.“

Nach dieser Trostrede griff ich zum Funkgerät: „Zentrale, hier Bär neun. Ende“

„Hier Zentrale. Ihre Meldung? Ende.“

„Wir befinden uns im Keller des Hauses Welfenchaussee 37. Hier verstecken sich vier Einbrecher. Wahrscheinlich bewaffnet. Brauchen sofort Verstärkung. Ende.“

„Hier Zentrale. Wir alarmieren umgehend. Ende.“

„Hier Bär neun. Wir sichern solange den Eingang zum Keller. Ende.“

Zwar hatten wir unsere Nasen eingeschmiert, bevor wir Abrames´ Leiche in den Kollo umbetteten. Dennoch machte mir ihr penetranter Geruch zu schaffen. Seltsam, denn mit Gerüchen hatte ich bisher nie Probleme. Während Moritz den Kollo in den zweiten Raum hinter dem Garageneingang zurückschob, besprühte ich Kollo und Weg mit zwei verschiedenen Mitteln.

Kein Suchhund würde die Leiche finden oder ihren Weg verfolgen können. Die Polizei sollte zwar auf die Leiche stoßen, aber die Suche musste etliche Probleme bereiten. Sonst wäre unsere Absicht zu offensichtlich gewesen.

Wir nickten uns erleichtert zu und atmeten kräftig durch. Da spielte Moritz´ Handy Gesänge von Walen ein. "Alarmstufe eins! Wir müssen sofort weg."

"Nehmen wir den Ausgang des Kellers, der in die Küche führt. Auf den Ausgang an der Garage achten jetzt doch alle."

Die Ersten der Zwei: Tonbandprotokoll

Wagen Y 7

Fr., 2001-08-31

In diesem Moment klingelten Kommissar Marc Feld und Oberinspektor Robin Graber bei Johannsens. "Deutsches Informationsbüro. Wir haben einen Durchsuchungsbefehl für dieses Haus! Können wir bitte sofort Herrn Johannsen sprechen?"

Drei Minuten später kamen die ersten drei von fünf Einsatzwagen der Berliner Polizei. Der erste Wagen des Deutschen Informationsbüros traf erst zwei Minuten später ein.
Zehn Minuten später erfolgte eine Weisung des Justizministeriums und die Kompetenzen waren geklärt. Die Berliner Polizei übernahm die Sicherung der Straße, die Hausdurchsuchung fiel an das Deutsche Informationsbüro.

Kriminalpolizei Berlin: Protokoll

Befragung Ehepaar Ullblad, Welfenchaussee 35

Hier eingefügt; Sa., 2001-09-01

Ullblads sahen am 31. 8. 2001 aus ihrem Fenster auf die Johannsen-Villa. In allen Zimmern brannte dort das Licht. Zusätzlich strahlte eine Batterie von Scheinwerfern die Villa an.

„Das nächste Mal nehmen wir die Einladung ein, Lydia."
„Du, da rechts sind jetzt zwei Polizisten in unserem Garten!"
„Die laufen in Richtung Jochen-Klepper-Straße!"
„Philipp, führen die da gerade Nils Johannsen ab, *in Handschellen*?"
„Das kann nicht sein, Lydia. – Bei Zeus, du hast Recht! Nils in Handschellen. Hat er Steuern hinterzogen? Oder den Abrames gekillt? Wegen irgendeiner Tat wird er diesen Abgang verdient haben. Der passte nicht zur Welfenchaussee, Lydia!"

Moritz Prob: akustisches Protokoll

Vertrauliche Akte A.O.

Adriana und ich pellten uns rasch aus unserer Verkleidung. Walgesang auf dem Antik-Smartphone hatte uns glücklich dem Deutschen Informationsbüro entkommen lassen. Den Gesang hatte Helfer alpha dirigiert. Der hatte sich in das System der Sicherheitskameras im und auf dem Haus der Ullblatts gehackt.

Als er die Ankunft der ersten beiden Agenten des Informationsbüros bemerkte, warnte er Adrianna und mich durch den Walgesang-Anruf. Helfer alpha und Helfer beta, unsere beiden Unterstützer, waren Mitglieder des *Berliner^ Bunker^Forscher^Clubs*. Adrianna hatte die beiden für unsere Suche nach der Krone organisiert.

"Wir halten unseren Vorsprung vor den Schatten, Moritz. Die sind glücklicherweise noch nicht im Bilde. Aber ich bedaure sehr, dass wir schon vor dem ersten Song der *Holtzwürger* zugeschlagen haben."
"Wieso?"
"Der Terroristen-Song gefällt mir."
"Dir als Frau gefällt ein sexistischer Prollgröler? *Die Holtzwürger* singen unverfroren *'Wenn die Terroristen wüssten, wie sanft es ist an Frauenbrüsten'. So etwas gefällt dir?*"

"Bei diesem Song geht es nicht um Sexismus. Denn die *die Holtzwürger* singen weiter *„Sie brauchten kein gelobtes Land, strichen glatte Haut mit ihrer Hand'."* Die Botschaft des Songs ist simpel: Wer ein prickelndes Sexualleben hat, braucht keinen Terrorismus."
"Hast du genau hingehört? *Die Holtzwürger* spielen mit dem Refrain. Sie singen *„...wie geil es ist an Frauenbrüsten ."* und "*...wie heiß Mann wird an Frauenbrüsten."*... Im ausgeschriebenen Text steht bewusst *„Mann"* groß und mit zwei n. Im Klartext heißt das: Kaum berührt ein Mann eine Frau körperlich, schon wächst sein Ständer. Platter können Aussagen doch nicht sein."

"Wirklicher Sexismus läuft um Etagen dumpfer, Moritz. In einem aktuellen Proletengröler umringen sechs nackte Paketbotinnen einen Elektriker. *Das* nenne ich Erotik am Stiel.

Achte doch bitte beim Terroristensong auf die letzte Strophe. Da singen *die Holtzwürger* über Grundprobleme der Jugendlichen in unserer Gesellschaft:

„Die suchten Sinn, Halt und Ziel, geboten wurden Seifenblasen viel...",
schrien nach Werten, Vorbild und Moral, bekamen leere Verträge in großer Zahl...',
„Kultur kostet teures Geld, sie passt nicht zur globalen Welt..."

Das konfrontiert die Zuhörer mit den Gründen, die Teens und Tweens in die Hände von Rattenfängern fallen lassen. *Die Holtzwürger* sparen in diesem Song nicht mit Kritik."

"Adriana, diese Gutmenschen-Heuchelei ist doch nur Feigenblatt. Du musst nur darauf achten, an welchen Stellen das Publikum laut mitbrüllt."

"Vorsicht, Tiger, Vorsicht! Beim Betrachten eines Bildes darf nicht allein auf die rote Farbe geachtet werden. Gerecht wird man Bildern, Songs oder Ereignissen nur, durch eine Vielzahl unterschiedlicher Perspektiven und Zugangsweisen.

Bisher habe ich es dir nicht erzählt. Jetzt bietet es sich an, dich über ein Missverständnis zu informieren. Unsere erste Nacht damals in Sopot, du erinnerst dich?"
„Allerdings erinnere ich mich daran. Sehr gerne sogar. Du doch sicher auch."
„Natürlich, Tiger. Auch der Morgen danach blieb mir in Erinnerung. Als ich allein zum Frühstück ging, nahm mich die Wirtin beiseite. Es seien einige Geräusche zu hören gewesen."
„In dieser Nacht werden wir nicht die einzigen aktiven Vögelchen gewesen sein. Andere Pärchen wirkten beim Einchecken ebenso erwartungsfroh."

„Wir vergnügten uns aber speziell."
„Aber ja, Anakonda. Es war ein tierisches Vergnügen."

„Das, was sie gehörte hatte, deutete die Wirtin auf ihre Weise. „Wir Frauen dürfen uns *nicht mehr alles* bieten lassen von den Männern", meinte sie. Diese Zeiten seien ein und allemal Geschichte. Wenn ich also Anzeige erstatten wollte, sie sei bereit, zu bezeugen, was sie gehört hat."

„Was sie gehört hat? Was genau wollte sie bezeugen? - Ach, sie meinte, *du* hättest geschrien?"
„Natürlich, Tiger. Dazu noch die beiden Wunden an meinem Hals, die ich mit dem Schal notdürftig abdeckte."
„Die Knutschfleckmonster."
„Genau! Dann noch die Katzspuren an meinen Unterarmen. Das Bild wirkte eindeutig. Ich hätte dich ins Gefängnis bringen können, Tiger."

„Erst wenn du die tiefen Schürfwunden auf meinem Oberkörper erklärt hättest. Von Verwundungen intimerer Teile meines Körpers ganz zu schweigen, Anakonda."
„Wahrscheinlich wären wir beide im Gefängnis gelandet."

„Ein verständnisvoller Wärter hätte uns wohl eine gemeinsame Zelle gegeben."
„Die könnten wir jetzt gebrauchen."
„Suchen wir eine."

Sammlung 7 Die Krone bei Plauen

Sa., 2001-09-01

– Mi., 2001-09-05

Polizeibehörde Berlin, Bezirk Tiergarten:

Pressemitteilung

Sa., 2001-09-01

Herr Nils Johannsen,
geb. 31. August 1961,
in Magdeburg, Sachsen-Anhalt,
Wohnort: Welfenchaussee 37, Berlin-Tiergarten

Ehefrau: Olivia Kedburg, 37;
Kinder: Bernd (10), Gesine (8), Zoe (7),

Manager des im August in Stralsund ermordeten Pop-Sängers Ben Abrames;

starb gestern Abend   um 23.23 Uhr,

in   der Notaufnahme

   des Charlottenburger Kaiser-Hospitals.

Todesursache   war ein Herzinfarkt,

den Herr Johannsen

   im Polizeipräsidium Berlin-Innenstadt

erlitt.

In Johannsens Haus wurde die seit fünf Tagen verschwundene Leiche von Ben Abrames gefunden.

Die Staatsanwaltschaft untersucht mögliche Zusammenhänge mit einem Erpressungsversuch. Johannsen wollte möglicherweise von Abrames´ Familie Lösegeld für den Leichnam fordern.

Moritz Prob: akustisches Protokoll

Vertrauliche Akte A.O.

So., 2001-09-02

Wir spazierten durch den Grunewald. Die Wege gehörten uns. Nur wenige Menschen waren unterwegs, meist Hundebesitzer. Hier fürchteten wir keinen Lauschangriff, gegen jedes bessere Wissen. Adrianna und ich redeten offen, aber bewusst leise. Sie umklammerte meine Hand: „Das Deutsche Informationsbüro hat Nils Johannsen ermordet. Und sicher auch Ben Abramsen und Prof. Trogsky. Die gehen über Leichen. Auch über unsere, wenn es ihnen passt.‟

Ich analysierte, um ihre Angst zu mindern: „Die Räuber wollten Johannsen einkassieren, weil sie befürchteten, auch er wisse etwas über *die Krone*. Der König könnte nach seiner Begegnung mit dem Zauberer auch Johannsen über seine Kenntnisse informiert haben. Und der durfte nichts darüber wissen. Um ihn einkassieren zu können, brauchten die Räuber einen Vorwand. Also versteckten sie die Leiche des Königs in seinem Haus.“

Adrianna spann die Fäden weiter: „Johannsen bemerkte das und bat dich um Hilfe. Und mit der Kasperle-Aktion kamen wir ihrer angeblichen Auffind-Aktion nur um Minuten zuvor. Nach unserem Plan sollte die Polizei die Leiche des Königs im Kolli finden. Deine Idee, uns für das Kasperle-Spiel als Polizisten zu verkleiden, war genial. Hätten wir Einbrecher gespielt, wären wir tot. So konnten wir unsere Berliner „Kolleg*innen“ für den diesen Akt zu Hilfe rufen.“

"Adrianna, definitiv sorgtest du für unsere Rettung und unseren Vorsprung, indem du Helfer alpha unsere Aktion sichern ließest. Unsere Widersacher sind Bestien. Wie eine aufgeschreckte Rinderherde walzen sie alles nieder, was ihnen im Wege zu stehen scheint.
Zuerst den König. Er hatte 175.000 € für die Information bezahlt, wo *die Krone* sein könnte. Der Zauberer musste sterben, weil er eine todsichere, wirklich todsichere Information über den Verbleib *der Krone* hatte.
Johannsen wurde hineingezogen und geschlachtet, um einen Mitwisser für den wirklichen Grund der Ermordung des Königs zu vertuschen.

Und wozu das Ganze? Letztlich für uralte Platten, über die Ströme von Blut flossen. Unbekannte zahlen Millionen für Elektron-Schnickschnack. Die bewerten Kunst höher als Menschenleben. 175.000 Euro für Informationen. Drei Menschenleben für deren Vertuschung.“

„Du hast recht, Moritz. Da verschieben sich Bedeutungen ins Surreale. Normale Menschen erhalten für die Arbeit, die sie in 40 langen Jahren leisten, grob zwei Millionen Euro. Wie deuten diese Braven den Wert ihres beruflichen Engagements, ihrer Zeit, letztlich all der von ihnen geleisteten Arbeit, wenn für ein einziges Bild zehn Millionen Euro gezahlt werden oder 50?... Und ein Sportler für 75 Millionen Euro den Verein wechselt?"

„Adrianna, egal ob Objekte oder Menschen: Einige Fähigkeiten oder Eigenschaften werden mit Gold aufgewogen, die meisten mit Staub. Gleichheit? Brüderlichkeit? Ubuntu? Humanität? Das sind Phrasen für Gutmenschen. Die Humanoiden sind Ware und müssen sich prostituieren, sprich: sich preisgünstigst anbieten, um leben zu können.

Es gibt nur einen wirklichen Wert, den die Gattung Mensch über alles stellt: die eigene Herde."

„Was ist das denn für eine Theorie, Moritz?"
„Wir Menschen sind Herdentiere, Adrianna. Es überraschte mich anfangs, aber dann wurde es mir klar. Selbst das wundervoll einzigartige Geschöpf Adrianna denkt in den Bezügen seiner Herde. Da hast du ganz viele Freunde in Stettin. Batest du einen von ihnen, uns zu helfen?
Nein, du fragtest eine mit dir verwandte Person im weit entfernten Berlin, ob sie uns helfen kann. Warum? Weil sie Teil deiner Familie ist, Teil *deines Clans*."

„Das stimmt so nicht, Moritz. Ich sprach Helfer alpha an, weil er über die erforderlichen Kompetenzen verfügt. Gäbe es Höhlenforscher hier in Stettin, dann hätte ich die gefragt."
„Aber Helfer alpha zu fragen, war für dich einfacher. Denn zu ihm hast du bessere Beziehungen als zu normalen Kommiliton*innen. Gewöhnlich denken alle in den Grenzen ihrer Clans. Denn eigenes Leben hängt unvermeidlich mit der Existenz des eigenen Clans zusammen. Der benötigt

Wasser, Nahrung, Wohnungen, Geld, Land. Jeder andere Clan ist Konkurrent, ist Feind, ist anders. Darum ist jedes Bündnis nur eines auf Zeit, deshalb sind Konstruktionen wie die Vereinten Nationen Unfug.

Romeo und Julia mussten scheitern, denn sie gehörten zu verschiedenen Clans. Wer ihren Tod beklagt, verschwendet seine Tränen. Die Vereinten Nationen werden auch scheitern. Wer sich für ein Bündnis von 200 Nationen oder anderen internationalen Kokolores einsetzt, verschwendet Zeit und Intelligenz und letztlich sich selbst."

"Moritz, du siehst nur die dunklen Seiten menschlicher Entwicklung. Immerhin schlossen schon vor 3000 Jahren die von dir so verachteten Menschen, nämlich die alten Ägypter und Hethiter, Friedensverträge. Außerdem entstanden die frühen Hochkulturen über enge Clan-Grenzen hinweg durch Tausch von Waren und Ideen.

Aber deine *Idee von der Verschwendung* ist ein großartiges Stichwort für mich, Moritz. Werden wir dort in Sachsen, Koordinaten 50 42 04 N / 12 23 17 0, nicht Zeit, Intelligenz und Leben verschwenden? Wenn interessieren verstaubte und verrostete Kronen? Leben wir nicht in Stettin? Haben wir dort nicht unsere Herden? Den größten Spaß am Leben habe ich in Stettin, gemeinsam mit dir. Verschwende nicht Zeit und Energie für die Suche nach rostigen Kronen."

„Adrianna, wir *müssen* die Krone finden. Sonst werden wir unweigerlich Opfer des Misstrauens der Leitwölfe. Erst wenn wir *die Krone* gefunden haben und alle Welt über dieses Objekt Bescheid weiß, können wir den Vorhang in Ruhe schließen. Noch haben wir fünf Schritte Vorsprung. Die müssen wir ausbauen. Und in Sachsen lassen sich überraschende Haken schlagen."

„Wie heißt das nächste Städtchen in der Nähe der Krone noch einmal? Pleuen?"

„So ähnlich. Die Stadt heißt *Plauen*."
„Von der habe ich noch nie gehört."
„Plauen ist halt nicht Stettin oder Berlin. Aber alle lesen *e. o. plauen* und überlesen es. Der Zeichner der Bildergeschichten von *Vater und Sohn* nannte sich so. Eigentlich hätte da Erich Ohser aus Plauen stehen müssen. *e. o. plauen* war sein Pseudonym." (Ich verschwieg Adrianna, dass einige Vater-und-Sohn-Storys von Vati und mir handeln.)

„Muss ich mein Bild von diesem verschnarchten Winkel ändern, wenn da zufällig ein bekannter Zeichner geboren wurde?"
„Verschnarchter Winkel? Plauen hat sogar Straßenbahnen." (Gryfino kennt so etwas überhaupt nicht!)
„Du kennst Plauen?"
„Ich bin da geboren. Aber Erinnerungen an Plauen habe ich nicht. Als meine Eltern ein anderes Biotop suchten, war ich noch keine zwei Jahre alt. Wir suchen nur zufällig in der Nähe von Plauen nach *der Krone.* "

Adriana Osinska: akustisches Protokoll

Vertrauliche Akte A.O.

2001-09-02

Die Recherchen nach dem Verbleib *der Krone* hatten bei Helfer alpha Begeisterung ausgelöst. „Das wird Nachbeben auslösen, Linn. Finden wir *die Krone*, und veröffentlichen unser Wissen, werden einige graue Eminenzen bitterlich weinen. Ihre Aktionen geraten ins Scheinwerferlicht. Peinlicherweise ließen sie völlig umsonst morden. Die Strukturen ihrer Behörden werden unter die Lupe genommen und besonders streng die entstandenen Kosten.

Es ist wirklich traurig. Diese völlig unersetzlichen Führungskräfte im Umfeld *der Krone* werden pensioniert, ins Archiv versetzt, auf sine-cura-Posten gelobt. Wie schnell wandeln sich Riesen in Zwerge, verlieren Amt, Würde, Macht und Einfluss."

Während Helfer alpha sich diese möglichen Folgen unserer Aktion in leuchtenden Farben ausmalte, wollte ich mich mehr auf deren Beginn konzentrieren: „Wir tarnen uns also als Wald- und Wanderfreunde. Hoffentlich merkt niemand, dass ich weder Kastanien- von Ahornbäumen, noch Tannen von Fichten unterscheiden kann.

Wir werden uns bis auf 400 Meter Abstand auf die Koordinaten heranpirschen. Den Rest müssen wir speziellen Insekten überlassen. Wenn die fliegenden Helferlein passende Schlupflöcher finden, entsteht durch deine und Dinos Hilfe ein vollständiges Bild. Hoffentlich, Tobias, hoffentlich."

„Keine Sorgen, Linn. Unsere Tierchen fanden bisher immer einen Weg. Ich bin ganz gespannt auf die Farben, die uns das Bild bieten wird, Kleine!"

Die Ersten der Zwei: Absprache

Violett: „ Absprache 787.

Als Durs Diener bezahlt wurde, trat eine Interferenz auf. Zwei Tourist*innen fanden Dur, fest schlafend, bevor wir ihn finden konnten.

Sie informierten unsere Mitbewerber, und die

trafen vor uns am Gesteck ein. Ärgerlicherweise musste eine Klärung des Vorrangs durch obere Ränge erfolgen."

Indigo: „Gibt es Hinweise zur Herkunft der Tourist*innen?"

Violett: „Keine zwingenden. Doch könnten die Tourist*innen übereifrige Kinder sein. Die Suche nach Dur erfolgte gezielt. Die Tourist*innen verfügten über Insiderwissen."

Gelb: „Vielleicht durch das Pflegekind? Es war unkontrolliert mit Dur unterwegs. Und ihm standen bisher Unbekannte zur Seite. Ein Auto wurde benutzt, dessen Kennzeichen abhanden kamen."

Orange: „Trotz der dubiosen Zusammenhänge muss dem Pflegekind das Paket 20 zugesandt werden. Schließlich ist Dur offiziell dort, wo er hingehört. In unserer Fassade darf es keinen Riss geben."

Violett „Zudem verfügen jetzt auch wir über die Informationen des Maulwurfs.
Der Gobelin ist weiter unter Kontrolle."

Indigo: „Übermorgen wird der er an Satellit versandt."

Orange: „Wenn Tourist*innen in der Nähe des Gobelins auftauchen, müssen wir ihnen eine Führung anbieten."

Gelb: "Mögliche Fremdenführer werden vorbereitet. Sobald der Gobelin unterwegs ist, kommt Koffer 850.
Aus."

Indigo: "Ende."

Orange „Vorbei."

Violett: „Schluss."

150

Adrianna Osinska: akustisches Protokoll

Vertrauliche Akte A.O.

Mi., 2001-09-05

Nach Prof. Andrzej Trogsky gaben die Koordinaten 50°42′04″ N, 12°23′17″ O die Lage *der Krone* an. Den Karten und dem Internet nach lag dort der Große Vogteiwald, ein Urwald in zerklüftetem Mittelgebirge. Zu viert diskutierten wir, ob Prof. Trogskys Angaben stimmen konnten.

„In dieser abgelegenen Pampa sagen sich nicht einmal Fuchs und Hase Gute Nacht. Die verlaufen sich niemals in halbalpine Einöden."

„Da soll *die Krone* sein? Wie transportierte man sie in das Zentrum des Waldgebietes? Keine Straßen oder Wege führen dorthin, keine Eisenbahnlinien, keine Flüsse oder Kanäle. Da befindet sich auch kein Flughafen. Trogskys Koordinaten sind eher ein Top-Flop!"

„Wenn genau dort 50 Kisten versteckt wurden, dann muss ein großes Stollensystem dorthin führen. Die Eingänge dazu können hunderte Meter von den Koordinaten entfernt liegen. Bis wir da einen Zugang finden, kann eine Woche vergehen", machte Helfer beta auf Anfangsschwierigkeiten aufmerksam.
Sein Freund, Helfer alpha fügte hinzu: „Da wir nur die Koordinaten haben, müssen wir mitten im Nichts mit der Suche beginnen. Aber wir haben neun Trümpfe!"

Mit verschwörerischem Lächeln holte er ein stabiles Kästchen aus seinem Rucksack. Im aufgeklappten Deckel befand sich ein kleiner Monitor, im Kästchen eine Steuereinheit, an Computerspiele erinnernd.

„Spielen wir gleich *HO DA HO 2.0?*", lachte Moritz, „Das Spiel ist seit zehn Jahren nicht mehr auf dem Markt." Helfer beta grinste und legte die Steuereinheit auf den Tisch. Im bisher verborgenen Teil des Kästchens befand sich ein fingerlanges Objekt, das auf den ersten Blick wie eine Heuschrecke wirkte.

Helfer alpha drückte auf den Startknopf der Steuereinheit. Aus dem Kästchen war ein sanftes Surren zu hören und dann hob sich das Objekt in die Höhe. Nein. Es flog! Waren das Rotoren oder Flügel? Plötzlich hielt das Objekt in seiner Bewegung inne und stand in der Luft, einen Arm weit von meinem Kopf entfernt.
Handelte es sich um einen Kolibri? „Das ist unsere *Drohne 1*", sagte Helfer alpha. Er wies auf den Monitor. Der zeigte ein Auge: *mein* linkes Auge! „Optik mittel", befahl Helfer alpha. Helfer beta veränderte die Einstellung am Steuerpult. Auf dem Monitor erschienen mein Kopf und das Bild hinter ihm mit dem Schloss an der Wand. „Optik weit!" Der Monitor zeigte mich von der Hüfte aufwärts und fast die ganze Wand hinter mir. An den Rändern gab es Unschärfen.

„Jetzt darf sich *Drohne 1* mal im Stand drehen", sagte Helfer beta. Das Fluggeräusch wurde etwas lauter, der fliegende Miniroboter hielt seine Position und drehte sich um seine eigene Achse. Der Monitor zeigte Moritz, Helfer beta, das Fenster, Helfer alpha und mich, die beiden Türen und wieder Moritz. Die Drehung wurde schneller, die Bilder auf dem Monitor flogen.

Helfer alpha ließ *Drohne 1* in Höhe der Deckenleuchte fliegen und einen Kreis um sie drehen, im Radius von einem Meter. Der Monitor zeigte, was sich in Flugrichtung der Drohne befand und die entsprechende Sicht auf das Zimmer. Wir vier tauchten auf. Der Monitor protokollierte, wie Moritz probehalber einmal heftig mit dem Kopf nickte und ich mit den Augen blinzelte.

„Für die Stollentour wurden uns alle neun Drohnen unseres Vereins zur Verfügung gestellt", erläuterte Helfer alpha, „Auch ihr müsst lernen, die Drohnen zu steuern. Übung macht die Meister*innen. Das Steuerpult lässt sich einfach bedienen.

Proben wir das hier an Ort und Stelle. Die Steuerpulte sind bei allen Geräten gleich. Mit dem Startknopf wird die Drohne in Gang gebracht. Die Leiste darunter zeigt an, wieviel Strom der Akku noch hat. Unbeleuchtet fliegt das Gerät 100 Minuten, beleuchtet 75.

Mit dem blauen Hebel regelt man die Geschwindigkeit. Die beiden gelben Hebel in der Mitte erklären sich von selbst. Die senkrechten Hebel steuern die Drohnen nach vorn und hinten, die waagerechten Hebel nach rechts und links. Der große senkrechte rote Hebel am rechten Rand steuert nach oben und unten. Der grüne Knopf STAND lässt das Gerät wie einen Hubschrauber an einer beliebigen Position verharren.

Letzter Knopf, schwarz mit der Aufschrift STOPP. Dann ist der Strom sofort abgestellt."

Helfer beta ließ *Drohne 1* auf den Tisch fliegen. „Also Adrianna, mal gucken, ob *Drohne 1* dich mag. Lass sie mal auf dem Schrank landen."
Ich drückte auf START, schob den roten Schalter hoch. Als Drohne 1 die obere Kante des Schranks erreicht hatte, drückte ich zunächst STAND und danach den waagerechten gelben Schalter nach rechts. Gemächlich bewegte sich die Drohne durch den Raum. Im Monitorbild wurde die Schrankwand immer größer. Kurz bevor der Schrank erreicht war, drückte ich wieder den Schalter STAND. Dann den roten Hebel nach oben, STAND, waagerechter gelber Hebel nach rechts, STAND, roter Hebel sanft nach unten. *Drohne 1* landete auf dem Schrank. STOPP.

„Super, Adrianna, *Drohne 1* hat Vertrauen zu dir. Und jetzt zurück in den Kasten! Übrigens lassen sich die Bewegungen nach oben/unten und rechts/links gleichzeitig ausführen lassen. Kombiniere bitte jetzt!

Ich nickte: START, nach oben und nach links, dann nach unten, während die Bewegung nach links unverändert blieb. Als *Drohne 1* in der Nähe des Kästchens war, schalte sie auf STAND, nutzte die Hebel vorn/hinten und rechts/links, ehe ich *Drohne 1* sich absenken ließ. Die Drohne landete leider nicht im Kästchen, sondern auf dem Rand und fiel auf den Tisch. STOPP.

„Kleiner Fehler, sonst passte alles. Prima, Adrianna!", benotete Helfer beta meinen ersten Versuch.

„Jetzt du, Moritz. Gleiche Übung. *Drohne 1* zuerst auf den Schrank, dann zurück in Kästchen…" Moritz hatte mehr Probleme als ich. Er bewegte *Drohne 1* mit zu großer Risikobereitschaft. Aber auch mit ihm schloss *Drohne 1* Freundschaft.

„Ihr müsst üben, zuerst Tag- und dann auch Nachtflüge. Während dieser ersten Übung konntet ihr den Start- und den Zielpunkt sehen. In den Stollen bewegen sich die Drohnen nur mit Monitor-Sicht. Auch da müsst ihr sie steuern können. Und ihr müsst Landungen im hohen Gras, auf Schrägen, im Sand und am Rand von Pfützen bewältigen."

„Dafür brauchen wir Wochen!"
„Fliegt sehr langsam und noch vorsichtiger."
„Wie viele Drohnen habt ihr bisher verloren?"
„Etwa 20 gingen verschütt. Diese Roboterart fliegt erst seit drei Monaten.."
„Wo kommen die her?"
„Die Drohnen werden von einer dänischen Firma entwickelt. Wir testen ihre Produkte und geben unsere Erfahrungen weiter."
„Die verändern die Drohnen aufgrund unserer Anregungen und Vorschläge. Nach drei Monaten ist das schon die fünfte und recht ausgereifte Generation."

„Auch die Steuerpulte werden mit jeder Version bediener-freundlicher."

Betrübt sah ich zu Moritz: „Tja, Erotik fällt aus. Üben wir uns als Drohnenkuriere."

Sammlung 8   In der Nähe des Irgendwo

Do, 2001-09-06

- So., 2001-09-09

Moritz Prob: akustisches Protokoll

Vertrauliche Akte A.O.

Um 6.30 Uhr würden wir uns treffen, nächsten Montag, am blauen Ritter und die Koordinaten aufsuchen. Welche *Krone* würden wir dort finden?

Die Aufregung ließ Adrianna und mich nicht mehr richtig schlafen. Zusätzlich quälte uns eine Furcht: „Wie lange braucht das Deutsche Informationsbüro, bis es weiß, dass wir hier sind?" Dass es uns finden würde, stand außer Frage.

Wir übernachteten in Hoinichen.
Bis Plauen waren wir getrennt gefahren; Adrianna mit dem Wagen, ich mit dem Zug. Sorgfältig achteten wir auf mögliche Verfolger, bemerkten aber keine. Ab Plauen fuhren wir mit Bussen, nahmen auch ein Taxi, fuhren eine Busstrecke zurück und dann mit der Schmalspurbahn nach Hoinichen.
Wir hatten einen ganzen Waggon für uns alleine, überhaupt schien der Zug leer zu sein. Die Temperaturen

waren angenehm, der Himmel blau, mit wenigen weißen Wolken getupft. Leise glitt die Bahn durch eine Postkartenidylle. "Schau mal! Nach rechts siehst du sieben Hügelketten hintereinander liegen."

"Und nur Wälder, Felder und Wiesen."
"Wie schön die Schöpfung doch ist."
"Schöpfung? Anakonda, es gibt keine Schöpfung, denn es gibt keinen Gott. Religiös fanatische Schreiberlinge saugten sich Ideen zur Entstehung der Erde aus den Fingern. Um dem Ganzen noch die Krone aufzusetzen, wurde behauptet, Gott habe angeordnet, dass wir Menschen die Erde regieren sollen, weil ihm gleich sind. Der Mensch als göttliches Spitzenprodukt, als Krone der Natur, welch ein Witz."

"Ja, ja, Tiger. Am Anfang schuf Gott Himmel und Erde. Darüber sind einige Menschen sehr verärgert, und sie erklären das zu einem verbotenen Spielzug. Meinst du nicht, dass wir Menschlein viel zu winzig sind, um auch nur unsere Welt zu verstehen? Unser Wissen ist immer nur eine winzige Insel im Meer des uns umgebenden Chaos.

Eine für mich wichtige Überlegung ist diese: Alle Naturgesetze müssen schon vor dem Urknall gegolten haben. Bereits vor der allerersten Sekunde unseres Universums galten chemische, physikalische und biologische Regeln. Ohne diese Voraussetzungen wäre unser Universum nur Chaos. Aber hier ist Ordnung. Ordnung, die Sonnen ermöglicht. Ordnung, die Sonnen Eisen und Gold produzieren lässt. Ordnung, die Leben entstehen lässt. Ordnung, die das Wunderwesen Mensch zulässt."

"Ach, Gott, ach Gott. Du meinst also, irgendein Göttlein habe zwar nicht die zehn Gebote, aber die Naturgesetze vorgegeben?" Ich schüttelte den Kopf.
Sie lächelte mich verschmitzt an: "Tiger, wir sind uns einig, dass wir uns nie einig werden. Für mich steht fest: Gott gab uns Menschen die Gebote und dem Universum die Naturgesetze."

Im nächsten Moment bremste die Schmalspurbahn sanft ab. Wir fuhren in einen Bahnhof ein, der aus zwei Wartehäuschen rechts und links bestand. "Station: Hoinichen. Bitte aussteigen."
Zimmer hatten wir nicht vorbestellt. In dem 4000-Seelen-Ort logierten wir im Gasthof „Post" unter den Namen Linn und Ben Waldt. "Waldt? Fiel dir wirklich kein besserer Name ein?", murmelte Adrianna mir auf dem Weg zu Zimmer 12 im ersten Stock zu.
"Der Name passt genau zu Hoinichen", flüsterte ich zurück.

Unsere Helfer alpha und beta logierten unter ähnlichen Bedingungen. Sie übernachteten zehn Kilometer entfernt in Oberwald und gaben ebenfalls falsche Namen an.

Die Adler der See: Absprache

Ah: „Wasserstand: Gelber Bereich, positive Entwicklung."

Ih: „Der Ahnenforscher wusste, wo Stammvater sich befand. Er ermittelte es, nachdem auch die beiden Söhne dorthin gelangt waren.
        Das Leck war nicht die Werkstatt, Einer der Lastenträger ist eng mit Ahnenforschers Umfeld verbandelt. Das Problem wird gelöst."

Oh   „Endgültig und umfassend?"

Eh   „Endgültig, umfassend, prompt. Die Beteiligten werden weitere lässige Äußerungen vermeiden."

Ah	„Stammvater fährt um 9 Uhr ab, die Söhne um 17 Uhr. Die jeweiligen Lastenträger wissen nichts voneinander. Den Auftrag für Stammvater vergab Oh, die beiden für die Söhne ich."
Oh	„Keiner der Lastenträger kennt den Inhalt der Pakete. Sie sind über andere Inhalte informiert und stehen in der Kette ihrer Organisation viel zu weit unten, um eigene Ideen zu entwickeln."
Ah	„Die Lastenträger sind zuverlässig. Mit Ohs Auftrags-Firma arbeiten wir seit fünf Jahren zusammen, mit meinen seit drei."
Ich	„So effektiv die Zusammenarbeit auch läuft... Sollte sie bald ein Ende finden?"
Ah	„Nein. Unsere Partner*innen sind zuverlässig und korrekt. Zwar halbseiden, aber genau darum stellen sie keine Fragen. Im Milieu der Lastenträger gibt es nur einen Unterschied: Oberkorrupte arbeiten mit dem Segen der Regierungen, Unterkorrupte ohne diesen."
Oh	„Der Streit ist doch müßig. Letztlich müssen die Ersten die Zusammenarbeit absegnen."
Ah	„Aber auf unsere Vorschläge hin."
Eh	„Letzte Informationen zu den Kanälen: Durch den für Stammvaters Reise fließen bereits kleine Mengen. Die Ersten sind informiert und halten sich bereit. Durch die beiden Kanäle für die Reisekosten der Söhne flossen die Mengen für die Werkstatt. Unsere Gäste haben jeweils Einblick in ihren Kanal. Die vereinbarten Mengen halten sie bereit."
Oh	„Die sind beide Male genauso hoch wie bei Stammvater?"

| Ih | „Ja. In einem Monat wird es drei Stammväter geben. Und die Kopie von 2003.

Wie ist das mit Duo, vermutlich ein Pärchen, das die weise Aktion beinahe platzen ließ?" |
|---|---|
| Ah | „Duo müsste vom Geburtstagskind eingeladen worden sein. Wenn es noch einmal auftaucht, wird es zum Problem. Aber zu einem lösbaren." |
| Ih | „Auftrag erteilt, sage ich.   .
Alles klar, Ende." |
| Eh | „Auftrag erteilt. Alles klar, Ende." |
| Oh | „Auftrag erteilt. Alles klar, Ende." |
| Ah | „Auftrag angenommen.
Alles klar, Ende." |

ODRA: Auskünfte aus Gryfino

Osinska, Adrianna,   und Familie

Vertrauliche Akte A.O.

[eingefügt:2001-09-21]

Zwei Wochen vor dem Tod ihrer Eltern hatten sie Adriannas 13. Geburtstag gefeiert. Es mag an ihrem Alter gelegen haben. In den Tagen und Wochen nach der Katastrophe akzeptierte sie ohne Nachdenken, dass sie im

Malstrom eines Entsetzens lebte. Noch in diesem dunkelsten Labyrinth nahm sie sanfte Lichter wahr. Ihre Großmutter und der katholische Pater Marian standen ihr zur Seite; ihre Freundinnen Zuzana und Ewa weinten mit ihr und brachten sie wieder zum Lachen.

Kurz nach dem Unglück muss „Babunia" (die Großmutter) Adrianna und ihren älteren Bruder Bartek Osinski feierlich beiseite genommen haben. Sie nahmen auf der Bank in der Küche Platz. Adriana saß links von Babunia, er rechts. Babunia zündete zwei Kerzen an. Bartek vergaß sein ganzes Leben lang keines ihrer Worte. Damals glaubte er ihr einfach nicht. Babunia drückte beide an ihre warme Brust.

Eigentlich ersparte ihren Enkel*innen diese Geste schon seit zwei Jahren. Sie wusste, wie peinlich ihnen dieser Akt direkter Nähe war. Doch in diesem Moment brachte er Wärme und Geborgenheit. Gemeinsam schauten sie auf die ruhig leuchtenden Kerzen.

Im Moment der Wärme und des Trostes konnte Babunia über das Ungeheuerliche sprechen: „Eure Eltern werden noch einmal sterben, Kinder. Die Untersuchungen zum Unfall haben begonnen. Wahrscheinlich werden ein paar unwesentliche Ursachen gefunden, aber nicht ein einziger Verantwortlicher für die Katastrophe. Das wird euch quälen, Kinder. Mich auch.

Vielleicht kommt es zu einem Prozess. Aber es wird völlig gleichgültig sein, welche Tatsachen ermittelt wurden. Die Richter*innen werden bei keinem der Angeklagten eine Schuld feststellen. Mit der üblichen Begründung. Eine Kette schrecklicher *Zufälle* summierte sich zu einem Unglück. Die Angeklagten hatten *zufällig* Kompetenzen, die *rein zufällig* mit dem Unglück in Zusammenhang standen. Aber nur böswillige Menschen könnten daraus Verbindungen konstruieren.

Das sage ich euch schon heute, damit ihr während der Untersuchungen und des Prozesses nicht den Verstand verliert. Das ganze Verfahren wird weder euren Eltern gegenüber fair sein, noch gegenüber uns, die wir mit ihrem Tod leben müssen. Aber die Gerichte dort haben ihre Gründe."

Die Kinder sahen ihre Großmutter verständnislos an. "Die Angestellten verursachten den Brand. Sie stapelten die Servietten direkt neben der Heizung , Babunia. Das kann doch niemand leugnen", warf Adrianna ein.

Ihre Großmutter nickte: "Das wissen die Richter*innen auch. Jedoch dürfen sie keine Verstöße gegen Gesetze und Vorschriften feststellen. Welche Folgen hätte es für die Orte dort, wenn die Gerichte Angeklagte verurteilten, weil sie Menschenleben aufs Spiel setzten? Die Tourist*innen würden zukünftig diese Region meiden. Urlauber wollen Spaß, aber auch Sicherheit.

Weniger Tourist*innen in einer Region bedeuten weniger Arbeitsplätze und weniger Geld. Wäre einer der Beteiligten betrunken gewesen, hätten sie einen Sündenbock. Aber so muss das Gericht feststellen, dass alle korrekt handelten.

Bartek glaubte ihr nicht: "Die Richter*innen sind dem Gesetz verpflichtet. Sie müssen Recht sprechen, Babunia."

"Auch für die Richter*innen gibt es ein Leben nach dem Urteil, das sie gesprochen haben, Bartek. Sie leben in den gleichen Orten wie die, über sie sie urteilen. Sie haben *dort* ihre Freunde und sind *dort* Vereinsmitglieder. Einige Richter*innen werden selbst Fremdenzimmer vermieten.

Die Kinder der Richter*innen besuchen die gleichen Schulen wie die Kinder der Monteur*innen, Angestellten, Zugführer*innen und Aktionär*innen. Auch Richter*innen möchten in ihrem sozialen Umfeld verwurzelt sein. Um anerkannt und akzeptiert zu werden, müssen sie im Interesse ihrer Gemeinschaft handeln.

Also stellen Gutachter*innen und Gerichte fest, dass alles im Rahmen der Gesetze und Verordnungen geschah. Sie werden bescheinigen, dass keine Besucher*innen dieser wunderschönen Region um ihr Leben fürchten müssen. Im Gegenteil. Konsequent wird für die Sicherheit der Gäste gesorgt.

Das und *nur das* dürfen die Kommissionen und Gerichte feststellen. Sonst fügen sie ihrer Heimat katastrophalen Schaden zu. Wenn demnächst in den Nachrichten irgendetwas über den Gerichtsprozess berichtet wird, beachtet es erst gar nicht. Das trifft euch sonst wie Keulenschläge."

Adrianna war noch zu jung und verstand das Gesagte nicht richtig. Sie igelte sich in ihren Schmerz über den Verlust der Eltern ein. Aber Bartek Osinski nahm Babunias Rat nicht an.
Aufmerksam verfolgte er alle Nachrichten zum Prozess, kannte jedes Detail. Seine Schwester klagte ihrer Freundin Ewa: "Bartek kann dir den Namen, das Alter und den Beruf jedes einzelnen Opfers und aller Täter*innen nennen. Er redet nur darüber und von nichts anderem."

Bei Bartek Orsinski akkumulierten Schmerz und Wut zu brüllendem Hass. Er beurteilte alles in jugendlicher Radikalität: Seine Eltern seien ermordet worden. Doch es wurden keine Spuren einer Tat gefunden und erst recht keine Täter*innen. Irgendwie zufällig lagen da 79 Körper von Menschen, die in einem kleinen Bergbahntunnel erstickt waren. In seinem Kopf tanzten falsche Gutachter*innen, falsche Anwält*innen, falsche Richter*innen, falsche Urteile.

So durfte die Welt nicht bleiben. Niemals.

Deutsches Informationsbüro:

Osinski, Bartek, Student: mündliche Auskünfte

Vertrauliche Akte A.O

[Nachtrag: 2001-09-29]

Bartek Osinski ist aktives Mitglied des *Berliner^Bunker^ Forscher^Klubs*. Der Verein widmet sich der Erforschung alter Berliner Stollen- und Bunkeranlagen. Seit einem Jahr erkundet O. mit einer Gruppe von fünf weiteren Freund*innen Tunnel in ganz Berlin.

Möglicherweise gehört Bartek Osinski zum Umfeld der *Vier Grottenolme im Darknet*. Letztes Jahr hackten die *„Grottenolme"* zwei Wochen lang Privatgespräche eines niederländischen Ministers mit seiner Frau und seinen beiden Freundinnen. Aufzeichnungen der Gespräche fanden sich im Anhang einer anonymen E-Mail an die Oppositionspartei. Vier Tage später legte der Minister sein Amt aus Gesundheitsgründen nieder.

Aktuell haben sich die *Vier Grottenolme* in das Netz der Hotelkette *Mond-Mars-Merkur* gehackt. Die ließ bei der letzten Modernisierung in alle Zimmer, Appartements und Suiten Kameras installieren. Die Grottenolme spielten Trojaner in die Kameras ein.
Die Aufnahmen wurden nicht im Computerzentrum von *Mond-Mars-Merkur* aufgezeichnet, sondern gingen direkt an die Staatsanwaltschaften. Gegen die Hotelkette laufen Prozesse wegen Verletzung von Persönlichkeitsrechten.

Bartek Orsinki studiert konsequent, besuchte Unis in Warschau, Stockholm und aktuell Berlin. Seine Freund*innen studieren Jura oder Kriminalistik. Wie seine Schwester Adrianna berichtet er nur dann über das Unglück der

Eltern, wenn jemand explizit danach fragt. Den jugendlichen Wunsch, Gerechtigkeit über die Rechtsprechung von Gerichten zu setzen, hat er nicht mehr.

Adrianna Osinska: akustisches Protokoll

Vertrauliche Akte A.O.

2002-09-06

Mit qualmenden Schuhen und brennenden Füßen erreichte ich das Mittelpunktzentrum und schlenderte durch Hoinichens halbspurige Hauptstraßen. Es war wichtig, sich orientieren zu können und Details zu beobachten. Originelles ließ sich nicht entdecken. Da waren Reste einer Wassermühle, eine Apotheke an einem menschenleeren Dorfplatz mit Teich, Wiese und renovierter Kirche.

Das Gotteshaus wirkte außen unauffällig, die Gestaltung des Innenraums überzeugte nicht. Dokumentierten die Hinweise das Gemeindeleben oder den Gemeindetod? „Sonntags Messe, diesen Samstag Gelegenheit zur Beichte."

Als ich die Kirche verließ, kam mir im Eingang ein junger Mann entgegen. Er beachtete mich nicht weiter. Mein Herz begann zu rasen. Ich setzte sich auf die Bank vor dem Dorfteich, nahm einen Wanderführer heraus und studierte ihn. Zumindest tat ich so. In Wirklichkeit kontrollierte ich die Ausgänge der Kirche.

„Sie haben uns", drehte sich alles in meinem Kopf, „ Unser Vorsprung beträgt gerade noch einen halben Zentimeter."

Wir waren uns schon einmal begegnet, der junge Mann und ich. In einem Bistro im Stettiner Hafen.

Moritz Prob: akustisches Protokoll

Vertrauliche Akte A.O.

2001-09-06

"Es war mein Fehler", ärgerte ich mich, "Zwar machte ich beim Überschreiben der Zahlen aus der Drei eine Acht. Ich wusste damals in Stralsund noch nicht, dass es sich um Koordinaten handelte.

Wenn nun 12°28´17´´O gelesen wird statt 12°23´17´´O, entsteht ein Unterschied von 12 Kilometern. In Großstädten befinden sich dazwischen 300 Straßen, in denen 150.000 Menschen leben. Aber hier am Rande des Großen Vogteiwaldes wohnen auf zwölf Kilometer Strecke durchschnittlich dreißig Menschen. Da ist der Unterschied von fünf Bogenminuten bedeutungslos."

Wir waren uns nicht sicher, wie die Begegnung am Eingang der Kirche einzuschätzen war. Es konnte sich um handelte einen reinen Zufall handeln. Vielleicht hatte auch nur Adrianna ihn erkannt, er sie aber nicht.

Wie viel wussten die Nebelschatten eigentlich über Adrianna? Vielleicht hatte der junge Nebelschatten bisher nur Bilder von ihr gesehen. Gefolgt war er ihr nicht. Darauf hatte Adrianna geachtet. Aber der Spitzel hatte die Kirche auch nicht verlassen. Wie war das zu deuten?
Für eingehende Analysen stand keine Zeit zur Verfügung. Wir mussten sofort handeln. "Halbwahrheiten sind die

besten Lügen. Beglücken wir sie damit", schlug Adrianna leise flüsternd vor.

Wenn es in diesem Raum Wanzen gab oder gar Webcams, durften wir keinen Fehler machen. Also verständigten wir uns durch Zeichen, Blicke, Zettel. Schnell entwickelten wir unseren Plan B.

Adrianna würde Halbwahrheiten streuen, die für die Ablenkung des Informationsbüros sorgten. Ich würde zwei Schaufensterpuppen beschaffen, etwas Mimikry, und wir konnten während der Dämmerung einige Haken schlagen. Adrianna übernahm die Aufgabe, in Hoinichen ein Eckchen zu finden, in dem wir unbemerkt das Taxi verlassen konnten. Die Puppen würden unsere Plätze übernehmen.

Moritz Prob: Brief

Hoinichen, 6. Sept. 2001

[nicht abgeschickt]

Hallo, Meline,

ich muss dir schreiben, weil ich ganz in der Nähe von Plauen war. Aber ich suchte die Stadt nicht auf.

Ich grübelte: "Warum meide ich Plauen? Lauert dort eine Gefahr auf mich?" Sehr wahrscheinlich, denn ich habe Ärger mit einem lästigen Konzern. Heute versetzte einer seiner Mitarbeiter hier in diesem kleinen Nest Hoinichen meine Freundin Linn in Angst und Schrecken.

Darum warnte mich mein Verstand vor Plauen. In der großen Stadt Plauen würden sie doch erst recht auf mich lauern.. Also fuhr ich zu Besorgungen nach Bad Elster.

167

Wie so oft liefert der Verstand dem Gefühl die notwendigen Vorwände. Mein Gefühl hatte nämlich keine Angst davor, in Plauen von jemandem erkannt zu werden. Das Gegenteil war der Fall: Ich litt darunter, dass mich niemand erkennen würde. So sehr, dass meine Haut ständig juckte.

Schließlich stammt unsere Familie ursprünglich aus Plauen. Eltern, Großeltern und Urgroßeltern waren in Plauen verwurzelt. Damals. Die Geschichte der Probs in Plauen reicht mindestens zwölf Generationen zurück. Im Strudel politischer Ereignisse zwischen dem Ersten Weltkrieg und dem Fall der Mauer musste unsere Familie mehrfach zwischen Pest und Cholera wählen. Sie verlor. Die ganze Familie verließ Plauen. Unfreiwillig.

Verbitterung war die Folge, Abstumpfung, Alkoholismus, Xenophobie, offene und heimliche Tränen. Der Verstand ist immer nur Diener des Gefühls. Das Schicksal unserer Familie beweist das. *„Wir sind Plauener Spitzen"*, war das Motto der Probs gewesen. Wir waren angesehene Handwerker, Mitglieder im Schützenverein, ein Prob wurde sogar in den Stadtrat gewählt.
Dann kamen die braunen Wölfe und schickten Großonkel Dietrich an die Front, den halbtauben Großonkel mit den zwei linken Händen. Er hatte seinen Mund nicht halten können und starb dafür bei seinem ersten Fronteinsatz.

Den braunen Wölfen folgten die roten Wildschweine. Sie enteigneten Äcker und Betriebe. Großonkel Friedrich entließen sie, weil er seit 1922 Oberinspektor im Finanzamt war. Großeltern und Eltern verloren während der diktatorischen Zeiten ihren Besitz, ihre Freunde und alle Nestwärme.

Gefühle sind selten in der Lage, zugefügte Schicksalsschläge zu bewältigen. Letztes Jahr reiste Cousine Ingela für ein langes Wochenende nach Plauen. Anschließend erklärte sie, Bremerhaven sei ihr bei weitem lieber. *„Man muss Plauen nicht gesehen haben."* Außer Ingela hat kein

168

einziger Prob Plauen je wieder aufgesucht. Der einstige Lebensmittelpunkt unserer Familie existiert für uns nicht mehr.

Es ist kein Zufall, dass ich als Deutscher in Polen lebe, weit weg von den Stürmen familiärer schwarzer Wolken. In Stettin begegnen mir jeden Tag Menschen, die in ähnlichen Dunkelheiten leben wie unsere Familie. Auch hinter ihnen liegen Umbrüche, Verwerfungen, Beben. Wolfsrudel fielen ein und Wildschweinrotten. Polen wurde von Osten nach Westen verschoben. Ungezählten Pol*innen fehlen die Wurzeln.

Historische Ereignisse lassen sich aus weiter Distanz problemlos analysieren und differenziert erklären. Aber sie in den Ebenen des Alltags zu erleben heißt: in eine ganz andere Dimension einzutreten. Und die wird nicht vom Verstand bestimmt.

Menschen bestimmt ihr Familienschicksal. Blut ist dicker als Wasser, und der Mensch ist ein Herdentier. Diese biologische Basis dirigiert unseren Intellekt.
Über diese klaftertiefe Wunde habe ich noch nie mit Linn gesprochen. Obwohl wir eigentlich über alles reden. Nur fehlen mir in Sachen Plauen die Worte. Sind und bleiben wir Menschen letztlich immer nur Kinder? Menschenkinder?

Zu meiner Flucht vor Plauen passt der folgende Teil der Geschichte unseres Großvaters. Vor kurzem träumte ich ja seine Geschichte in 3D, mit Farben, Gerüchen, Schüssen und Blutspritzern. Traum und Geschichte nahmen mich während der letzten Tage immer stärker in Besitz.

Am 6. Januar 1945 schlug sich in Polen eine Gruppe von zwölf deutschen Soldaten in Richtung Westen durch. Sie erreichten ein einsames Dorf und teilten sich in vier Gruppen auf. Offizier Nordmann suchte sich den größten Hof im

Dorf aus. Stramm marschierten er, Ernst und Großvater Georg Prob auf die eindrucksvolle Eingangstreppe zu.

Von der Küche aus beobachtete sie die Bürgermeisterin Katya Wesoiowska. "Das sind nur drei Jüngelchen, hungrige und müde Halbstarke. Lassen wir sie ins warme Haus, geben ihnen etwas zu essen, lassen wir sie ausruhen. Dann haben wir nichts von ihnen zu befürchten. Wir tun es für unsere Kinder, für unsere Häuser. Die drei haben sowieso nur noch ein paar Tage zu leben."

"Sie haben Mitleid mit diesen Mördern?", fragte Anna Malinowska. Sie war mit ihren vier Kindern in das Haus der Bürgermeisterin geflohen, als sie von den anrückenden zwölf Soldaten hörte.
"Nein!", erwiderte diese, "Alle sollen sie krepieren! Alle! Aber ich werde ihnen keinen Vorwand liefern, auch nur einen von uns zu töten."

"Sie hat Recht, Anna", meinte Katryn Grabowska, die ebenfalls mit ihrem Sohn und ihrer uralten Großmutter in das große Haus geflüchtet war. Sie hatte gehofft, dass der Bürgermeister zu Hause war. Ausgerechnet heute musste der zur Kreisstadt. Glücklicherweise war seine Frau Katya ebenfalls mit allen Wassern gewaschen. Die wusste immer einen Ausweg. Selbst in solchen katastrophalen Situationen.

Katryn redete auf Anna ein: "Anna, auch *ich* habe zwei Brüder durch die Deutschen verloren und *ich* weiß nicht, ob mein Mann noch lebt. Aber wir müssen uns gut mit ihnen stellen. Noch. Sie haben die Waffen, wir nicht."

"Katryn hat Recht", mischte sich Opa Wesoiowski ein, der Schwiegervater der Bürgermeisterin, "welche Waffe bewirkt mehr: dein Besen da, den du so fest umklammerst oder ihre Gewehre?"

Offizier Nordmann pochte an die Tür. Katya Wesoiowska zählte langsam bis drei, ehe sie öffnete. "Guten Tag!",

170

sagte sie auf Deutsch. Noch gestern hatte sie sich geschworen, diese Sprache nie wieder zu sprechen.

"Guten Tag", sagte Leutnant Nordmann. "Haben Sie für uns drei Essen und Unterkunft?" Die Frage war ein Befehl. Das sagte der Ton, in dem sie gestellt wurde. Das zeigten die entsicherten Gewehre.

Katya Wesoiowska und ihre Nachbarin Katryn entspannten freundlich die Lage. Sie verstanden den Befehl als Bitte und übersahen die Gewehre. Anna drehte den Soldaten den Rücken zu und machte sich am Herd zu schaffen.

"Natürlich haben wir Essen für Sie", sagte Katya freundlich, Kommen Sie herein, setzten sie sich."
Katryn sagte auf Deutsch zu den Kindern: "Setzt euch an den kleinen Tisch." - "Wir haben Bigos für Sie. Kennen Sie das?", fragte sie.

"Jawohl", antwortete Leutnant Nordmann. Er gab Ernst und Georg einen Wink. Sie setzten sich, jeder mit einem anderen Blickwinkel. So hatten sie den Raum unter Kontrolle. Ihre Gewehre lehnten griffbereit am Tisch. Ernst sah kurz zum Leutnant und erklärte dann: "Meine Mutter hat auch Bigos gekocht. Ich esse das sehr gerne. Meine Heimat ist Schlesien."

Er blickte von den Frauen zum Leutnant. Der nickte ihm kurz zu. Georg, Moritz Probs späterer Großvater, meinte nun auch etwas sagen zu müssen: "Es riecht fabelhaft."

"Und schon sind wir fertig", sagte Katryn. Anna überwand sich und stellte lächelnd den dritten Teller mit Bigos auf den Tisch. "Guten Appetit", sagte die Bürgermeisterin.

"Danke!" Ernst und Georg griffen zu den Löffeln.

Leuntant Nordmann lächelte die drei Frauen an: "Auch Sie dürfen etwas essen." Anna teilte für alle anderen Bigos aus, auch für die Kinder am kleinen Tisch. Leutnant Nord-

mann hatte tatsächlich Manieren und begann erst zu essen, als alle etwas vor sich stehen hatten und die Pol*innen gebetet hatten.
Ernst hatte mehr oder weniger heimlich schon die Hälfte des Bigos gegessen, Georg ebenfalls fünf Löffel zu sich genommen. Die Soldaten aßen mit großem Hunger drei Teller. Katryn Wesoiowska servierte ihnen Wodka dazu.

Die Stimmung wurde gelöst und heiter. Die Kinder sangen ein Lied, auf Polnisch. Die Soldaten summten mit. Ein Junge wollte Leutnant Nordmanns Gewehr berühren. Der erlaubte es. Sie kamen ins Gespräch. Vorsichtig, unverbindlich, eigentlich nur in Andeutungen. Jede Seite behielt ihre Geheimnisse für sich. Wohin wollten die Soldaten? Waren schon Russen hier? Gab es Partisanen? Reichten die Vorräte bis zur nächsten Ernte? Konnte man Tiere jagen? Welche Kleidung half bei großer Kälte?

Da hörten sie Schüsse. Erst zwei, dann wieder zwei. Ernst sprang auf und patrouillierte ums Haus. "Hier ist alles in Ordnung, Herr Leutnant!"
Man sprach über die Familien, zeigte Fotos, sang zwischendurch, mal Polnisch, mal Deutsch. Wieder waren zwei Schüsse zu hören. Diesmal patrouillierte Georg, auch in großem Abstand ums Haus: "Nichts zu sehen, Herr Leutnant!"
Leutnant Nordmann sah auf seine Uhr. "Anderthalb Stunden noch. Dann marschieren wir ab."

Kathryn Wesoiowska machte einen Vorschlag: "Herr Leutnant, Sie und Ihre Männer könnten sich nebenan mal gründlich waschen. Wir haben heißes Wasser da!"

Leutnant Nordmann nickte: "Jawohl!" Die drei gingen in die Stube nebenan. Dort war es leider nicht so warm wie im Wohnraum. Georg hielt sein Gewehr parat. Die beiden andern zogen sich aus. Nach der guten Mahlzeit war das Waschen eine weitere unerwartete Wohltat. Heißes Wasser ran über die Haut und durch die Haare, wohlige Wärme löste Spannungen und Krämpfe. Das Abreiben mit Bürste und Lappen, das anschließende Abtrocknen... "Komisch, wieso habe ich das Baden müssen immer so gehasst?"

"Wir rochen schon wie Schweine. Los, Georg, jetzt kannst du dich waschen. Raus aus den Klamotten, rein in die Wanne!"

In der Wohnstube nebenan wuchs die Hoffnung. "Katryn, das läuft gut! Die werden uns in Frieden verlassen!" Sie sangen. "Am Brunnen vor dem Tore, da steht ein Lindenbaum. Ich träumt in seinem Schatten so manchen..."

Draußen schlichen zwei Partisanen durch das Dorf. "Deutsche!", fluchte der eine. Der andere warf ohne weiteres Nachdenken eine Handgranate durch das große Fenster in das Haus. Der Detonation folgten furchtbare Schreie.

"Wir sind Polen!", schrie Opa Wesoiowski. Wir sind Pol..."

Die Haustür war nach außen gesprengt. Ein Kind stolperte heraus, von Glassplittern übersäht. "Ich bin blind", flüsterte es. Tatsächlich, es hatte keine Augen mehr im Kopf.

Der Partisan ließ sein Gewehr fallen. Dieses verletzte Mädchen vor der Tür, war das nicht seine Tochter? Im gleichen Augenblick traf ihn der erste von vier Schüssen. Leutnant Nordmann stand auf dem Hof, in Unterwäsche, mit dem Gewehr in der Hand. "Warum?", schrie er wütend. "Warum?"
Der zweite Partisan traf ihn zweimal im Brustbereich. Auf dem Boden liegend schoss Leutnant Nordmann ihm in den Hals.

Ernst und Georg flohen. Sie hatten panische Angst. Die Feinde waren da. Wahrscheinlich die Russen. Großvater

Georg hätte sich in die Hosen geschissen. Aber er war nackt. Erst im Wald zog er seine Uniform an.

------------   -----------   ---------

Sah dein Urgroßvater das richtig: Ohne Heimat sind wir nackt?

Liebe Grüße

Onkel Moritz

Moritz Prob: akustisches Protokoll

Vertrauliche Akte A.0.

2002-09-07

In Bad Elster stieg ich am Marktplatz aus. Gleich neben dem Rathaus lag ein bestens sortierter Antiquitätenladen. Der führte zwei lebensgroße Puppen, eine weiblich, eine männlich, aus dem Fundus des Sächsischen National- theaters. Richtige Puppen waren es nicht. Es handelte sich um Dekorationsmaterial. Nur von vorn betrachtet wirkten sie so, als handele es sich um Menschen. Beide Objekte waren dünn, so wie an Kleiderbügeln hängende Kostüme, und passten problemlos in meinen großen Wanderruck- sack. Entgegen der Planung musste ich keinen Koffer zum Transport der Puppen besorgen.

Adrianna Osinska: akustisches Protokoll, Teil I

Vertrauliche Akte A.0.

2001-09-08

Im Gasthof *Post* hatte ich mir ein Fahrrad ausgeliehen. Gemütlich radelnd folgte ich der Straße nach Plauen und gelangte keine fünf Minuten später an eine geeignete Stelle. "Alles auf Anfang. Auf der rechten Seite biegt ein breiter Hohlweg ab. Links und rechts ragen die Böschungen zwei Meter hoch. Abgesehen davon handelt es sich wohl um eine ganz normale Landstraße mit eigenem Namen. *Unterbauerstraße.* Der folge ich mal."

Nach kurzer Strecke machte der Weg zwei scharfe Biegungen. "Schon nach der ersten Biegung kann von der Hauptstraße her niemand in die Unterbauerstraße einsehen. Gleich dahinter liegt eine Parkbucht. Da können wir Bäumchen-wechsel-dich spielen." Um möglichst nichts zu übersehen, radelte ich noch eine ganze Strecke auf der einsamen Straße. Erst nach einem halben Kilometer kam das nächste Gebäude. Abseits der Straße gelegen war es wohl eher ein Schuppen als ein Wohngebäude.

An der nächsten Kreuzung bog ich in Richtung Hoinichen ab und fuhr zu meiner Überraschung plötzlich über den Dorfplatz. Die Turmuhr der Kirche schlug. War gleich nicht Gelegenheit zur Beichte?
Ich trat in das angenehm kühle Gebäude. Die dicken, alten Mauern dämmten den Lärm der beiden Rasenmäher draußen. Außer mir befand sich noch eine sportlich-elegante Dame in der Kirche. Sie saß in der Bank gleich neben dem Beichtstuhl.

175

Event Gryfino: Beste Gründe für Verrat

Vertrauliche Akte A.O.

2001-09-08

Ich setzte mich zwei Bänke weiter nach hinten und ließ in Gedanken Zuzanas und meine eigenen Ideen für die Szene des Judas im *Passionsspiel für den Gryfino Event* passieren.

Judas. Eine schwierige Figur.
Judas Iskariot. Der Verräter? Judas küsste Jesus.
So wussten die Hilfssheriffs, wenn sie verhaften mussten.
Der Judaskuss.
Judas erhielt 30 Silberlinge. Blutgeld.
Judas erhängte sich. Ein Selbstmörder.

Judas Iskariot. Eine schwierige Figur.

Zuzana ließ Judas in ihrer Szene in der allerbesten Absicht handeln. Wer stellt Judas deswegen zur Rede? *Natürlich Maria*.   Die gehört in jedes von Zuzanas Bildern.

In meiner Szene brach Judas den Stab über Jesus. Gemeinsam mit Saulus.
Jenem Saulus, der später Paulus hieß.

Zuzanas Szene

Judas   „Ich möchte Jesus dazu zwingen, endlich zu handeln. Das Volk hat ihn wie einen König empfangen. Er treibt die Geldhändler aus dem Tempel. Alle sind begeistert.
Und? Nutzt Jesus diese Chance? Nein! Er zieht

sich in aller Ruhe mit uns ins Private zurück und lässt Jerusalem raten, was er denn wohl vorhat.

Was hat er vor? Keiner weiß es! *Weiß er es eigentlich selbst?*
So geht das nicht. Jerusalem kocht.
Jerusalem will den neuen König: Jesus!
Ein neues göttliches Reich unter Jesus!

Ich werde das Signal dazu geben. Jesus muss in den Konflikt gezwungen werden.
Dann wird er seine Macht beweisen.“

Maria   (kam auf die Bühne, kurz nachdem Judas zu reden begann.)

„Judas? Was redest du da? Jesus soll König werden? Hast du ihm eigentlich zugehört, *richtig* zugehört, Judas? Jesus verkündet das Reich Gottes und keine politischen Rezepte.
Er will und wird kein weltlicher Herrscher sein, kein König über die Juden."

Judas   „Maria, verstehst du das nicht? Gottes Reich kommt nur, wenn wir alle seine Gebote erfüllen. Doch die Römer hindern uns daran. Die müssen weg und auch die, die Hand in Hand mit den Römern unser Land regieren.
Das bedeutet Kampf, das bedeutet Krieg. Kampf und Krieg für eine bessere Welt.“

Maria   „Gottes Reich lebt in unseren Herzen, Judas. Nicht in unserer Gesellschaft.
Du musst Liebe in dir spüren, Zufriedenheit, Selbstachtung, Freiheit. Du kannst im Gefängnis stecken und freier sein als alle deine Wärter.

Das ist Reich Gottes. Das wächst in dir und kann dir von keinem König Jesus oder keinem menschlichen System geschenkt werden.“

Judas	„Maria, es gibt kein gutes Leben im Schlechten. Wir können kein Leben im Einklang mit Gott füh ren, solange uns die Römer beherrschen. Sie haben andere Götter. Die Römer beten *Steine* an! *Aktien! Devisen! Bitcoins!*

Gottes Reich verwirklicht sich erst, wenn wir unsere Welt nach seinen Geboten gestalten. Hier und jetzt müssen wir in Jerusalem Fakten schaffen. Für eine neue Welt, für die Welt Gottes.

Dazu muss Jesus gezwungen werden!" |
Maria	„Die neue Welt Gottes? Hier auf der Erde? Ab morgen Mittag in Jerusalem? Das werden wir Menschen nie erreichen."
Judas	„Mit Jesus als König wird uns das gelingen."
Maria	„Und mit *dir* als seinem Kriegsminister?"
Judas	„Ich will vom Reich Gottes nicht träumen, Maria. Ich will in ihm leben." (Judas stürmt von der Bühne.)
Maria	(ruft ihm nach) „Judas, das Reich Gottes ist da. Aber wir müssen es leben! Mit viel Mühe und mit großer Fröhlichkeit! Das ist unsere Pflicht *und* zugleich unsere Freiheit."

Adriannas Szene

Judas und ein Unbekannter treten auf die Bühne. Judas geht nach links, der Unbekannte nach rechts.

Judas	„Dieser Mann (Er zeigt auf den Unbekannten) heißt Saulus. In ein paar Jahren wird er seinen

Namen ändern. Aber um den da geht es nicht. Es geht um Jesus.

Jesus muss sterben.
Mit seinen Krankenheilungen und seinem Gefasel ist er drauf und dran, eine weitere Sekte zu gründen. Sekten haben wir genug.

Ich will den Messias."

Saulus „Jesus muss sterben.
Er verhöhnt den Allmächtigen. Wir sprechen dessen heiligen Namen nur in Andeutungen aus. Jesus sagt frech: „Nennt ihn *Vater* im Himmel." Oder *Mutter*. Das ist Gotteslästerung!"

Judas „Jesus muss sterben.
Drei Jahre bin ich wie ein Hündchen hinter ihm hergelaufen. Lange Zeit war ich sein Finanzminister. Das hat mir die Augen geöffnet. Jesus hat keinen Blick für die Realitäten. Unser Geld war immer knapp. Sehr knapp. Wie oft musste ich für ihn betteln gehen.
Eines schönen Tages spricht er vor vielen Zuhöre*innen und sehr lange. Redet sich den Mund fusselig und sagt anschließend: „Judas, jetzt müssen die Leute mit Essen versorgt werden."

Ja, es stimmt! Es waren nicht 5000, wie ich später immer klagte, sondern fünfzig. Aber unsere Kasse war nach der Speisung dieser fünfzig leer. Wieder einmal.
Jesus wird es später gehen wie Sultan Saladin. Als der starb, hatte die Familie nicht einmal das Geld, um sein Begräbnis zu bezahlen.

Im Grunde ist Jesus ein Spinner. Mit dem lässt sich kein Staat machen, nicht einmal ein Verein gründen."

Saulus „Jesus muss sterben.
An einem Feiertag darf nicht gearbeitet werden. Feiertage sind Gott gewidmet. Gott allein. Wie oft hat Jesus dieses Gebot verletzt, indem der Kranke am Sabbat heilte! Reichen die anderen sechs Tage in der Woche nicht aus?"

Judas „Jesus muss sterben.
Ein Zachäus reicht nicht. Was hat das ganze Volk davon, wenn ein einziger korrupter Beamter sein Handeln bereut? Schön, Zachäus hat den von ihm angerichteten Schaden wieder gut gemacht.

Aber Zachäus ist doch nur ein Rädchen im System. *Das* müssen wir ändern. Römer raus! Jesus verteilt nur Pflaster, statt den Patienten zu heilen."

Saulus „Jesus muss sterben.
Er verletzt die Traditionen aller rechtschaffenen und braven Bürger. Er setzt sich mit Prostituierten zusammen und Kollaborateuren. Er besucht sie und feiert mit diesem ... Ach! Es ist ekelhaft!"

Judas „Jesus muss sterben.
„Gebt Gott, was Gottes ist und dem Kaiser, was des Kaisers ist", sagte er zu den Pharisäern. Was, um Himmels Willen, bitte bringt denn so ein Kompromiss? *Teilt euer Leben!?* Ein bisschen für Gott, ein bisschen für die Regierung. Von Jesus hätte ich da eine klare Ansage erwartet. – Jesus*:* *Alles für Gott!* Gnadenlos. Und alles weg, was uns auf diesem Weg hindert. Noch gnadenloser!"

180

Saulus „Jesus muss sterben.
Er heilt den Sohn eines Römers. Er erklärt, dieser Römer habe mehr Glauben als wir. In einem Gleichnis erzählte er, dass Gott uns Theologen zu einem Fest einlädt, aber wir schlagen diese Einladung aus. - Wir, die an die erste Stelle Berufenen, sollen nicht zu ihm eilen? Und Gottes Einladungen nicht erkennen? - Wie absurd! Wie lächerlich! Wie revolutionär!"

Judas „Ich brauche einen anderen Jesus.
Dieser Jesus muss sterben."

Paulus „Jesus liegt quer zu Tradition und Theologie. Jesus muss sterben."

Beide verlassen die Bühne.

Adrianna Osinska: akustisches Protokoll, Teil II

Vertrauliche Akte A.O.

2001-09-08

Die Glocken der Kirche läuteten. Vier helle und drei satte Töne. Drei Uhr. Ich fand in die Gegenwart zurück. "Warum spricht mich die Gestaltung der Kirche nicht an? Der hellgraue Putz, die pinken Farben der Fenster, rechts neue abstrakte und links alte naive Heiligenfiguren. Architektur und Einrichtung sollen einen Bogen schlagen zwischen Gegenwart und Zukunft. Das ist mir zu abgehoben, zu ehrgeizig.

Ehrlich, mir fehlt das Alltägliche, der Kitsch unserer Kirche in Gryfino. Ihre barockartigen Heiligenfiguren. Wir

181

schätzen sie so, wie sie sind. Die Risse, die fehlenden Finger, die abgebröckelte Farbe... Das passt zu unserem Leben, zu unserer Gegenwart,... die sind Gryfino! – Also, aus dieser Perspektive betrachtet: Babunias Passionsspiel-Idee, die überfordert uns alle."

Leise eilten Schritte an meiner Bank vorbei. Die sportliche Dame hatte den Beichtstuhl verlassen. Entspannt wandte sie sich dem Ausgang zu, mit schwungvollem Schritt. Vorhin, beim Betreten des Beichtstuhls wirkte sie wie eine Angeklagte, eine sich selbst Anklagende. Sie hielt ihren Kopf tief gesenkt und biss sich in die Lippen.

Argwöhnisch sah ich der Frau nach. "Wie gestaltet sich der Rest des Nachmittags für sie? Joggen? Tennis? Möglicherweise Reiten? Was wird diese Dame gebeichtet haben? Zu viel Sport? Zu viel Ehrgeiz? Zu oft überforderte Pferde? Da kommt mir mein Laster in den Sinn, das ich unbedingt beichten muss: Mein tagtägliches Mich-selbst-mit-anderen-Vergleichen."

Ich trat in den Beichtstuhl. Hoffentlich hörte der Priester wirklich zu. Pater Marian ist ein guter Priester, aber ein schlechter Beichtvater. Tante Olinia klagte: "Er kann nicht unterscheiden, ob ich beim Beichten einfach eine Schuld daherrede oder ich mich ehrlich mit ihr abquäle. - Ich weiß schon vorher, was er für welche Übertretung fordern wird: *´Beleidigung? Bete sieben Ave Maria!´ - ´Alkohol? Bete neun Ave Maria!´- Sonntags gearbeitet? Bete zwölf Ave Maria!´* Was nützt mir solche gestanzte Reue? Ich brauche Absolution!"

Der alte Beichtstuhl in dieser inhuman modernen Kirche überraschte innen positiv: Hell und frisch lackiert bot er eine bequeme Fußbank. Beim Niederknien überkam mich kurz ein leichter Schwindel. Hinter Gitter und Tüll war der Priester war nur schemenhaft zu erkennen. Er musste jünger sein.

Inspektor Schulte: Bericht Aktion Beichtstuhl

2001-09-08

Meine Eltern waren evangelisch, und ich trat aus der Kirche aus, bevor vom ersten Gehalt Kirchensteuer abgezogen werden konnte. Die zwei Stunden Schnellkurs zur Einführung ins katholische Priesteramt am Vortag reichten für das Beichtgespräch mit der Osinska so gerade eben.

Es startete mit einem Anfängerfehler meinerseits. Meine Art, das Kreuzzeichen zu vollziehen, irritierte sie. Ich Döspaddel hatte es mit der falschen Hand geschlagen. Mein Gebet dagegen wirkte als Mahnung und Warnung: „Gott, gib uns Ehrlichkeit vor dir. Wir wissen, *du vergibst nur, wenn wir mit reinem Herzen zu dir kommen.*"

Sie stellte sich kurz vor. Sie sei Studentin, auf der Durchreise und beichte regelmäßig. Das letzte Mal vor drei Wochen in Polen. *„Ich möchte in Demut und Reue meine Sünden bekennen."*

Sie erzählte, wie sich gerade mit dieser Schönheit verglichen hatte: *"Ich taxiere jede Frau erst einmal als Konkurrentin ab."*
Wann kam sie endlich zum Thema? Um meine Ungeduld zu verbergen, sah ich nicht in ihre Richtung. Frau O. beugte sich vor und erklärte leise, sie habe unverheiratet mit einem Mann Sex. Als junger Priester atmete ich tief durch, führte eine Hand zur Schläfe, nickte und hoffte, dass sie über die geplante Expedition berichten würde. Ich musste mich zusammenreißen. Unsere Köpfe waren gerade dreißig Zentimeter voneinander entfernt. Aber jeder befand sich in seiner eigenen Welt.

Sie muss bemerkt haben, dass mich das bisher Gebeichtete Null interessierte. So kam sie endlich und von selbst auf ihre Pläne für den nächsten Tag zu sprechen.

„Mein Freund und ich behaupten, wir wären Touristen. In Wirklichkeit sind wir hier im Vogtland, um einen Familienschatz zu suchen. Die Großmutter meines Freundes vererbte ihm einen Plan, in dem ihr Mann aufzeichnete, wo er schon 1944 wertvollen Schmuck vergrub."
Sie stockte für einen Moment und ergänzte: "Wir sind uns ziemlich sicher, die Kiste morgen zu finden."

Ich versuchte meine ungeduldige Neugier zu verbergen und stellte in gleichgültigem Ton zwei Fragen: „Ist der Schmuck wirklich Eigentum seiner Familie? Ihre Schatzsuche ist hoffentlich legal und mit den Behörden abgesprochen?"

Die Osinska antwortete vorsichtig: „Seine Familie weiß, dass wir die Kiste suchen. Wenn wir sie finden, wird der Inhalt beim nächsten Familientreffen geteilt. Materielles spielt für meinen Freund und mich keine Rolle. Wir sind keine Schatzräuber. Uns geht es darum, Finder zu sein. Es ist ein ungeheurer Reiz, etwas Einmaliges zu suchen und schließlich auch zu entdecken. "

Ich kam nah ans Gitter und flüsterte: „Ist das wirklich so? Wenn Sie vorsätzlich Gebote brechen, kann ich Ihnen *keine* Vergebung zusprechen!"

Sie schüttelte kräftig den Kopf: „Es kommt doch niemand zu Schaden. Niemand wird betrogen. Kein Einzelner, keine Familie, kein Unternehmen, kein Staat."

„Dann können Sie die Behörden in Kenntnis setzen."
„Ich informiere Sie gerade."
„Hier in Deutschland ist die Kirche keine staatliche Behörde. Sie wissen, dass ich alles Gebeichtete für mich behalten muss. Ich selbst darf dieses Wissen nicht verwenden. Die Polizei wird von mir nichts erfahren."

„Aber Gott und Sie wissen es. Sie wissen es jetzt."
Ich konterte: „Was weiß ich genau? Ich habe nur etwas von einer romantischen Schatzsuche gehört, mit einem Plan und einer Kiste."
Jetzt endlich wurde sie konkret, um mich von der Ernsthaftigkeit ihrer Reue zu überzeugen. Glaube lässt sich eben doch immer wieder funktionalisieren: „Wir treffen uns Montag früh um sechs Uhr mit drei einheimischen Experten am Parkplatz neben dem Roten Bach. Die führen uns und helfen beim Graben. Wenn wir etwas finden, wird es Montagabend die ganze Welt wissen."

Ich lächelte sanft und fasste zum Zeichen meiner Zustimmung an mein Kreuz. Sie beendete ihre Beichte: „Das sind alle meine Sünden. Sie tun mir leid. Mein Jesus, ich bitte um Barmherzigkeit."
In meinem Kopf explodierte ein Bild. Ich selbst besorgte mir gleich nach der Beichte einen Radlader, fuhr mit ihm in den Wald, drückte dort ein Tor auf und fand den angeblichen Familienschatz.
Hörbar durchatmend, verzichtete auf jeden Kommentar und kam gleich zur Buße.

„Nun, Sie beten jeden Tag vier Ave Maria, zwei morgens und zwei abends." Die O. zog ihre Augenbrauen zusammen. Fand sie diese Strafe nicht angemessen? Ich schob das Entscheidende noch nach: „Stellen Sie fest, was der Schatz Ihnen persönlich wirklich wert ist. Spenden Sie den zehnten Teil dieses Wertes für Arme in Afrika, möglichst im Kongo. Dies gilt als sichtbares Zeichen Ihrer Reue."

Sie nickte: „Ja!"
Ich sah hinunter auf das Papier mit der Lossprechungsformel und rasselte sie im Eiltempo herunter. Sie sollte möglichst nicht ein Eindruck haben, dass den Text ablese: „Gott, der allmächtige Vater hat durch den Tod und die Auferstehung seines Sohnes die Welt mit sich versöhnt und uns den Heiligen Geist gesandt zur Vergebung der

Sünden. Durch den Dienst der Kirche schenke er dir Versöhnung und Frieden. So spreche ich dich los von allen deinen Sünden. Im Namen des Vaters, des Sohnes und des Heiligen Geistes."
Sie schlug das Kreuzzeichen, erhob sich und verließ den Beichtstuhl: „Danke! Und Adieu." Erklärend murmelte sie: "Ich glaube nicht, dass ich noch einmal nach Hoinichen kommen werde."   Erst später fiel mir auf, dass ich kein Kreuzzeichen geschlagen hatte.

„Gott befohlen", sagte ich zu ihr, gespannt darauf, was sie als nächstes tun würde.
Ich lugte aus dem Beichtstuhl heraus. Die Osinska setzte sich ganz vorn in die allererste Kirchenbank. Erst zehn Minuten später verließ sie die Kirche.

Gleich darauf zückte ich im Beichtstuhl mein Handy und schickte eine SMS an Zimmer Neun:

2001-09-07	15:34:28h	/OI RG/

Parkplatz am Roten Bach.

Montag früh. 6 Uhr.

Prob, Osinska, 3 mit Ortskenntnissen

Moritz Prob: akustisches Protokoll

Vertrauliche Akte A.0.

Sa., 2001-09-08

Im Gasthof "Post" bediente die nette Schwarzhaarige hinter der Theke. Auf Adriannas Wunsch bestellte sie das Taxi für Montag früh und zwei Frühstückspakete. Auch für die Schwarzhaarige hießen wir Linn und Ben Waldt und so sagte sie: "Das Taxi wird Sie beide um 5.30 h abholen und zum Parkplatz am Roten Bach bringen, Frau Waldt."

Beinahe hätte Adrianna sich umgedreht, um zu sehen, wen die Schwarzhaarige gemeint hatte.

Anderthalb Stunden später kehrte ich aus Bad Elster zurück. Wir präparierten die Puppen und gaben ihnen durch Ausstopfen mit Papier Dreidimensionalität. Sodann war Kleidung bereitzulegen, Proviant und Geräte in den Rucksäcken zu verstauen.

So, 2001-09-09

Helfer beta, der den Decknamen Dino verwendete, traf sich mit mir, bevor es ernst wurde, zwecks letzter Instruktionen. Er informierte über richtiges Verhalten im Stollen.

"Da unten ist mit allem zu rechnen. Ratten oder ein halber Meter Grundwasser sind Normalität. Letzten Winter weckten Tobias (Das war Helfer alphas Deckname) und ich in Zehlendorf dummerweise einen schlafenden Bären. Vor drei Wochen saß eine Gruppe von uns einen Tag lang in einem Spandauer Tunnel fest, weil Wände von jetzt auf gleich einsackten, und vor fünf Tagen standen Monika und Berenice in Willmersdorf vor einer Sprengfalle. Die hatte die NVA montiert, ein Jahr vor dem Mauerfall."

Leise sprach er weiter: "Wenn *die Krone* das ist, was der Professor behauptet hat, dann besitzt sie einen unermesslichen Wert und wird auf jede erdenkliche Art gesichert worden sein. Unsere Chance ist die, dass sie nicht auf unsere Drohnen vorbereitet sind."

Adrianna Osinska: akustisches Protokoll

Vertrauliche Akte A.O.

Helfer alpha, sein Tarnname war Tobias, und ich trafen uns auf dem Wanderweg *X 7* . Wir erprobten die für die Suche nach *der Krone* gekaufte Outdoorkleidung, indem wir uns vom Wanderweg aus in die Büsche schlugen. Helfer alpha ist zwei Jahre älter ich. Wir studieren beide, haben unsere eigenen Cliquen, und uns beide verbindet ein Schicksalsschlag.

Seine und meine Eltern starben durch das gleiche Unglück. Damals war „Tobias" 15 Jahre alt, ich 13. In einem kleinen Bergbahntunnel brach ein Brand aus. Dabei kamen 79 Menschen ums Leben. Die Todesopfer hatten sich auf ein langes Ski-Wochenende gefreut. Das Feuer im Tunnel der südpolnischen Bergbahn ließ die Opfer in einer dunklen Qualmwolke ersticken.

Sorgloses Handeln einiger Mitarbeiter der Bergbahn verursachte den Brand. Es kam zu einem Prozess. Ein Jahr später verkündete das Gericht das Urteil: "*Das Gericht stellte nach gründlicher Untersuchung fest, dass niemand für das tragische Unglück verantwortlich ist. Alle Angeklagten werden freigesprochen.*"

Tobias war fassungslos: "Freispruch? Das geht doch nicht! So viele Menschen sind für den Tod meiner Eltern verantwortlich. Die Monteure, die ohne Genehmigung einen zusätzlichen Heizkörper im Personalabteil eingebaut hatten. Die Sicherheitsingenieure, die diesen Heizkörper bei mehreren Kontrollen sahen und ihre Augen verschlossen. Und besonders die drei Angestellten, die am Unglückstag direkt neben dem Heizkörper 80 große Kartons mit Papierservietten stapelten." Der damalige Zorn beeinflusste Tobias´ weiteres Leben.

Ich hatte einen anderen Übeltäter im Blick: "Der wirklich Schuldige ist der Maschinist. Er hat die Bahn nicht vor dem Tunnel gestoppt. Dabei meldete ihm der Wagenführer eine Minute vor der Einfahrt einen schwachen, merkwürdigen Geruch. Das beeideten vier Zeug*innen."

Tobias meinte dazu: "Der Radius der Schuld muss noch größer gesetzt werden. Nicht allein die Akteure auf der Bühne sind schuldig, wie z.B. der Maschinist. Schuld fällt auch auf die Kulissenbauer.
Hinter dem Unglück stecken die Aktionär*innen der Bergbahn. Die wussten alle, wie verrottet das Unternehmen war. Ihr Zustand sprach den heute geltenden Betriebsbedingungen Hohn. Nur kosten Modernisieren und Sicherheit Geld, also beantragte die Gesellschaft Sondergenehmigungen.

Und amtliche Schreibtischtäter*innen erlaubten blind, nein: *wissend* eine Ausnahme: die Anlage habe historische Bedeutung.
Ich fragte verwirrt: "Sind so viele schuldig? Das sind doch *vierzig, vielleicht sogar fünfzig* Leute! Können so viele für ein Unglück verantwortlich sein?"

Tobias antwortete sofort: "Ja. Jeder trägt einen Teil der Schuld! Das Feuer, das 79 Menschen tötete, hätte gar nicht ausbrechen müssen. Die Haupttäter müssen lebenslänglich hinter Gitter, 79-mal lebenslänglich. Schon allein deswegen, weil sich beim Prozess kein einziger zu seiner Schuld bekannte.

Warum erklärt das Gericht sie für unschuldig, unschuldig wie Kinder im Augenblick ihrer Geburt? Gibt es kein Recht? Gibt es keine Gesetze? Über 79 Gräbern weht der Wind, kalt und unwissend. Zwei Gräber sind die meiner Eltern."

Ich weiß, dass der damals 16-jährige Tobias sein Lebensziel definierte: „Mein Leben wird darin bestehen, Schuldigen ihre Schuld nachzutragen. Gerichte mögen sie freisprechen. Aber ich werde ihnen die realen Schuldscheine vorlegen. Belastende Vermerke werden existieren und noch ungeöffnete Akten. Das Wissen darum wird sie jede Nacht aufschrecken. Sie mögen frei herumlaufen, aber sie sollen im Gefängnis ihrer Schuld leben und an ihr ersticken."
Den Master in Jura hat Tobias seit zwei Jahren, zurzeit baut er den Bachelor in Kriminologie.

Als wir uns trafen, auf dem Wanderweg X 7 , merkte ich, dass Tobias sehr bedrückt war. Erst nach einer Stunde Wanderung öffnete er sich: „Linn, ich höre den Ruf nicht mehr." Er blieb stehen. Verzweiflung war ihm ins Gesicht geschrieben.

Zögernd fragte ich: „Welchen Ruf?... Den, Verbrechen restlos aufzudecken... oder den, Bunker zu entdecken...?

Linn... Du weißt, meine Berufung war... Personen zu jagen, die die Gerechtigkeit mit Füßen traten... Dazu fühlte ich mich berufen...
Aber jetzt bin ich ein Wrack, eine ausgebrannte Raketenstufe. Mit großer Sicherheit lebte ich auf mein Ziel zu. Plötzlich habe ich es verloren, ist da nur noch Leere. Richtungslos trudle ich durchs All. Gerechtigkeit, das funktioniert nicht mehr... Für mich nicht mehr..."

„Wie kam das denn? Du hast doch immer einen strikten Kurs gesteuert."
„Der Bruch mit Dominika riss mich aus der Bahn!"   „Das liegt doch schon über ein Jahr zurück."

„Damals begann es erst. Ich trennte mich von ihr. Wegen Jolanka."
„Alle Teens und Tweens wechseln Partner*innen, probieren sich aus."
„Das mag sein, doch Dominika und ich waren schon wieter. Wir schmiedeten sehr präzise Pläne. Dann kam Jolanka... Sie sah mir verlockend in die Augen, wickelte mich um die Finger, und schon war sie bei mir eingezogen. Das hatten Dominika und ich bisher vermieden.

Jolanka lebte oberflächlich. Mode, Kosmetik, Teilnahme an hippen Events. Sie war ein Magnet... Und sexy... Leider kannte sie nur die Gegenwart."
„Da wurde dir klar, was du mit Dominika verloren hattest."
„Und die gibt dummerweise jetzt ihr Leben verloren. Seit unserer Trennung blockt Dominika neue Versuche zu Beziehung und Freundschaft ab. Als ich sie vor einem Monat um einen Neustart bat, lehnte sie das brüsk ab. Und studiert ab dem nächsten Semester in Krakau."

„Sie ist 26. Ihr Leben geht weiter, Krakau hat eine quirlige Uni."
„Sie wird jede Partnerschaft abblocken, Linn. Ich kenne sie. Dominika hat sich zum Einsiedler-Dasein entschlossen. Dabei war sie eine so konstruktive Partnerin. Sie braucht Partnerschaft, dringend. Jolanka kann um sich selbst kreisen, Dominika nicht. Durch meine Blindheit gerät ihr ganzes Leben auf ein Abstellgleis."

„Du fühlst dich schuldig."
„Ich bin schuldig. Schuldiger als viele Angestellte der Bergbahn."

„Tobias, jetzt verstehe ich dein Problem erst richtig. Als du auf der Seite der Gerechten standest, fühltest du dich berufen, Schuldige ihrer Strafe zuzuführen. Jetzt zählst du dich selbst zu den Schuldigen."

„Das glaube ich nicht, Linn, ich *weiß* es! *Ich bin schuldig!* Mein ganzes Leben lang hatte ich festen Boden unter den Füßen. Nun brechen dünne morsche Bretter unter mir ein."

Ich schwieg. Konnte ich Tobias einen Rat geben? Ausgerechnet ich? Erstens war Tobias der Ältere, zweitens nagte Ungewissheit über meine Beziehung zu Ben an mir: Die wurde immer enger, aber war sie für die Ewigkeit?

Tobias und ich, wir beide waren noch jung, skizzierten doch erst unsere Leben. Tobias´ Problem war, dass sich beim ihm ein Schuldbewusstsein als Dauermieterin einquartiert hatte. Dass er nicht einfach Dominika alle Schuld in die Schuhe schob, sprach in meinen Augen für ihn.
Insgeheim regte ich mich über ihr mimosenhaftes Verhalten auf. Denn, so wie ich sie kannte, machte Dominika umgekehrt allein Tobias für das verkorkste Verhältnis verantwortlich.

Einen vernünftigen Rat konnte ich Tobias jetzt nicht geben. Er hatte mich mit seinem Problem überrascht. Und ausgerechnet in diesem Moment spielte mein Magen verrückt. Irgendetwas war mir nicht bekommen. Ich meinte sogar, mich übergeben zu müssen.

Zu mehr als einem allgemeinen Ratschlag war ich nicht in der Lage. Ich stellte mich vor Tobias, fasste seine Schultern: „Ich weiß, du würdest nie zu Pater Marian gehen. Aber überlege dir einfach mal, was er dir raten würde."

Er sah mich an, löste langsam meine Hände von seinen Schultern und schwieg. Plötzlich blitzten seine Augen auf. Ein sanftes Lächeln huschte über sein Gesicht. Tobias hatte mich ertappt. Und schwieg.

Auch ich sagte nichts. Wir gingen weiter, anfangs zögernd, dann in normalem Tritt und kamen auf weitere wichtige Details unseres Unternehmens zu sprechen. Um die Flugzeit der Drohnen möglichst voll auszunutzen, mussten wir unser Quartier möglichst in der Nähe der Krone aufschlagen.

Am Ende unseres Gesprächs schwelgten wir wieder in unseren Erinnerungen an Gryfino, die Babunia, Freunde und Feiern. Irgendwo im einsamen Wald trennten wir uns. Nur ein älterer Wanderer und eine Familie mit drei kleinen Kindern hatten unsere Wege gekreuzt.

Beim Abschied meinte Tobias lakonisch: „Pass gut auf euch auf!"
„Ich gebe mir Mühe. Und du, höre auf die helfenden Rufe um dich herum, die von außen und die von innen!" Lächelnd winkten wir uns zu.

Moritz Prob: akustisches Protokoll

Vertrauliche Akte A.0.

Ich berichtete über mein Gespräch mit Helfer beta. Dabei benutzte ich seinen Decknamen Dino. Er hatte mir während des Treffens mit großem Ernst erklärt, Tobias und er seien Speläologen. "Also *Höhlenforscher*. Dino ist von der Wichtigkeit ihres Hobbys absolut überzeugt. Er berichtete über ihre Projekte und deren Erfolge.

Unsere Speläologen fanden *entscheidend wichtige Dinge* heraus, Adrianna! So wurde in Berlin während des Zweiten Weltkriegs ein *Mutter-Kind-Bunker* errichtet. Und schon in den Jahren vor dem Weltkrieg baute dort eine Firma Versuchstunnel, die noch Jahrzehnte später genutzt wurden.

Diese Forschungs-Ergebnisse belegen in Dinos Augen die Wichtigkeit der Speläologie."

"Interessant. Trotzdem sind für mich die Önologen und ihr Wein bedeutsamer."
"Aktuell sind aber je nach Weltanschauung Klimatologen oder Ökonomen die existenzrelevantesten Wissenschaftler!"
"Nein, wirklich? Endet nicht alles bei der Proktologie?"

„Jeder Topf braucht seinen Deckel. Die Höhlenschleicher eben ihre Speläologie."
„Ein Land mit 55.000 Gesetzen benötigt selbstverständlich auch 55.000 verschiedene Gruppen von Experten."

Abends legten wir uns früh ins Bett, um fit zu sein für die Erfordernisse des nächsten Tages. Knutschen, Kuscheln, schließlich einschlafen; aber nur im Lampenfieber-Modus. Der Schlaf, das Wachen und die Träume vermischten sich zu dem enervierenden Gefühl, keine einzige Minute Ruhe gefunden zu haben. Zu viel Ungewisses wartete auf uns.

Ein gleichförmiges Karussell von Gedanken und Träumen beherrschte meine Nacht. Die Krone. Ein Bär. Gleißendes Gold blendete uns und transformierte sich in rostiges Blech. Schmetterlinge suchten Wege. Scheiterten an Felswänden.

Wölfe jagten Adrianna. Schmetterlinge taumelten durch ein Labyrinth endloser Röhren. Adrianna und ich töteten den Bären. Geier griffen sich die Krone. Wir legten unsere Adlerschwingen an und folgten hellgrauen Wolken. Die Krone schmückte Adriannas Haupt, bis sie mich hoch oben auf dem Wolkenberg krönte. Hunderte von Schmetterlingen flogen in preußisch-strengen Formationen über uns hinweg.

194

Sammlung 9   Blut im Roten Bach

Mo., 2001-09-10

Die Ersten der Zwei

Persönliche Notizen Dr. Felix Edeerk

Unsere sieben Wespen und ihr „Personal" kamen nachts um drei Uhr. Im Wald war es stockdunkel. Dennoch nahmen sie ganz routiniert die vorgesehenen strategischen Plätze ein. Seit gestern Nachmittag hatten die Sperber alles für sie observiert: den Parkplatz, den Roten Bach und die Straßen, ohne eine einzige zeitliche Unterbrechung.

Der für die Sperber verantwortliche Offizier meldete: "Während der Observation betrat keine der Zielpersonen dieses Gebiet. Auch sonst keine weiteren auffälligen Personen. Ab 16.30h querte eine Wandergruppe den Bereich auf dem Wanderweg X 5. Eine neunköpfige Seniorengruppe, fünf Frauen, vier Männer. Sie verließen das Gebiet um 17.20h."
"Fünf Kilometer bei 250m Höhenunterschied. Die waren aber flott."
"So verhalten sich Körper-Fanatiker im Endstadium. Die wollten noch gestern Abend Plauen erreichen, Herr Dr. Edeerk."

"Sonstiges?"

"Nur eine Familie Grüner aus Thalingen. Die parkten ihren Wagen hier am Roten Bach. Mutter, Vater, zwei Söhne. Der ältere Sohn sollte für den Bio-Unterricht Frösche fangen."

"Erfolg?"

"Als sie wieder in den Wagen stiegen, unterhielten sie sich darüber, ob die Biolehrerin auch mit fünf lebenden Qualquappen und einem halben toten Frosch zufrieden sein wird."

"Sonst nichts?"

"Fünf Rehe und mit großer Sicherheit ein Wolf."

"Sind die Tiere hier normale Population?"

"Diese Gattungen hatte uns der Oberförster angekündigt."

"Danke. Das war saubere Arbeit. Gleich muss alles wie am Schnürchen klappen!"

"Die K 223 Hoinichen-Plauen ist in beiden Richtungen auf 3 km Sichtweite unter Kontrolle. Den Roten Bach sichern wir doppelt. Sie und die Wespen werden zeitgleich über alles informiert.

Zeitpunkt Zero liegt nach unseren Informationsquellen bei 6.00 Uhr."

Der Verantwortliche der zweiten Schicht begab sich lautlos zu seinen Leuten.

Ich nickte ihm nach und meinte leise zu Dr. Schmuller vom Ring Deutscher Kriminalbehörden: "Auf unseren Leutnant Brast ist Verlass. Der hat die Sektion Observation im Griff.

Zurzeit strukturieren wir diese Abteilung *Außen II* mit aller Kraft um, um ihn zu halten. Mit einem höheren Rang, dem Sprung um zwei Besoldungsstufen nach oben und Sonderzulagen. Andere Dienststellen pochten bei ihm ganz vorsichtig wegen interessanter Aufgaben an. Wenn Brast uns verlassen sollte, wird aus seiner Abteilung wieder die Schnarchtruppe, die sie vorher war."

Dr. Ansgar Schmuller tippte mit dem Finger gegen seine Schläfe: "Ach, das ist Leutnant Brast! Jetzt verstehe ich, warum ihn gleich drei Sektionsleiter auf ihre Wunschliste setzten."

Die Bemerkung ließ mich aufhorchen. Nahm Dr. Schmuller nicht nur als Beobachter, sondern auch als Headhunter an der Aktion teil? Ich versuchte, den möglichen Wunsch nach Brast im Keim zu ersticken: "Die Umstrukturierung der Abteilung *Außen II* erfolgt 100-prozentig nach Leutnant Brasts Konzeptionen. Die wird sein ganz eigener Wirkungskreis. Er freut sich auf diese Herausforderung!"

"Wird auch ihr Büroleiter, Herr Gewander, bei Ihnen bleiben?", erkundigte sich Dr. Schmuller weiter. Ich konnte es nicht fassen. Schmuller kannte meinen Bürohengst Gewanner.

Das Gespräch driftete in eine unangenehme Richtung. Um Schmuller nicht auf falsche Ideen kommen zu lassen, stellte ich Gewander unter seinem Wert dar: "Herr Gewander leistet ordentliche Arbeit, braucht aber viel Zeit, um sich in Neues einzuarbeiten. Er fragte einmal, ob ein Wechsel nach Berlin möglich sei. Aber die Zentrale lehnte ihn ab."

Schmuller fragte auf die Aktion bezogen nach: "Warum ist Herr Gewander nicht in die heutige Maßnahme involviert?"

"Indirekt ist er beteiligt. Er regelte die komplette Logistik für unseren Einsatz. Direkt halten wir ihn raus. Die Maßnahme betrifft eine Person aus seinem weiteren Freundeskreis."

"Aber unsere Kräfte müssen doch dienstliche Erfordernisse immer über ihre privaten Verknüpfungen stellen."

"Natürlich. Nur schadet es der Effizienz des Informationsbüros, wenn Agenten unter vermeidbarem Stress stehen."

Dr. Ansgar Schmuller nickte: "Das macht Sie zu einem
geschätzten Vorgesetzten."
"Wollen Sie zu uns wechseln oder warum raspeln Sie
Süßholz?"
"Hätten Sie eine Stelle frei?"
"Für Sie würden wir sofort eine finden, Herr Dr. Schmul-
ler!"

Während unseres Gesprächs meldeten die Sperber etwa
alle vier Minuten einen Pkw, ab und zu einen Lkw und um
5.29 h den Linienbus S 15, korrekt nach Fahrplan.

Per SMS erfuhr ich: „Das Paket ist pünktlich um 5.30 Uhr
abgeschickt worden." Die Dämmerung war weit fortge-
schritten und die Sichtverhältnisse ausgezeichnet.
Zehn Minuten vor sechs. 24 Herzen pochten wie wild. Die
Mitglieder der Einheit *Wespen* konnten ihre Nervosität
kaum bezwingen.
Auch Dr. Schmuller und ich blickten alle zehn Sekunden
auf unsere Handys.

Der Ernstfall. Jetzt galt es. Wir waren mittendrin.

Und unsere Männer, die Sperber und die Wespen. Mittendrin im Ernstfall, für den sie hundertmal geübt hatten.

Im Ernstfall, in dem alles und jeder funktionieren musste.
Im Ernstfall, bei dem sie ihre Professionalität beweisen
mussten.
Im Ernstfall, der *es* nach außen und nach innen dokumentieren musste: Das Deutsche Informationsbüro
brauchte ihre Abteilung.
Im Ernstfall, von dem jedes Detail protokolliert würde, auf-
geschlüsselt nach Zuverlässigkeit und Versagen.

198

Im Ernstfall, der über die weitere berufliche Karriere jedes einzelnen entscheiden würde.

Um 6.02 h meldeten die Sperber ein Taxi aus Richtung Hoinichen. Um 6.04 h bog es von der Straße nach Plauen zum Parkplatz am Roten Bach ab. Die Sperber meldeten, dass hinten ein Pärchen saß, links die Frau, rechts der Mann. Am Steuer saß eine Taxifahrerin.

Um 6.05 h erreichte das Taxi den Parkplatz. Ich flüsterte in mein Funkgerät: "Deutschland. Alle erfassen ihre abgewiesenen Ziele! Ende."

Rasch trafen die Meldungen ein:
"Wespe eins. Kontakt. Ende."
"Wespe sechs. Kontakt. Ende."
"Wespe sieben. Kontakt. Ende."
"Wespe zwei. Kontakt. Ende."
"Wespe vier. Kontakt. Ende."
"Wespe drei. Kontakt. Ende."
"Wespe fünf. Kontakt. Ende."

Ich flüsterte Dr. Schmoller zu: "Das Taxi mit dem Pärchen kommt fünf Minuten zu spät. Auch seine drei Begleiter wurden bisher nicht gesichtet. Die müssen jeden Moment auftauchen. Wir hatten zu wenig Mitarbeiter, um nach ihnen zu forschen. Hoffentlich lassen die Begleiter uns ein paar Minuten Zeit."

Während meiner Überlegungen beobachtete Dr. Schmuller das Taxi durch seinen Feldstecher: "Das Paar hinten im Taxi sitzt aber stocksteif auf seinen Plätzen."

Sperber drei an der Kreisstraße 223 meldete: "Da kommt ein einmotoriges Propellerflugzeug. Es fliegt sehr niedrig."

Dr Schmuller flüsterte lachend: „Interessant, die Begleiter werden eingeflogen."

Die Wespen erhielten von mir das Kommando: "Deutschland! Auftrag! Drei - zwei - eins- JETZT! Ende."

Nur zwei der sieben Schützen trafen exakt. Selbst das war ein Wunder. Denn eine halbe Sekunde, bevor ich "JETZT!" befahl, stürzte das von Sperber drei gemeldete Sportflugzeug in den Wald, 100 Meter vom Parkplatz entfernt, unter großem Getöse. Mit voller Wucht riss es fünf große Fichten um. Die Geräuschkulisse überwältige uns, der Boden bebte und schaukelte sanft.

Adriana Osinska: akustisches Protokoll

Vertrauliche Akte A.O.

2001-09-10

Knapp vor sechs Uhr trafen wir uns zu Füßen des *Blauen Ritters*.

„Hi, Linn und Ben! Alles auf Anfang?"

„Hi, Claas und Dino! Zurück zum Ziel! Und ihr?"

„Alles auf Anfang!"

Prall gefüllte Rucksäcke zeigten, dass wir eine größere Wanderung planten. Wir begrüßten uns sehr herzlich. Vorübergehenden wäre aber vielleicht aufgefallen, dass wir nur im Flüsterton miteinander sprachen.

Auffällig war auch, dass wir den vier gewaltigen Felsbrocken, die sich hier zum *Blauen Ritter* auftürmten, keine Beachtung schenkten. Über den Knall, den wir gehört hatten, diskutieren wir kurz und einigten uns rasch darauf, dass es ein vereinzelter Donner gewesen sein musste. "Der Himmel leuchtete gerade kurz auf!", hatte Claas beobachtet.

Wir folgten dem Wanderweg S 2 bis zum *Schwarzen Ritter*. Da liegen drei Felsen so abenteuerlich übereinander, dass alle Wanderer um das Leben des *Schwarzen Ritters* fürchten. Hier verließen wir vier den Weg und bogen nach Süden ab. In der Tiefe des Gebietes, das wir betraten, lag ein Punkt mit den Koordinaten 50°42′04″ N   12°23′17″ O.

"Was erwartet uns dort wohl?"
"Natürlich die Ritter der Tafelrunde, versammelt um den Heiligen Gral!"

Schnell wurde es mühsam und anstrengend. Wege gab es in diesem Naturschutzgebiet nicht, ganz selten Pfade; viel öfter dichtes Buschwerk, schräge Hänge und nassen Felsgrund. Da zwang uns ein Teich zu einem Umweg, dort gab es Adlerfarne, übermannshoch. Manchmal klebten unsere Schuhe in kaugummiartigem Matschboden. Im dichten Nadelholz schlugen uns wiederholt Zweige in die Gesichter.

Die erste kleine Pause nutzten wir, um eine zweite Kasperle-Vorstellung vorzubereiten. Wir klebten uns Narben und Muttermale auf Köpfe, Hälse, Hände und Unterarme, schminkten unsere Gesichter grau und braun, setzten Perücken auf, klebten uns Schnurrbärte, setzen künstliche Zahnkappen ein.
Zur Krönung des Ganzen versahen wir unsere Kleidung mit Schulter- und Muskelpolstern. Die Umgebung der Krone konnte durch Kameras überwacht werden. Die Personen-Enttarnungs-Programme der Nebelschnüffler sollten uns nicht ermitteln können: Absolut Unbekannte sollten sich durch den Großen Vogteiwald bewegten und der Krone gefährlich nahe kommen.

Wir sprachen nur über das Notwendigste, denn jeder von uns stellte sich die gleiche Frage: „Was genau steckt hinter *der Krone?*" Hatte sie etwas mit dem Bernsteinzimmer zu tun? Oder wenigstens mit Bernstein? Schlimmstenfalls war *Elektron* nur ein Deckname für elektronischen Klimbim...

Unsere Suche war durch ein komplexes Handikap belastet: Für keinen von uns war es möglich, in die Nähe *der Krone* zu kommen, bzw. sie auch nur mit eigenen Augen zu sehen.

Nur die Drohnen, diese fingerlangen Flugroboter, konnten in die Stollen eindringen und die Koordinaten aufsuchen. Ihre Optik würde zwischen der *Krone* und unseren Augen vermitteln. Technische Systeme produzierten Abbildungen realer Wirklichkeit.

Wie nah würden sie der Wahrheit der *Krone* kommen?

Wir setzten unseren Weg fort.

Nach einer Stunde durchquerten wir ein Laubbaum-Revier, in dem hunderte und aberhunderte von Pilzen wuchsen. Immer wieder mussten wir Pilze zertreten. "Wisst ihr, dass Pilze weder Pflanzen noch Tiere sind?", fragte Dino.

Tobias wollte mit seinem Wissen glänzen: "Es gibt Pilze, die größer als Wale sind. In den USA gefährdet ein Monsterilz einige der berühmten Mammutbäume."

Dino schlug ihn mit seinem Wissen über Zusammenhänge der Evolution: "Pflanzen wandeln Sonnenlicht in Energie, Pilze können das nicht. Als die Algen das Wasser verließen, um auf dem festen Erdboden zu siedeln, gingen sie eine Symbiose mit den Pilzen ein. Dadurch erst konnte alle Flora entstehen. Die Pilze versorgen die Pflanzen mit den notwendigen Mineralien, die geben den Pilzen Zucker.“

Angeregt durch diese Information trieb Ben wieder Bibelbashing: "Die Schreiber der Schöpfungsgeschichte hatten keine Ahnung von Biologie. Sonst hätten sie Gott am fünften Tag die Pilze erschaffen lassen und am sechsten Tag die Tiere."

"Stopp! Sofort Stopp!", unterbrach Dino , der an der Spitze ging, ihr Gespräch, "Hier geht es nicht weiter! Alles auf Anfang!"

Vor uns strömte ein breiter, tiefer Bach.
Für die Zeichner der Karten war er zu klein, für uns vier zu zu tief und zu breit. Nach kurzer Beratung suchte ich ihn nach links ab, Ben nach rechts. Das Ufer war zu beiden Seiten mit dichtem Gestrüpp bewachsen. "Dazwischen stecken jede Menge erwachsene Felsen. Wir müssen seitwärts einen Weg für uns suchen. Das wird eine Menge Zeit und Energie kosten", ärgerte ich mich.

Für uns vier brauchte es gefühlt eine halbe Ewigkeit, bis wir eine Gelegenheit fanden, den Bach zu durchqueren. Die Steine waren glitschig. "Vorsicht, Tobias! Du gehst zu schnell!, warnte Ben ihn noch.
"Verflixt!"
Es platschte und Tobias wurde ins Wasser gerissen.

Er lachte über sein Missgeschick, rappelte sich auf, glitt erneut aus und lachte erneut: "Alles auf Anfang, Dino! Ich schwimme schon mal zum Ziel." Rasch watete Tobias zum anderen Ufer.

"Der lernt es nie. Gleich rutscht er wieder ins Wasser!", meinte ich kopfschüttelnd.

Den ganzen Vormittag kämpften wir uns durch einen Wald, in dem seit Jahren alles ohne menschliches Eingreifen wuchs. Völlig erschöpft beschlossen Ben, Dino und ich, zwei Kilometer vor dem geplanten Stützpunkt eine große Rast einzulegen. "Ausgeruht können wir es mit den Problemen aufnehmen, die auf uns warten!"

Tobias ging stur weiter: "Ich gehe weiter bis zum Aktionspunkt! Die kurze Distanz ist schnell geschafft. Jetzt brauche ich bestimmt keine Pause!"

Ich ließ mich auf den Boden fallen und griff zu meiner Wasserflasche: "Geh, großer Kraftprotz, geh ruhig. Wir sind zu platt, um mit kleinen Kindern zu diskutieren."

Ben und Dino hatten Tobias stoppen wollen. Meine Resignation ließ sie vermuten, dass dieser Versuch aussichtslos war. "Lass deinen Rucksack hier und halte dich in Richtung Sonne", empfahl Dino seinem Freund.

Tobias legte seinen Rucksack auf einen Felsen, nahm sein Funkgerät mit und verschwand hinter den nächsten Bäumen. Dino sah ihm verständnislos nach, dann griff auch er zu seinem Zucker-für-die-Muskeln-Paket.

Trotz der leichten Verstimmung über Tobias begannen wir drei, uns zu entspannen. Wir lagen auf unseren Matten, schauten in den Himmel und die Baumkronen, aßen, tranken und diskutierten über das, was Tiere und Menschen verbindet und was sie trennt.

Plötzlich piepste es schrill und laut. Tobias funkte uns an: „Den Stützpunkt können wir nicht nutzen. Hier steht alles 20 Zentimeter unter Wasser."

Murrend beendeten wir unsere Pause und begaben uns zu Tobias. Das Gebiet, in dem wir unseren Stützpunkt aufschlagen wollten, war völlig versumpft. Etwa hundert Meter nördlich fanden wir einen passenden Ersatz. Die Männer wollten sofort mit dem Aufbau unseres Basiszeltes loslegen. Ich intervenierte: *"Moment! Alles auf Anfang!"* Jetzt machen wir Pause, bis Tobias wieder fit ist! Nachher brauchen wir alle 200 Prozent unserer Energie."

"Zurück zum Ziel, Linn", stimmte Ben mir zu. Er griff zu seiner Trinkflasche, umrundete langsam unser Lager und sog mit seinen Sinnen unsere Umgebung auf. Dann blickte er uns entspannt an: "Wir können es ganz ruhig angehen, Leute. *Die Krone* ist hier! "

Moritz Prob: akustisches Protokoll

Vertrauliche Akte A.O.

2001-09-10

Gemeinsam verließen Tobias und ich den neuen Stützpunkt, um unsere Blasen zu leeren. Als wir außer Hörweite waren, fragte ich Tobias unvermittelt: "Bist du eigentlich auch so tiefgläubig wie Linn?"

Tobias war erstaunt: "Linn und tiefgläubig? Linn ist Katholikin, ja. Aber tiefgläubig? Ihr Glaube ist realitätsbezogen, sehr handfest. Sonst wäre sie nicht hier. Diese Urwälder hier sind definitiv nicht ihre Welt. Sie bevorzugt Metropolen wie Warschau, London, Madrid. Aber Linn ist eben dort, wo du bist. So einfach ist das für sie.

Zu deiner Frage nach meinem Glauben. Du vermutest richtig. Ich bin praktizierender Katholik, aber kein gläubiger."

"Praktizierend, aber ungläubig? Wenn du nicht glaubst, was bringt dir das Praktizieren von Religion? Das ist doch paradox!"
"Vom Verstand her ja. Ich versuche mal, mich zu erklären. Vielleicht kennst du diese Aussage „Credo, quia absurdum." Ich glaube, obwohl es absurd ist. - Meine Devise ist *„Ich praktiziere, obwohl es absurd ist."* Die Jahrhunderte alten katholischen Rituale sind die Geländer, die mich nach dem Tod meiner Eltern vor dem Sturz in den Abgrund bewahrt haben. Obwohl ich nicht glauben kann.

Nachdem meine Eltern ermordet wurden, wollte ich nur noch sterben. Mit 15 Jahren war ich besessen von der Idee, mich selbst so zu ersticken, wie meine Eltern erstickt waren. Damals, mit jugendlicher Radikalität. Was mich rettete, war der stumpfe Vollzug der Rituale. Die kirchliche Beerdigung unserer Eltern, der Besuch der Messen, die Feier von Marie Lichtmess drei Wochen später hielten mich im Leben.

Das war damals gut so, das ist heute gut so. Der menschliche Intellekt und unsere Wissenschaft sind nichts anderes als Spotscheinwerfer im endlosen Universum. Ihr Licht verliert sich in der Unbegründbarkeit unseres Seins. Mit Hilfe des Verstandes und der Forschung können wir Menschen begrenzte Phänomene exakt betrachten. Doch exakte Wissenschaft gibt keinem Leben Basis, Sinn oder Ziel.

Im Dunkel des Alls und der Finsternisse unserer Existenz sind Rituale unsere Raumanzüge. Feste sind eine Kette von Raumstationen, die alle immer wieder aufsuchen müssen. Sie versorgen uns existentiell mit Luft, Nahrung und Wärme.
Auch Atheisten und Nihilisten vollziehen ihr Sein in Ritualen. Warum sonst gibt es die Jugendweihe? Der Kommunismus liegt auf der Müllkippe der Weltgeschichte, aber die Jugendweihe lebt. Sie macht Sinn trotz sozialistischer Sinnlosigkeit.

Ich persönlich mache mir nicht die Mühe, den Sinn meines Lebens zu suchen oder seine Absurdität zu beklagen. Ich praktiziere katholische Rituale. So kann ich leben, atmen, mich freuen und jeden Tag lachen."

"Dich interessiert also nicht die Frage, warum es überhaupt Menschen gibt, Claas?"
"Doch, Ben, natürlich.
Aber mich verunsichern alle Propheten, die über ganz sichere Antworten verfügen.
Provoziert nicht jede ihrer endgültigen Antworten eine nächste Frage?"

Moritz Prob: akustisches Protokoll

Vertrauliche Akte A.O.

2001-09-10

Mit Flug I wollten wir das Stollensystem und einen Einlass finden.
Mit Flug II sollten die Koordinaten in den Stollen gefunden werden und mit ihnen die *Krone*.

Unseren Stützpunkt hatten wir fast 500 Meter von der Koordinate aufschlagen müssen. Damit waren die Wege länger und die Erkundungszeiten bedeutend kürzer.

Die Drohnen summten leise und sanft. Oberirdisch hatten sie die Zielkoordinaten erreicht. Sie flogen durch eine dicht bewachsene Schlucht, voller Bäume, Büsche und schroffer Felswände.

Vögel gab es zahlreiche, zu viele für die vier Drohnen. Die sahen nur. Sie hörten nichts, besaßen keine Instinkte, flogen viel zu gerade. Eine ganze Reihe von Tieren konnte unsere Drohnen auf ihre Speisenkarte setzen.
Allein ihre Rotoren mochten Amsel, Drossel, Fink und Star davon abhalten, die Drohnen erbeuten zu wollen.

Wie war in diesem Urwald, der seit Jahren selten von Menschen betreten worden war, ein Einlass in Richtung *Krone* zu finden? Wir mussten die steilen Wände der Schlucht absuchen. Linn und mir fehlten die Erfahrungen.

Wir flogen zwar auch die Wände ab, aber im Gegensatz zu Tobias und Dino entdeckten wir keine Löcher in den Felswänden. Uns fielen wohl Spalten auf, doch deren genaue Untersuchung zeigten keine Löcher, die zum Einflug in das Stollensystem dienen konnten.

Unsere Speläologen dagegen fanden im Abstand einer halben Minute zwei wahrscheinlich brauchbare Öffnungen. Ihre Erfahrungen mit Bunkern und Stollen zahlten sich aus. Unsere Drohnen flogen in die Löcher ein. Es galt zu überprüfen, welche Öffnung zielführender war.

Tobias´ Höhlung diente der Luftversorgung. Seine Drohne flog zuerst hinein, meine folgte. Zuerst meinte ich, es sei nur eine niedrige, dafür aber lange Spalte. Doch Tobias entdeckte am rechten Rand einen in zehn Meter Tiefe führenden runden Schacht. Unten war ein engmaschiges Gitter zu erkennen.
Tobias ließ seine Drohne hinabfliegen. Es fanden sich drei Möglichkeiten durchs Gitter zu fliegen. Dahinter lag ein endlos langer schmaler Stollen.

Dino war ein winziges ovales Loch in der Felsenwand aufgefallen. Er flog es an, mit Linn im Gefolge. Es diente tatsächlich als Ausguck. Von innen ließ sich die ganze Schlucht in Richtung Osten kontrollieren. Dino hatte nach genau solchen Blickwinkeln gesucht und die Wand dort nach möglichen Gucklöchern abgeflogen.

Hinter dem kleinen Ausguckloch lag eine sargförmige Kammer, in der Soldaten bequem auf dem Bauch liegend ihre Aufgabe erfüllen konnten. Die dem Loch gegenüberliegende Stirnseite war durch einen Vorhang von einem Gang abgetrennt. Der samtartige Stoffvorhang sollte Licht und Geräusche nicht nach draußen dringen lassen. Dino fand einen Riss, durch den die Drohnen der beiden in den Gang einfliegen konnten.

Plötzlich tauchte auf Dinos Monitor eine punktförmige Lichtquelle auf. „Eine Kamera?", fragte er erschrocken. Tobias klopfte ihm auf die Schulter. Auch auf seinem Monitor zeigte sich eine Lichtquelle. „Unsere Drohnen betrachten sich gerade gegenseitig, mit 75 Metern Entfernung!"

So fand Flug I ein positives Ende.

Eine halbe Stunde später startete der entscheidende Flug. Unsere Helfer alpha und beta hatten sich geeinigt: Es koste weniger Zeit, wenn wir gleichzeitig beide Öffnungen nutzten. Tobias und ich bildeten Team Schacht, Linn und Dino das Team Auge. Um Zeit zu gewinnen, manövrierte Tobias meine Drohne durch das enge Gitter am Ende des Schachts.

Linn hatte kaum Probleme damit, Dinos Fluginsekt zu folgen. Bald befanden sich alle vier Drohnen auf dem gleichen Gang.
„Fliegen wir die Zielkoordinate an!", flüsterte Linn ganz aufgeregt.

"Zurück zum Ziel!" Wir lachten, als Dino diese Parole in den Himmel rief. Aber er brachte damit genau die Stimmung zum Ausdruck, die uns alle bestimmte. Die entscheidende Phase unseres Unternehmens begann.

Adrianna Osinska: akustisches Protokoll

Vertrauliche Akte A.O.

2001-09-10

Die Drohnen bewegten sich in der Mitte des hohen, aber schmalen Stollens. Tobias´ und Dinos Flugroboter leuchteten, die von Ben und mir folgten ihnen ohne Licht.

Wir kontrollierten den Flug unserer Drohnen auf den Monitoren. Die zeigten ein Dämmerlicht in vielen Graustufen.

Erst jetzt wurde Ben und mir bewusst, dass die Drohnen wohl Bilder, aber keine Geräusche übertrugen.

„Das macht mich wahnsinnig", meinte Ben, „So nehme ich keine Gefahr wahr."

„Dafür sind wir zuständig", sagte Dino, „Wichtig ist jetzt, dass beide Teams gut zehn Meter Abstand voneinander halten.

„Aber wir sehen nur in eine Richtung", meinte ich unzufrieden.

„Technik stößt immer an Grenzen", meinte Tobias kategorisch, „Drohnen sehen nur vorwärts... Bis zu ihrem Aus."

„Aber es gibt die Chance, seitwärts zu fliegen oder zu drehen", meinte Ben.

„Diskutiert nicht! Achtet auf den Gang!", monierte Dino. „Sonst endet euer Flug gleich an einer Wand. Und noch größter ist die Gefahr, dass Sensoren oder Kameras unsere Minis orten, wodurch ein Alarm ausgelöst werden kann. Bei einem der ersten Flüge im Werk reagierte ein Sensor auf die Wärme der winzigen Motoren und löste die Sprinkleranlage aus."

„Deshalb ist Abstand halten wichtig. Wenn ein Team entdeckt wird, bietet sich im folgenden Gewirr hoffentlich eine Lücke für das zweite Team", sagte Tobias.

Nach zwei Minuten erreichte unsere Drohnen-Expedition einen Hauptstollen. Der war gut 3 Meter breit und genau so hoch. Wenn es ein Ende gab, dann erreichte das Licht der schwachen LED-Lampen es nicht.

„So ließe sich ein Film drehen, der im Universum spielt", flüsterte ich.

„Für unsere Drohnen ist dieser Stollen das Universum."

„Na, gut, wenigstens kein schwarzes Loch, sondern nur eine Röhre mit Betonwänden."

"An deren Ende sich ein Tor befinden sollte."

„Oder der Abzweig zum nächsten Gang."

„Das werden wir später untersuchen", meinte Tobias, wenn die Zeit reicht.“

„In diesen Stollen passten ja mehrere Lastwagen mit Anhängern“, staunte Ben.
„Das war sicher auch ihr Zweck, Ben. *Die Krone* wird mit Lkws hierhin transportiert worden sein“, antwortete Dino.
„Im wahrsten Sinne des Wortes hierhin. Denn nach den Koordinaten sind unsere Drohnen nur 30 Meter vom Ziel entfernt.“

In diesem Moment flogen sie an einem großen rostigen Tor vorbei, auf der linken Seite. Es reichte vom Boden bis fast zur Decke und war so breit wie hoch und besaß zwei Flügel. In der Mitte befanden drei große schwarze Hebel, in Knie-, Bauch- und Schulterhöhe. „Damit kann das Tor geöffnet werden.“   „Und wie kommen wir da rein?“
„Gar nicht. Das ist nicht unser Ziel.

In regelmäßigem Abstand befanden sich Stahltore an der linken Seite. Tobias und Dino ignorierten auch das nächste Tor. "Warum interessieren sich unsere Speläologen nicht für sie?", fragte ich mich.

Dino starrte stur auf die Koordinatenangaben seines PCs. Er erinnerte mich an Teens und Twens, die ihre Blicke stets und stur auf Handys und Playstations richteten.

„Wenn die mal hochsehen sollten -Womit aber nicht zu rechnen ist.- , würden die sich zu Tode erschrecken. Es gibt eine Welt außerhalb ihres Displays."

„Hier!“ Dino ließ seine Drohne in Richtung des dritten Tors schwenken. Von außen glich es den anderen Toren.
„Zurück zum Ziel“, flüsterte Dino ehrfürchtig.
Er nickte Tobias zu. Konzentriert blickten beide auf die Anzeige der Koordinaten. Rhythmisch tippte Dino auf zwei

Zahlen. „Hier! Hier! Hier! Zurück zum Ziel. Alles auf Anfang!"

50° 42´ 04" N   12° 23´ 17" O

Die Drohnen zeigten die Koordinaten an! Hier musste sich die *Krone* befinden.
„Hinter dieser Tür lauert das goldene Nichts", lächelte Tobias.

Ich meinte, Dinos Herzschläge zu hören. Aber es war mein eigener Herzschlag. In meinem Hals, in meinem Kopf pochte und dröhnte es! "Jetzt habe ich mich nicht mehr unter Kontrolle", dachte ich.

„Wie gelangen wir auf die andere Seite?", fragte Ben.
„Ben und ich werden ein Schlüsselloch finden. Besucht ihr in dieser Zeit das Ende des Gangs", schlug Tobias vor.

Dino nickte mir zu. Unsere Drohnen folgten dem Stollen. Hoffentlich hatte er ein Ende.

Inzwischen suchten Tobias´ und Bens Drohnen mit leuchtenden LEDs das Tor ab. „Jetzt müsste man hören oder fühlen können", klagte Ben erneut.
„Stelle die Optik auf Großbild ein und steuere deine Drohne an der rechten Seite so langsam wie möglich von oben nach unten", wies ihn Tobias an.
„Wie bitte soll ich eine passende Öffnung erkennen?"
„Keine Panik bitte. Achte auf mindestens Fünf-Euro-Schein große Löcher! Außerdem werde ich immer wieder mal auf deinen Monitor schauen."

Während die beiden nach einer für die Drohnen passenden Lücke suchten, erreichen Dinos und mein Insektroboter nach über hundert Metern Flug durch den Hauptschacht ein Rolltor. Nach unten war es nicht ganz geschlossen. Zwischen Tor und Boden klaffte ein fingerhoher Spalt.
        „Setz deine Drohne ab, um Strom zu sparen. Ich fliege weiter", wies Dino mich an.

Beim Absenken meiner Drohne entdeckte ich schwache Abdrücke von Lkw-Reifen vor dem Tor und diskutierte mit Dino über die Spuren. " Das sind keine heute gebräuchlichen Reifenprofile. Die Abdrücke müssen noch von den Lkws stammen, die das Bernsteinzimmer 1945 hierher brachten", war sich Dino ganz sicher.

Seine Drohne gelangte ohne Schwierigkeiten hinter das Tor und befand sich in einer großen Halle. Am anderen Ende ging ein weiterer Stollen ab, auf der linken Seite befanden sich sechs große Tore. Drei waren offen, drei geschlossen. Die Hallen mit den offenen Toren waren leer. Die drei geschlossenen Rolltore reichten auch nicht ganz bis zum Boden. Dinos Insektrobot erkundete diese Hallen. Da parkten Lkws, zwei polnische, zwei bulgarische und zwei litauische.

Ich fragte: „Wieso gleich sechs Lastwagen? So groß kann die *Krone* ... ?"

In meine Frage hinein brüllte Tobias: **„HEUREKA!"** Sofort zuckte er zusammen und lief rot an. Alles, was im Umkreis von einem halben Kilometer lebte, musste den Schrei gehört haben.
Aufgeregt wies Tobias auf Bens Monitor.
Tobias griff zu Bens Steuerung und ließ dessen Drohne zum Spalt und sofort durch die kleine Öffnung fliegen. Beim Spalt handelte sich um ein normales Guckloch.

„Ehre dem Finder! Deine Drohne erreichte als erste die *Krone*. Viel Erfolg bei den nächsten Entdeckungen!", flüsterte Tobias und reichte Ben die Steuerung zurück. Auf Bens Monitor zeigten sich honigfarbene Platten.

Sekunden später tauchten gleiche Bilder auf Tobias´ Monitor auf. Auch er hatte seine Drohne in die Kammer gesteuert.

Minuten später erkundeten alle vier Drohnen die *Kronen-Kammer*.

Die Ersten der Zwei: Absprache

mit dem Ring Deutscher Kriminalbehörden

{ Geheime Notizen }

2001-09-10

Mit ruhiger, etwas belegter Stimme trug Dr. Edeerk die Fakten vor. So fand Michael Gewander Muße, sich bewundernd im Konferenzraum umzusehen: "In diesem Palast berät sich also die Führungsebene des *Rings Deutscher Kriminalbehörden*. Funktional, elegant, großzügig ausgelegt.
Dass eine Behörde ihre Räume so einrichten darf, ist erstaunlich. Noch erstaunlicher ist, dass es einer Behörde gelingt, ihre eigenen Räume mit wirklichem Geschick und Geschmack zu gestalten."

Die Runde im Konferenzraum war handverlesen. Gewander gegenüber saß der stellvertretende polnische Botschafter Adam Maczynk. Das *Deutsche Informationsbüro* war nicht allein durch Dr. Felix Edeerk und ihn vertreten. Der Personaldirektor ihrer Behörde, Prof. Sören Dränge unterbrach heute seinen Urlaub, um an der geheimen Gesprächsrunde teilzunehmen. Den *Ring Deutscher Kriminal-*

behörden repräsentierten seine Vizepräsidentin, Kaja von Hollmark und ihr Referent Dr. Dr. Volker Lidker.

"Warum wurde ich in diesen Kreis berufen?", fragte sich Gewander. "Mehr als einen Bachelor-Titel habe ich nicht zu bieten. Prinzipiell dürfte ich in dieser Runde höchstens den Kaffee servieren."
Von dem Mobiliar, das sich in diesem Raum befand, träumten seine Kollegen und er in ihren schlichten Büros nicht einmal. "Massivholz, gediegen und selten, in dunklen und hellen Tönen, mal glänzend, mal matt. Ob Hölzer dieser Art überhaupt noch gehandelt werden dürfen?", sinnierte Gewander.
Seine Hände glitten über die feine Maserung der Tischplatte. „Bestimmt!", beruhigte er sich, „Wir sind hier bei der Polizei! Hier läuft alles legal." Mit Genuss sog er die Gerüche der exklusiven Möbelpolituren und des Leders ein.

Auch bei der Anschaffung der Accessoires war nicht aufs Geld geachtet worden. Doch diese Summen waren klug angelegt. Die Sphäre der Entscheider war voller distinguierter Noblesse. Was hier besprochen wurde, hatte Gewicht, war weit entfernt von den Sachzwängen, die Gewander und seine Kolleg*innenschar tagtäglich bedrängten. "Wir kennen nur Agieren und Reagieren. Zum Entwickeln von Taktiken oder gar Strategien kommen wir nie. Uns fehlt nicht nur die Zeit. Uns fehlen Gestaltungs-Räume wie dieser."

Gewander durchschritt in Gedanken das funktionale Berliner Dienstgebäude, in dem sein Schreibtisch stand. Wie die meisten hatte er ein Zwing. So pflegten sie ihre Büros im Kolleg*innenkreis zu nennen. Ein normales Dienstzimmer des *Informationsbüros* hatte Zwinger-Format. Denn einem Hund, sofern sein Widerrist über 65 cm beträgt, steht in Deutschland nach Recht und Gesetz ein Zwinger in der Größe von zehn Quadratmetern zu. Ihre Zwings waren einen halben Quadratmeter größer.

Da passten ein Schreibtisch und ein Bürostuhl rein, ein Aktenschrank mit Tresor für die Dienstwaffe, ein Garderobenhaken an der Wand und ein Waschbecken, mehr nicht. In den Zwings konnten zwei Kolleg*innen nur mit Geduld und Toleranz miteinander arbeiten, wenn viele Papiere zu sichten und zu bewerten waren. Mussten drei oder mehr Kolleg*innen etwas intensiv erörtern, nutzen sie dazu eine der Sitzecken auf dem Flur. Da waren völlig offen und alle mussten peinlich darauf achten, was sie besser nicht sagten.

Zweimal in der Woche wurden die Zwings geputzt, dreimal im Jahr die Fenster. Einmal im Jahr nahm die Putzkolonne die Vorhänge ab. Fünfzehn oder zwanzig Tage später hingen sie wieder vor den Fenstern. Hatte man die Vorhänge auch gereinigt? Darüber gab es beim *Deutschen Informationsbüro* geteilte Meinungen.

Wer besondere Aufgaben hatte, bekam ein Doppelzwing. Zwei Zwings wurden zusammengelegt. Zu diesem Zweck wurde eine nicht tragende Wand zwischen zwei Büros entfernt, und das luxuriöse Doppelzwing war perfekt. Abteilungsleitern stand ein Zwingvier zu. "Unser Dienstgebäude verfügt über wenige tragende Wände. Das muss uns zu denken geben", äußerte der Erste Direktor augenzwinkernd bei der letzten Personalversammlung.

Auch einige dienstliche Rohr-Krepierer durften sich in Zwingvierern austoben. Auf diese Weise richteten sie den geringsten Schaden an. „Unser Spezialfall Dr. Trusch wurde vor einem Jahr hierhin zum *Ring Deutscher Kriminalbehörden* empfohlen", fiel Gewander in diesem Zusammenhang ein.

Da riss ihn Prof. Dränge aus seinen Gedanken. Vor einem halben Jahr hatte Dr. Edeerk Gewander die Informa-tionsstränge der Führungsebenen erläutert. „Unsere Oberhäuptlinge halten nach außen hin deutlich auf Abstand. Die zweiten Ebenen sind für die stille Diplomatie zuständig. Sie regeln die Sachverhalte, wenn es brennt.

So wie heute Morgen, als genau im entscheidenden Moment ein Sportflugzeug mit zwei Mann Besatzung abgestürzt war, mitten in die Aktion *Roter Bach* hinein. Die Feuerwehr rückte an, natürlich auch Krankenwagen und Polizei.

Nur mühsam konnten Dr. Edeerk und sein Team das Taxi abschirmen, das mitten auf dem Parkplatz zu stehen gekommen war, mit der Leiche einer Taxifahrerin und zwei von Kugeln durchsiebten Theaterattrappen.

Dr. Silvana Grimm, die Landrätin des Kreises Vogtland, wollte selbstverständlich ihre Polizei ermitteln lassen: "Wir sind eindeutig zuständig, Herr Dr. Edeerk!"

Alle anderen Sachwalter*innen auf der Welt hätten genauso gehandelt wie Frau Dr. Grimm. Einen Ausnahmefall wie diesen durfte man sich nicht aus der Hand nehmen lassen. Erfolgreiche Ermittlungen würden die Karriere die Landrätin beflügeln, ihre Wiederwahl sichern.

Durch einen freundlichen Anruf stellte Frau von Hollmark klar, dass dieser Vorgang in das Aufgabengebiet des *Rings Deutscher Kriminalbehörden* fiel: "Es gibt komplexe Fälle, die regionale Behörden nicht überschauen können, Frau Dr. Grimm. Durch die internationalen Dimensionen gehören die Ermittlungen komplett in die Hände der obersten deutschen Polizeibehörde. Es bleibt bitte unter uns, dass sowohl in Richtung Drogenschmuggel, Menschenraub und auch Steuerhinterziehung untersucht wird.

Ganz sicher müssen wir dabei auf die Unterstützung kompetenter Abteilungen Ihrer Polizeibehörden zurückgreifen, Frau Landrat. Erfolgreiches Zusammenarbeiten wird Erwähnung finden und Beförderungen beflügeln. Sie werden bei allen Pressekonferenzen Gelegenheit bekommen, den Anteil Ihrer Behörden zu kommunizieren."

Damit der *Ring Deutscher Kriminalbehörden* auch angemessene Amtshilfe leisten konnte, musste das *Deutsche Informationsbüro* hier und jetzt seine Karten zur Aktion *Roter Bach* auf den Tisch legen. Dr. Edeerk hatte gerade die Hintergründe zu den Theaterattrappen beleuchtet: „Im Taxi erwarteten wir diesen Objektschützer und seine Freundin. Die sollten nach Angaben unserer Informanten eigentlich hinten sitzen. Die mussten wir ausschalten. Denn Staatsgeheimnisse standen auf dem Spiel, deutsche und polnische!"

Adam Maczynk, der stellvertretende polnische Botschafter, bestätigte die Aussage durch heftiges Kopfnicken und das Überreichen zweier Akten. „Aber warum starb die Taxifahrerin?", fragte Kaja von Hollmark.

Dr. Edeerk sah zu Prof. Dränge. Dieser nickte Gewander zu: "Der für das Projekt Verantwortliche wird ihnen die Fakten dazu erläutern."
„Alles klar!", schoss es Michael Gewander durch den Kopf. "Ich wurde als Bauernopfer mitgeschleppt und darf mich an dieser Stelle als funktional Schuldiger präsentieren. Dabei war ich auf dem Parkplatz überhaupt nicht anwesend und durfte mich nur mit der Logistik befassen.

Wegen persönlicher Befangenheit in Sachen Moritz Prob. Sie verschwiegen mir auch ihre Absicht, ihn und seine Freundin auszuzahlen. Dafür muss ich jetzt in dieser Runde über den Knackpunkt der Aktion berichten. Als Überbringer der Nachricht werde ich zu ihrem Verursacher abgestempelt."

Sein Verstand kämpfte mit seinem Zorn. Aber das *Deutsche Informationsbüro* sollte ihn nicht umsonst jedes Jahr zu Schulungen über Verhör- und Gesprächstaktiken abgeordnet haben. „Für ihren Misserfolg lasse ich mich nicht hängen!" Michel Gewander hielt die in ihm hochkochenden Emotionen flach und entschied sich für eine verhüllende Variante zur Tötung der Taxifahrerin.

„Je nach Frau von Hollmarks Reaktionen lässt sich frei improvisieren." Michael Gewander blickte der Vizepräsidentin des *Rings Deutscher Kriminalbehörden* ruhig in die Augen: „Die gewaltige Kraft des Absturzes brachte alle Schützen aus der Konzentration, Frau von Hollmark. Es gab eine Reihe von Querschlägern!"

„Also, ein Querschläger könnte die Taxifahrerin getroffen haben?"

Er hatte sie am Haken! Gewander nickte und stellte fest: „Mit Sicherheit verursachte ein Querschläger ihren Tod."

Frau von Hollmark wich seinem Blick nicht aus: "Also, fürs Protokoll: Das tödliche Geschoss war *ein Querschläger*?"

Gewander nickte efrig, griff aber zu seiner Akte, schlug rasch zwischen einigen Informationen hin und her. Ohne er-kennbare Regungen präzisierte er: "Zwei. *Nein! Drei!* Drei Querschläger. *Die Taxifahrerin wurde von drei Querschlägern getroffen.*"

Die Vizepräsidentin des *Rings Deutscher Kriminalbehörden* griff zu ihrer Teetasse und nahm einen Schluck. "Drei Querschläger", wiederholte sie dann, leise und monoton.

Gewander jubelte innerlich: "Das dürfte der richtige Weg sein. Sie weiß jetzt, welche Peinlichkeit ihre Leute übersehen sollen."

"Im Prinzip ..." Gewander unterbrach sich, tippte mit seinem linken Zeigefinger gegen das Kinn und blätterte in der umfangreichen Akte. "Die Querschläger... Moment. Die Informationen wurden hier noch nicht sortiert.

Also, zwei schlugen durch die Windschutzscheibe ein, oberhalb des Lenkrads. Ein dritter Schuss drang durch das Seitenfenster auf der Fahrerseite ein."

Kaja von Hollmark starrte Gewander irritiert an. Dessen Mimik zeigte keine besondere Regung. So, als hätte er ein weiteres nebensächliches Detail mitgeteilt. Etwa in der Qualität von "Wir hatten 15 Wagen im Einsatz."
Die Vizepräsidentin des Rings Deutscher Kriminalbehörden setzte ihre Teetasse mit einem Ruck ab. Es klirrte kurz und laut. Von Hollmark konzentrierte ihren Blick auf den Tisch.

Leise und im sachlichsten Tonfall der Welt fügte Gewander seinen Ausführungen die Bemerkung hinzu: "Es wäre alles viel einfacher, hätte ein Teil des Flugzeugs das Taxi beschädigt."
Gräfin von Hollmark blickte auf, sah Gewander in die Augen. Mehrfach zuckten ihre Augenlider. Im Raum knisterte es vor Spannung. Prof. Dränge, Dr. Edeerk und Adam Maczynk blickten zu Michael Gewander. Was hatte der Mann da gerade vorgeschlagen? War das so abgesprochen?

Gewander schaute aus seinen Akten hoch. Für ihn schienen alle Details im Grünen Bereich zu liegen. Dr. Dr. Volker Lidker, Frau von Hollmarks Referent sah pikiert um sich. Seine Augen sprachen Bände. Michael Gewanders Vorschlag fiel bei ihm völlig durch.
Sachlich, aber bestimmt sagte Lidker: "Mit diesem Vorschlag haben wir Schwierigkeiten. Eine Taxifahrerin wurde von drei Schüssen getroffen, die mitten durch die Scheiben gingen. Dann müssten die Querschläger die Fahrerin seitlich von hinten getroffen haben. Wurde gerade von drei Querschlägern gesprochen? Wir sind stets zur Kooperation mit Ihnen bereit. Aber Fakten lassen sich nicht wegdiskutieren."

Er sah zu Kaja von Hollmark und erwartete deren Bestätigung. Die schüttete sich noch etwas Tee ein. Eine halbe Minute herrschte Schweigen. Eine ewige halbe Minute... Gewanders Schläfe pochte wie wild. Prof. Dränge und Dr. Edeerk saßen starr in ihren Sesseln...

Moritz Prob: akustisches Protokoll

Vertrauliche Akte A.O.

Das Licht unserer Drohnen konnte die riesige Kammer nicht ganz erhellen.
Wir hatten alles Mögliche erwartet. Die *Krone...* dahinter konnte sich so viel verbergen.

Die kleinen Drohnen leuchteten die Kammer nur begrenzt aus. Genau das bewirkte die Magie der Bilder auf den Monitoren. Wir hatten dutzende Aufnahmen, ja sogar ein Video über das Bernsteinzimmers studiert. Aber das, was wir sahen, übertraf jede Erwartung.

„Was für ein Märchen!"
„Ein entzückender Traum..."
„Unmöglich. Das müssen sich Spinner ausgedacht haben."

„Ich wusste es! *Das Bernsteinzimmer!!!* Ich wusste es!"

Die schwachen Lichtkegel der Drohnen tasteten eine Zauberwelt ab. Wir konnten unsere Blicke nicht von den Monitoren lösen.

Da war es! Da war es wirklich!
Das Bernsteinzimmer! Das seit Juni 1944 nicht mehr gesehene Bernsteinzimmer!

Tobias teilte die Kammer in Sektoren auf, damit unsere Drohnen sich auf keinen Fall touchierten. Das konnte im Freudentaumel, der uns gerade beherrschte, viel zu schnell passieren.
Nach kurzer Zeit hatten wir einen groben Überblick über das, was bisher im Dunkel der Kammer verborgen lag.

Nur ein Teil des Bernsteinzimmers, vielleicht 60 Teile der Wandverkleidung, waren auf dem Boden ausgelegt, in drei Gruppen. Zwischen ihnen befanden sich zwei Spiegelpilaster.

In den schwachen Lichtkegeln der Drohnen kamen die Spiegel nicht zur Geltung. Sollten sie die drei Gruppen trennen oder miteinander in Beziehung setzen? Doch die Wandtafeln entfalteten ihre phantastische Wirkung auch ohne Spiegel.

Zumal links noch dreizehn große Verkleidungen an der Wand aufgestellt waren. Auf der rechten Seite standen Transportkisten, aufgebrochene und verschlossene. Dinos Drohne flog sie an: "In den aufgebrochenen Kisten befinden sich weitere Paneele. Das wird der Rest des Bernsteinzimmers sein."

Die Artefakte des Bernsteinzimmers entfalten eine magische Kraft. Jeder von uns sog ihre Pracht auf seine Weise ein. Linn beeindruckte die Wirkung der Farben. Ihre Drohne flog Verkleidungen und Wandteile in Großbildeinstellung ab. Das sanfte vorherrschende Gelbbraun schuf eine Linn beruhigende majestätische Atmosphäre. Alle Last, aller Druck fiel von ihr ab. Ihre Blicke glitten über den Monitor, von oben nach unten, von rechts nach links, sie folgten dem Spiel der Diagonalen. „Das wirkt so spielerisch, so als hätte sich der Bernstein selbst ins Bild gesetzt. Die Handwerker, die diese Tafeln schufen, waren absolute Meister ihres Faches. Welche Harmonie steckt in diesen Bildern, in diesen Flächen. Ein achtes Weltwunder", murmelte sie.

Ich selbst hatte Bernstein bisher als langweilig empfunden: „Mit Bernstein, Jade oder Perlenketten soll man Leichen dekorieren. An die Körper von Frauen mit Pep gehören Edelsteine."

Sobald im Dschungel wieder alles an seinem Platz war, wollte ich Linn einen Brillantring schenken.

Deshalb hatte ich das Interesse am Bernsteinzimmer bis zu unserem Eindringen in die *Kronen-Kammer* nicht verstanden. Nun sah ich sprachlos die vielen Mosaike und Figuren. Das Annähern in Normal- und Naheinstellungen zeigte es: Bernstein war in Wirklichkeit gar nicht eintönig honigbraun! Welche Kunst steckte in der Gestaltung der Figuren! Wie viel Meisterschaft und Können!

Wie waren der Löwe hier oder der Adler dort gefertigt worden? Wie konnte Bernstein so filigran bearbeitet werden? Und gab es in der Natur tatsächlich so große Stücke Bernstein? Oder verstanden sich die damaligen Hand-werker auf die Kunst der Täuschung? Welche Tricks wandten sie an?
Wann war ich in meiner Gefühlswelt zum letzten Mal so aufgewühlt? Damals, in der Karibik. Die Mantas mit ihren drei Meter weiten Flossen. Im Abstand einer Armlänge glitten sie an mir vorbei. Gigantisch und würdevoll. Von mir nahmen sie keine Notiz. Der Tauch-Guide hatte nicht zu viel versprochen. Im Gegenteil. Der Zauber dieses Momentes blitzte immer wieder in mein Bewusstsein. Gleich nachdem ich Linn kennengelernt hatte, träumte ich davon, mir ihr auf dem Rücken eines Mantas durchs Meer zu tauchen.

Durch den Anblick des Bernsteinzimmers drang in mein Bewusstsein die Erkenntnis, über welche Gestaltungskräfte das Tier Mensch verfügt. Die Natur leistet sich unglaublich verschwenderischen Luxus.

Tobias erzählte mir später, er habe erst am nächsten Tag realisiert, dass wir wirklich und wahrhaftig das Bernstein-zimmer gefunden hatten. Nur Linn zuliebe hatte er vorge-täuscht, an das Bernsteinzimmer zu glauben.

Deshalb dirigierte er seine Drohne zu den Kisten, dokumentierte Seiten und Deckel, hielt jede Aufschrift fest. „Die Daten, die Schrift, die Färbung des Papiers. Diese Teile sind tatsächlich ihre 65 Jahre alt. Und die Details der Figuren, die Ben da aufnimmt, die gleichen total denen der alten Fotografien des Bernsteinzimmers im Katharinenpalast. *Ich glaub es nicht!* Das Zimmer ist echt! Ich glaub es nicht!

Wie viele Forscher*innen und Spekulant*innen suchten vergeblich das Bernsteinzimmer. Oft ihr ganzes Leben lang.
Und *wir* hatten es gefunden!!! *Wir* hatten es gefunden!!!"
Solch ein triumphales Gefühl konnten nur die kennen, die als allererste auf einem Berggipfel standen, dem Matterhorn oder dem Mount Everest..."

Um den Fund zu dokumentieren, nahmen wir mit unseren Handys so viele Bilder wie möglich auf. Noch heute mussten es alle sozialen Netzwerke erfahren, weltweit: *Die Krone* ist gefunden worden, das echte Bernsteinzimmer.

In seinen Gedanken räumte Dino alle Kisten aus. Jedes Artefakt befestigte er an seinem Platz im Bernsteinzimmer. Als fanatischer Speläologe wusste er vom Zauber des Lichts: "Wie sich das originale Bernsteinzimmer bei geöffneten Fenstern im Licht der Mitternachtssonne spiegeln muss!"
Während wir anderen eine Vielzahl unterschiedlicher Details aufnahmen, beschränkte er sich auf drei Paneele. Aber er veränderte die Intensität des Lichts, indem er den Abstand seiner Drohne zu den Artefakten veränderte. Sie flog mal langsam auf ein Detail zu oder entfernte sich langsam von ihm.

"Nun gibt es also zwei Bernsteinzimmer. Das Original hier und den Abklatsch, der 2003 im Katharinenpalast eingebaut wurde", sagte er.

Für seine vielen Flugmanöver musste er, gleich Ikarus, den furchtbarsten Preis bezahlen. Nach einer halben Stunde meldete sich Dinos Dohne von einer Sekunde zur anderen ab. Sie stürzte unvermittelt zu Boden.

Da erst merkten wir, dass wir das vorgesehene Zeitlimit überschritten hatten. „Versuchen wir, zur Basis zu kommen", befahl Tobias.
Linns Drohne schaffte es noch aus der *Kronen-Kammer* , trudelte aber 15 Sekunden später auf den Boden des großen Stollens.
Damals starben wir nicht in der Tywa, heute aber hier", dachte Tobias.

Seine Drohne sandte ihr letztes Bild im Spalt zur Schlucht ab. Wir rätselten darüber, ob sie noch im Spalt liegenblieb oder hinunter in die Schlucht gestürzt war.
Nur *mein* Fluginsekt schaffte es zurück.
„Ich darf doch jetzt stolz sein auf meine Besonnenheit?", fragte ich vorsichtig.
„Wärest du wirklich weise, gäbest du nicht so maßlos an", erwiderte Linn. Manchmal neigt sie zum Zynismus.

Wir hatten es also gefunden, das Bernsteinzimmer, und genügend Beweise dafür gesammelt. Denn die Menschheit sollte alles über den Fund erfahren, aber nichts über die Finder.

Das Gefühl des Sieges war überwältigend. *Der Südpol, der Nordpol und der Glückspol lagen unter unseren Füßen!* Alle Mühen, alle Risiken hatten sich gelohnt.

Das Bernsteinzimmer!
Wir hatten das Bernsteinzimmer aufgespürt! Diese einfache Tatsache sprengte unsere Köpfe.

An Geld dachten wir nicht. Das Bernsteinzimmer gehörte dem Staat, welchem auch immer. Stand uns Finderlohn zu? Für mögliche Prozesse darüber hatten wir nicht die Mittel. Kein Anwalt auf der Welt würde uns dazu überreden können, in dieser Angelegenheit auch nur einen Cent zu investieren.

Aber die Welt sollte noch heute von diesem Fund erfahren.

Die Ersten der Zwei: Absprache

mit dem Ring Deutscher Kriminalbehörden

Vertrauliche Notizen

2002-09-10

Konnte sich der Ring Deutscher Kriminalbehörden der von Michael Gewander vorgeschlagenen Deutung der Fakten anschließen? Das wäre ein Spiel mit großem Risiko und sehr vielen Unbekannten. Dr. Dr. Lidker hatte davon abgeraten...
Frau Gräfin von Hollmark nippte an ihrem Tee, blickte schließlich hoch und sagte zu Prof. Dränge: "Herr Dr. Lidker wies zurecht auf die Wirkung des ersten Eindrucks hin.
Nun, die komplexe Sachlage verlangt eine präzise Auswertung der Spuren in alle Richtungen hin. Die Aufarbeitung der zahlreichen Informationen wird einige Wochen in Anspruch nehmen. Dabei dürfte unsere Soko den von Herrn Gewander gegebenen Hinweisen ein besonderes Gewicht geben."
Sie nickte Michael Gewander wohlwollend zu.

Prof. Dränge war die Erleichterung anzusehen: "Frau Gräfin von Hollmark, es freut mich sehr, es freut *uns alle*,

226

dass sich unsere gute Zusammenarbeit auch bei diesem brisanten Fall fortsetzt. Ihre Entscheidung wird in unseren Institutionen langfristig positiv nachwirken."

Der stellvertretende polnische Botschafter schlug in die gleiche Kerbe: "Unsere Republik nimmt mit Freude zur Kenntnis, dass ihre beiden Behörden in diesem Fall an einem Strick ziehen. - Nein, wie sagt man? Sie wollen an einem Strang ziehen."

Lächelte Kaja Gräfin von Hollmark? Sie sah erst zum stellvertretenden Botschafter, dann zum zweiten Direktor des Deutschen Informationsbüros. Schließlich kommentierte sie ihre Entscheidung: "Herr Botschafter Maczynk, Herr Prof. Dränge, Sie haben verdeutlicht, dass dieser spezielle Vorfall unsere Staaten zu gemeinsamem Handeln verpflichtet.

In diesem Geiste wird der *Ring Deutscher Kriminalbehörden* die Fakten prüfen. Das offizielle Gutachten dürfte klar auf der von uns abgesprochenen Linie liegen. Die unverzichtbare Bewertung einzelner Indizien dürfte Abweichungen skizzieren." Gräfin von Hollmark wandte sich ihrem Assistenten zu: „Differenzierungen dieser Art sind aus politischem Interesse notwendig."

Während sie sich erhob, wechselte sie ohne Unterbrechung zum administrativen Teil über: „Herr Lidker, wenn Sie bitte zusammen mit Herrn Gewander in Ihrem Büro die Fakten in Stichworten dokumentieren und an die Soko weiterleiten."

Dr. Dr. Lidker, gerade seiner Titel beraubt, nickte und verließ mit Gewander den kleinen Konferenzraum. Kaja Gräfin von Hollmark nickte dem stellvertretenden polnischen Botschafter und dem Zweiten Direktor des Deutschen Informationsbüros zu: "Wir bleiben auf dem kürzesten Dienstweg verbunden."

Der zweite polnische Botschafter schüttelte die Hand der Vizepräsidentin: "Es war eine große Ehre und Freude, Sie kennengelernt zu haben, Frau Gräfin von Hollmark."
Adam Maczynk ging in Richtung Tür. Aber die Gräfin von Hollmark lächelte ihm zu und bat ihn durch einen kleinen Fingerzeig zum linken Monitor. Dort wischte sie über den Rand. Sofort sahen alle den Kopf einer erwachsenen Frau, rundlich, mit sehr kurzen, blonden Haaren. Es wirkte bedrohlich, denn ihre braunen Augen blickten aggressiv und lauernd.
Kaja von Hollmark erläuterte: Herr Botschafter, das ist Frau Marja Skokaja, geboren am 1. Juni 1970 in Gdanzk."
Im unteren Bildrand stand der Hinweis: "Aufenthalt: Poszan, Stadtmitte."
Doch Gräfin von Hollmark ging nicht auf den Hinweis ein. Sie bat den polnischen Botschafter: "Wir möchten diese Frau vernehmen. Ihre Aussage wird im Zusammenhang mit Medikamentenschmuggel benötigt. Können Sie uns in dieser Angelegenheit unterstützen?"

Die Augen des zweiten Botschafters blitzten auf. Mit einer solchen Bitte hatte er nicht gerechnet: "Wir werden die Suche nach dieser Dame in die Wege leiten." Kaja Gräfin von Hollmark berührte den Monitor, ein Drucker summte und sie gab dem Botschafter ein Blatt mit allen Informationen in die Hand. Der packte es in seine Aktentasche und verließ mit einem freundlichen Kopfnicken und dem Hinweis auf seinen nächsten wichtigen Termin den Raum.

Prof. Dränge und Gräfin von Hollmark standen sich lächelnd gegenüber.
"Danke, Kaja, dass du in dieser Angelegenheit für die Synchronisation unserer Behörden sorgst."
Jetzt, wo nur noch Dr. Edeerk im Raum war, duzten sich die beiden.
"Sören, drei Landtagswahlen stehen vor der Tür. Da wären

Fehlzündungen im Motor der Regierungsbehörden unpassend. Zumal bald ein Ölwechsel fällig ist."

"Also ist ein Dreh im Karussell wahrscheinlich?"
"Das Innenministerium formt Abteilungen um."
"Horrido! Dann könnten wir öfter auf Bärenjagd gehen."
"Gute Jagd, Sören. Du, ich habe da auch eine kleine Bitte an dich."
Kaja Gräfin von Hollmark berührte den rechten Monitor. Auf ihm erschien das Bild eines Polizeioffiziers.

"Ihr habt da einen passablen Ausbilder, Herrn Leutnant Oliver Brast. Wir haben angefragt, ob er in unseren Ausbildungs-Sektor wechselt. Bei uns werden in den nächsten vier Monaten gleich drei Ausbilder pensioniert. Könntest du dafür sorgen, dass Leuntnant Brast baldmöglichst zu uns wechseln kann?
"Brast ist ein wichtiger Mann… Aber... Gut! Das übernehme ich persönlich."
Dr. Felix Edeerks Gesicht verlor alle Farbe. Er musste sich setzen. Die beiden Gesprächspartner bemerkten nichts davon.

"Dieser Herr Gewander, der gerade die Sachlage vortrug, passt auch gut in meinen Stab."
"Braucht ihr Gewander kurzfristig oder mittelfristig?
"Möglichst ab sofort. − Kommen beide gleichzeitig zu uns, kann die Umstrukturierung eurer Behörde in einem Guss erfolgen. Außerdem haben wir im Gegenzug einen tüchtigen Mann für euch!
Herr Dr. Trusch bewährte sich bestens bei uns. Wir brauchten damals jemanden, der die Kommunikation der Abteilungen II und III auf eine neue Basis stellt. Diese Aufgabe löste er zu unserer vollsten Zufriedenheit. Doch augenblicklich finden wir keine adäquate Aufgabe für seine bemerkenswerten Fähigkeiten. Ihr benötigt doch beim aktuellen Umkrempeln eurer Europa-Abteilungen bestimmt so fixe Köpfe wie Dr. Trusch."

Prof. Hollmark nickte seiner Amts-Kollegin zu. Wohl oder übel musste er auch in diesen sauren Apfel beißen: "Alter Schwede! Den Champagner für die notwendigen Beförderungen gibst aber du aus!"

Im Fahrstuhl wandte sich Prof. Dränge an Dr. Edeerk: "Tja, mit Leutnant Brast und Gewander verlieren Sie gleich zwei fähige Köpfe. Sagen Sie mir, wenn Sie dafür haben wollen. Ich werde für fairen Ersatz sorgen.
Aber was machen wir mit Dr. Trusch? - Mir fällt ein, wir haben noch keine Abteilung Antarktis."

Edeerk war verstimmt, aber er heuchelte lustige Miene zum bösen Spiel: "Angenommen, Trusch baute eine Abteilung Antarktis auf, Herr Professor. Wie lange würde es dauern, bis wir uns im Krieg mit Chile befänden?"

Adrianna Osinska: akustisches Protokoll

Vertrauliche Akte A.O.

2001-09-10

Moritz und ich waren in Hochstimmung. In wenigen Minuten würden wir die Botschaft vom Fund des Bernsteinzimmers in alle Welt tragen. Kurz vor dem *Blauen Ritter* gab es wieder Netzverbindungen.
Wir schalteten unsere Handys ein. Zu unserer Verblüffung war die Neuigkeit vom Fund des Bernsteinzimmers bereits im Netz. Nur wurde dort behauptet, die Nachricht sei ein Fake. "Was soll das?", fragte Moritz.

Im Raum Plauen beherrschte sowieso ein ganz anderes Thema die Netze. Früh morgens war am Roten Bach ein

Flugzeug explodiert. Trümmerteile trafen eine Taxifahrerin. Sie starb sofort.

Mein Magen krampfte: "Das war kein Unfall, Ben. Die arme Frau ist tot. Sie war so hilfsbereit und freute sich darauf, bei unserem Scherz auf dem Parkplatz mitzuwirken. Dass die uns töten wollen... Wir tragen die Schuld am Tod der Taxifahrerin! Wir sind es, die sterben sollten. Die Explosion galt uns!"

Ich musste mich übergeben.

Adrianna Osinska: akustisches Protokoll

Vertrauliche Akte A.O.

2001-09-10

In der *Post* spielten Moritz und ich ein wenig mit den Fakten. Ja, wir waren heute Morgen das Taxi gestiegen, dessen Fahrerin durch den Flugzeugabsturz getötet wurde. Aber wir hatten es eine Viertelstunde vor dem Unglück verlassen und uns auf die Wanderung durch den südlichen *Großen Vogteiwald* gemacht. Von dem Flugzeugabsturz hatten wir nur einen Blitz gesehen und einen fernen Donnerschlag gehört. Also gab es für uns keinen Grund, umzukehren.

Erst auf dem Rückweg erfuhren wir von dem Unglück. Gleich wollten wir sowieso nach Plauen fahren und würden dort der Polizei melden, dass wir zu den letzten Passagieren des Taxis gehörten.
Wenn uns dann morgen jemand nach unserem Gespräch mit der Polizei befragen würde, konnten wir eine einfache Erklärung präsentieren. Die Polizei hätte uns gebeten,

unsere Aussage erst in zwei Tagen zu Protokoll zu geben, weil sie total überlastet war.

In Wirklichkeit gab es für uns nur einen Grund, noch heute nach Plauen zu fahren. Die Welt musste erfahren, dass das Rätsel des Bernsteinzimmers gelöst war. Wie aber ließ sich das bewerkstelligen, wo die sozialen Netzwerke überfrachtet wurden mit der Nachricht, dass niemand das Bernsteinzimmer gefunden hatte?

Über die Verbreitung der Nachricht hatten wir uns vorher keine großen Gedanken gemacht. Angedacht war: Sobald wir nachmittags aus dem Funkloch des *Großen Vogtei-waldes* heraus waren, wollten Moritz und ich Bilder aus der *Kronen-Kammer* in die Netze stellen, garniert mit den passenden Kommentaren. Dabei würden wir unsere Decknamen Linn und Ben verwenden.

Tobias und Dino sollten den Fund kurz darauf in der Nähe von Oberwald in den digitalen Kosmos setzen. Als Speläologen würden sie einige fachkundige Erläuterungen hinzufügen.
Die im Zusammenhang mit diesen Aktionen verwendeten Antik-Smartphones würden anschließend für immer verschwinden.

Diese Umsetzung unseres einzigen Planes A machte keinen Sinn. Hinzu kam eine beunruhigende Frage: Woher wussten die Nebelschatten vom Eindringen unserer Drohnen in das Bernsteinzimmer? Gab es Detektoren in den Stollen oder sogar Kameras?

Waren die Drohnen gefunden worden? Könnten sie zum Berliner^Bunker^Forscher^Klub zurückverfolgt werden? "Sie dürfen nichts über Tobias und Dino erfahren. Wer wir sind, wissen sie wohl schon längst", meinte ich.

Für Verhöre hatten Moritz und ich uns eine simple Erklärung überlegt. Die beiden Männer hätten wir bei unserer

232

ersten Erkundung des *Großen Vogteiwaldes* kennengelernt. Mit denen hätten wir uns sofort auf Anonymität geeinigt; daher die Namen Linn, Ben, Tobias und Dino. Über unsere Helfer alpha und beta wussten wir nur, dass die beiden von ihrer Wohnung aus Tschechien in einer Viertelstunde erreichen konnten.

Nachdem Moritz und mir in Höhe des *Blauen Ritters* der Fake der Nebelschatten bewusst geworden war, versuchten wir auf der Stelle Tobias und Dino zu erreichen. Beim siebten Anruf hatten wir Erfolg. Erst dann hatten alpha und beta wieder Netzempfang.
Wir informierten über sie das Hineingrätschen der Nebelschatten und beschlossen gemeinsam, dass Tobias und Dino vorerst nichts über die *Kronen-Kammer* ins Netz stellen sollten. "Euer Schritt zwei wird erst zum Zeitpunkt drei von Ort vier aus erfolgen!", fasste ich zusasmmen.

Im Linienbus nach Plauen verfeinerten Moritz und ich unsere Pläne I und Ü.
I wie Improvisation und Ü wie Überraschung.

Der Bus der Linie S 9 erreichte die Plauener Innenstadt.
"Plauen hat ja geradezu das Flair von Berlin", lästerte ich.
"Ach, Plauen heißt das Nest hier", gab Moritz zurück.

In der Nähe des Busbahnhofs fanden wir das Internetcafe *Zirkus Digital*. Während der Busfahrt hatten wir uns erneut getarnt, sogar mit eingefärbten Kontaktlinsen über unseren Pupillen. Unsere endlose Müdigkeit verdrängten wir. Alle Energie floss in die Umsetzung der Pläne I und Ü.

Plan I war ein Doppelschlag. Bewusst nutzten wir ein Internetcafe und nicht unsere Antik-Handys. Zweitens trennten wir uns. Moritz betrat den *Zirkus Digital* erst 35 Minuten nach mir. Wir taten so, als würden wir uns nicht kennen. Jeder setzte, unabhängig vom anderen, den Plan Ü, gleich Plan *Überraschung,* um.

Plan Ü bestand in der Nutzung der Überholspur. *Wir stimmten dem Fake zu!* Zwar stellten wir unsere Bilder vom wirklichen Bernsteinzimmer ins Netz. Aber wir behaupteten, das seien billige Fakes. In unsere Mitteilungen streuten wir jedoch Prisen von Insiderwissen. Dass es Fakes seien, könne jeder leicht feststellen.
Außerdem teilte ich mit, wer wolle, müsse nur die Koordinaten 50° 25´ N   12° 24' O aufsuchen. Bewusst stellte ich nicht die exakten Trogsky-Koordinaten ins Netz. "Nennen wir die richtigen Koordinaten, wissen die Nebelschatten sofort, dass wir es sind. So müssen sie rätseln", hatte ich vorgeschlagen.

"Trotzdem müssen sie aus Sicherheitsgründen das Bernsteinzimmer sofort wegschaffen. Es gibt einige hundert Schatzjäger, die gleich morgen überprüfen werden, was es mit den Koordinaten auf sich hat. Mit der Angabe der Koordinaten setzen wir ihnen ordentlich Flöhe in den Pelz", freute sich Moritz. "Wanderer werden sich bald über polnische, bulgarische und litauische Lastwagen wundern, die durch den deutschen Urwald fahren."
Oder über Hubschrauber, die die Ruhe der Rehe stören", sagte ich.

Moritz stellte weiteres Wissen ins Netz. Es gebe keinen Stollen, keine Kammern, kein Bernsteinzimmer, keine Reifenspuren aus dem Jahr 1945. Letztlich seien auch die modernen Lkws in den Stollen ein absurder Fake. Der Fake an diesem Fake war, dass Moritz Bilder unbeteiligter Lkws einfügte, mit verpixelten Nummernschildern.

Sammlung 10

Alles fließt
Di., 2001-09-11
- Do., 2001-09-13

Die Ersten der Zwei: Absprache
2001-09-11

Gelb: „Absprache 798.
Erstens wurde der Gobelin eingepackt und abtransportiert. Zweitens besorgt das Büro den Touristen 400 Regenwürmer."

Indigo „Erfolgt der Transport planmäßig?"

Gelb „Es gibt keine Schwierigkeiten."

Orange „Satellit schickt die 8.5, sobald der Gobelin unseren Horizont verlassen hat. Nach Absprache heute Abend."

Violett „Gut. Im Rhein-Main-Donau Kanal soll viel Wasser fließen. Sogar indisches.
Weniger gut: Die Touristen müssen besucht werden."

Orange „Möglichst bald. Mit positivem Ergebnis."

Gelb „Alles wird gut. Für alle. Amen. Damit also:
Aus!"

Indigo: „Ende!"

Orange: „Vorbei!"

Violett: „Schluss!"

Die Adler der See: Absprache

Oh   „Wasserstand: rapides Absinken, positive Entwicklung. Die Söhne wandern noch heute ab."

Eh   „Polen und Bulgaren flankieren. Mit dem berittenen Legionär wird verhandelt?"

Ah   „Ein Sohn nutzt die Donau, der andere fliegt. Der berittene Legionär wird von einem Angebot hören."

Ih   „Die Reisekosten der Söhne werden heute Nacht beglichen?
Wir müssen uns auf den berittenen Legionär verlassen können."

Ah   „Die Reisekosten werden über eine indonesische und eine brasilianische Bank beglichen.
Der berittene Legionär arbeitete bisher zuverlässig."

Eh   „Der Wechsel von ODRA zu JONAVA ist perfekt?"

Oh   „Der ist perfekt. Alles klar. Ende."

Ah   „Alles klar. Ende."

Oh   „Alles klar. Ende."

Eh   „Alles klar. Ende und aus."

JONAVA

2001-09-11

Sylvia Mundt, anwesend in Vertretung des deutschen Bundesinnenministers, fragte die Runde: "Können wir TOP 11.2 JONAVA noch vor der Mittagspause regeln?"

Prof. Sören Dränge vom Deutschen Informationsbüro meldete sich: " Frau Ministerin, JONAVA ist nicht für alle Anwesenden von Interesse."

"Korrekt, Herr Prof. Dränge. Dann können die Vertreter der Polizei- und Kriminalbehörden schon zu Tisch?" "Auch die Vertreter des Verteidigungsministeriums", sagte Prof. Dränge.

"Richtig! Guten Appetit, meine Damen und Herren!"

Im kleinen Sitzungssaal des Innenministeriums blieben sieben Personen. Sylvia Mundt bat ihre Referentin für Geheimdienste, den Beschluss 257 II des Sicherheitsausschusses des Bundestages zusammenzufassen.

"Der Beschluss vom 20. August 2001 läuft auf zwei Punkte hinaus. Erstens lösen das Deutsche Informationsbüro und die *Polnische Auslandsaufklärung* ihre gemeinsame Sektion *ODRA* bis zum Endes des Monats September auf.

Die Sektionsleiter erhalten gleich- oder höherwertige Posten in anderen Abteilungen oder Ministerien.

Zweitens wird anstelle der geheimen Sektion *ODRA* die geheime Sektion *JONAVA* konstituiert. An ihr beteiligten sich außer Deutschland und Polen die Staaten Tschechien, Slowakei, Ungarn, Estland, Lettland, Litauen und Finnland.

JONAVA nimmt seine Tätigkeit mit dem 1. Oktober 2001 auf. Sektionsleiterin von *JONAVA* wird die bisherige zweite Direktorin der *Tschechischen Aufklärung Europa*, Frau Petra Srudo.

Deutschland und Polen geben ihre komplette Sektion *ODRA* in die neue Sektion *JONAVA* ein."

Moritz Prob: akustisches Protokoll

Vertrauliche Akte A.O.

Di, 2001-09-11

Mein offizielles Firmenhandy summte. Der Anrufer war Michael Gewander. Erstaunlicherweise benutzte er eine *Informationsbüro*-Nummer: "Hallo, Ritzi. Ich rufe wegen eines Auftrags an."

"Auftrag? Zurzeit habe ich keinen Auftrag für dich." Wir lachten.

Michi sagte: "Ich kann dir einen interessanten Vorschlag unterbreiten."

"So? Ist er mit einer Lebensversicherung verbunden, Michi?"

"Genau so eine hätte ich im Angebot. Ritzi, 350 für euch und ihr belasst es bei euren augenblicklichen Gedächtnislücken."

"Sind die Anbieter der Versicherung denn sicher, dass die Gedächtnislücken bestehen bleiben? Manchmal schiebt das Unterbewusste vergessene Vorfälle wieder ins Gehirn."

"400, Moritz. Das ist der höchste Preis, der je für Gedächtnislücken gezahlt wurde. Versichert wird auch, dass nicht nach zwei deutlichen Schatten gesucht wird."

"Michi, das ist ein passabler Vorschlag. Persönlich muss ich anmerken, dass uns der Tod einer netten Dame sehr getroffen hat."

"Zustimmung, Ritzi. Schon das eigentliche Ziel der Aktion hätte ich nie akzeptiert."

"Wir gehen fest davon aus, dass du außen vorgelassen wurdest. Aber an der heutigen vollständigen Sperrung des *Großen Vogteiwaldes* bist du beteiligt?"

"Ja, Moritz. Wir können doch nicht zulassen, dass ein Naturschutzgebiet von Bernsteinzimmer-Spinnern niedergetrampelt wird. Was sagst du zum Angebot?"

"Es klingt verlockend. 450, nicht wahr? Zumal wir sind jetzt Zugvögel sind, Michi."

"Ritzi, über 400 kann nicht versichert werden. Doch Zugvögeln bietet der Konzern als Sahnehäubchen für den Vertragsabschluss ein großräumiges Appartement an. Einzige Bedingung: Der Vertrag muss innerhalb der nächsten beiden Tage abgeschlossen werden."

"Das Angebot wird bedacht. Wer nimmt Kontakt auf?"
"Reichen 24 Stunden?"

„Ja!" Ich legte auf. - "Glaubst du ihnen?", fragte Anakonda.

"Nie", antwortete ich, "aber sie entfernen bereits heute die *Krone* aus dem Stollen im *Großen Vogteiwald*. Und wir wissen nicht, wohin. Das Unwissen ist unsere Versicherungspolice. Wir scheiden aus dem Kampf um die Krone aus und gelten nicht mehr als Gefahr. Erst recht dann, wenn wir ihren Ozean verlassen."

"Verschwinden wir ganz aus dem Bild ", meinte Adrianna, "Springen wir in ein anderes!"

JONAVA

Di., 2001-09-11

Sylvia Mundt, Vertreterin des Bundesinnenministers, war sichtlich verstimmt: "Herr Prof. Dränge, gibt es Probleme bei der Umsetzung des Beschlusses?"

"Was theoretisch perfekt ist, kann in der Praxis an Kleinigkeiten scheitern, Frau Staatssekretärin. Darum gebe ich an dieser Stelle nochmals Bedenken des *Deutschen Informationsbüros* zur Sektion *JONAVA* zu Protokoll. Eine kleine Sektion wie *ODRA* ließ sich geheim halten. *ODRA* entstand durch den Willen zweier Staaten zu engster Zusammenarbeit. Aber in der Sektion *JONAVA* beabsichtigen neun Staaten zusammenzuarbeiten.

Wie *ODRA* soll *JONAVA* unter absoluter Geheimhaltung wirken. Erstens wird die Abschirmung einer Sektion mit Mitarbeitern aus neun Staaten ein komplexes Unterfangen. Zudem besteht die große Wahrscheinlichkeit von Friktionen bei der internen Zusammenarbeit von Stäben mit ganz unterschiedlichen Weisungen und Mentalitäten.
Das *Deutsche Informationsbüro* bevorzugt nach den positiven Erfahrungen mit *ODRA* Modelle bilateraler Zusammenarbeit."

"Bedenken dieser Art wurden von mehreren Seiten vorgetragen und ausführlich diskutiert, Herr Prof. Dränge. Hinter der Installation von *JONAVA* steht gemeinsamer politischer Wille. Aufgabe des Direktoriums unseres *Informationsbüros* ist die zeitnahe Eins-zu-eins-Umsetzung, exakt dem Parlamentsbeschluss entsprechend.

Grundsätzlich äußerte die Ministerrunde die Erwartung, dass der Arbeitsstil von *ODRA* alle Mitarbeiter*innen der neuen Sektion prägen wird. Die Absprachen laufen deshalb darauf hinaus, dass alle neuen *JONAVA* Mitarbeiter*innen an den *ODRA*-Kern andocken, nicht wahr?"

"Werden 18 *ODRA*-Mitarbeiter*innen den Arbeitsstil von 150 Kollegen*innen prägen können?"

"Um das zu gewährleisten, erklärten sich die neu hinzukommenden Staaten sogar damit einverstanden, dass die Stellen nicht nach dem üblichen Proporz verteilt werden. Das bisherige *ODRA*-Personal übernimmt in Ober- und Mittelbau drei Viertel der Führungspositionen."

"... Nun... *Da alles geregelt ist...* Frau Staatssekretärin, die Eins-zu-eins-Umsetzung wird termingerecht vollzogen. *ODRA* wird zum 30. dieses Monats aufgelöst. *JONAVA* bezieht zum 1. des nächsten Monats die Verwaltungsräume einer Spedition in Krakau."

"Unser deutsches *JONAVA*-Personal kann auf die bisherigen *ODRA*-Räumlichkeiten zurückgreifen?"

"Ja."

"Was wird aus der bisherigen *ODRA*-Führung?"

"Sie wechselt in andere Zuständigkeiten, konkret die Leitung einer Kontinental-Abteilung und ins Außenministerium.

JONAVA wird einen ganz neuen deutschen Direktor bekommen, Herrn Dr. Dr. Volker Lidker vom *Ring deutscher Kriminaldienste*. Offiziell wurde er bereits zum Leiter des Dezernats Innenrevision des *Deutschen Informationsbüros* ernannt."

"Dr. Lidker. Er ist eine gute Wahl."

"Für die Sektion *JONAVA* ist jeder eine gute Wahl, Frau Mundt."

"Das war sicher nicht fürs Protokoll bestimmt, Herr Prof.

Dränge. Auch außerhalb des Protokolls ein privater Rat: Tragen Sie Ihre Bedenken in Sachen JANOVA nicht zu sehr nach außen. Sonst könnten Folgen bei anstehenden Umstrukturierungen nicht ausbleiben.

Fürs Protokoll: 13.17 Uhr. Ende des Ersten Teils der Beratung der Sicherheitsbehörden.
Nicht fürs Protokoll: Das entwickelt sich heute zu einer Bis-tief-in-die-Nacht-Sitzung.
Prof. Dränge, gehen wir gemeinsam zum Lunchbuffet? Wir müssen uns für den zweiten Sitzungsteil noch in zwei Punkten abstimmen. Hoffentlich blieb etwas Warmes für uns übrig."
"Wenn nicht, dann gibt es fünf Minuten vom Ministeriumseingang eine hochgelobte Currybude."
"Ja, schon, aber die wurde von den Franzosen verwanzt!"

ODRA

Mi., 2001-09-12

Prof. Sören Dränge und der stellvertretende polnische Botschafter Adam Maczynk trafen sich in der polnischen Botschaft. Sie sprachen über die Umstrukturierung von *ODRA* zu *JONAVA*.

„ODRA war einfach zu erfolgreich."
"Sie arbeiteten zu schnell und wuselten zu tief in den Fakten. Sie deckten innerhalb von zwei Wochen auf, wo der Server steht, über den eine Supermacht die ganze Welt mit Fakes und Desinformationen überschüttet: in Tschechien. So schnell arbeitet nicht einmal James Bond."

"Ich erinnere mich daran, als wäre es gerade erst passiert. Alles begann damit, dass die polnische Regierung über Fa-

242

kes verstimmt war, die ihre Wirtschaftspolitik betrafen. Sie bat verärgert, die Quelle zu ermitteln. Der ursprünglich harmlose Auftrag ging an *ODRA.*

ODRA arbeitete präzise wie ein Uhrwerk. Polnische und deutsche Informationen wurden auf einen Tisch gelegt und das Puzzle konnte zusammengesetzt werden. Die Polen wussten, dass in der Ukraine ein Server steht, der vom tschechischen Quellserver befeuert wird. Die Deutschen fanden die Büroadresse der Fake-Lieferanten in Lissabon heraus. Nur zwölf Tage nach der Anfrage lieferte *ODRA.*"

"Die Supermacht war schockiert darüber, dass einige Hacker in ihrem Namen falsche Nachrichten verbreitet hatten. Ihre Regierung stand natürlich in absolut keiner Verbindung mit diesen Trollen."

"Und die Tschechen hatten keinen blassen Schimmer davon, dass der Quellserver in ihrem Land stand. Aber sie stellten die bohrende Frage, wer das herausgefunden hatte. Ihre Regierung richtete ganz offiziell Anfragen an Polen und Deutschland."

"Die Existenz einer bilateralen Sektion wurde den Tschechen vertraulich mitgeteilt. Die staunten erstens und wollten zweitens unbedingt bei *ODRA* einsteigen. Und weil solche Verhandlungen nie völlig unter Verschluss bleiben, kamen schließlich noch sechs weitere Länder hinzu."

"*JONAVA* wird nie die Effektivität von *ODRA* erreichen. Wie kam es zur Bezeichnung *JONAVA*?"

"Durch Schwarmintelligenz litauischer, finnischer, deutscher, estländischer, lettischer, polnischer, tschechischer, slowakischer und ungarischer Diplomaten. Jonava ist die Stadt in Litauen, in der die Zusammenarbeit vereinbart wurde."

Adriana Osinska, akustisches Protokoll

Vertrauliche Akte A.O.

Mi., 2009-09-12

Das Firmenhandy summte. "Prob."
"Wohin zieht es die Zugvögel?"
"Sie überwintern in Neuseeland."

"Gut. Das Ticket für morgen Vormittag wird gleich ausge-
füllt. Mit einem vierhunderter Paket."
"Du bist schon eingeladen. Nächsten Monat zur Eröffnung
unserer kleinen Firma für Objektbewachung."
"Danke. Ich komme auf jeden Fall. Alles auf Anfang!"
Gewander legte auf.

"Alles auf Anfang?", fragte Moritz mich.
"Zurück zum Ziel!", umarmte ich ihn. "Spielen wir mit den
Nebelschatten Blinde Kuh."
"Begeben wir uns im Wirrwarr unserer Reise auf geheime
Mission."

Gryfino: Event: Szene „Ende und Anfang"

Vertrauliche Akte A.O.

Mi., 2001-09-12

Ich bewältigte meine Spannung mit dem *Passionsspiel für
Gryfino*.   Bei Suzanas Idee für die Kreuzigungsszene
spielte Maria die weibliche Hauptrolle.

244

Vier Gruppen sind auf der Bühne. Damit die Zuschauer*innen die Übersicht haben, wird die Zugehörigkeit durch unterschiedliche Kleidung sichtbar.

Erstens: Jesus und die beiden verurteilten Gesetzesbrecher (nackt).

Zweitens: die römischen Soldaten (Uniformen).

Drittens: Einwohner*innen der Stadt Jerusalem (Handwerker*innen, Händer*innen (gefärbte Kleidung).

Viertens: Anhänger*innen Jesu (graue, abgetragene Kleidung).

Die Verurteilten sagen nichts; Ausnahme: zweimal Jesus.
Sie hängen mit dem Rücken zum Publikum.
Das bringt den Vorteil, dass die anderen drei Gruppen in Richtung Publikum spielen.

Die Soldaten

Für sie ist diese Hinrichtung eine von vielen. Routiniert arbeiten sie entsprechende Anweisungen und Befehle ab.

Soldat eins: "Hoffentlich wirbelt der Wind heute nicht wieder so viel Staub auf."

Soldat zwei: "Wieder diese Hitze. Warum genehmigen die Offiziere uns kein Zelt? In Syrien sind Zelte für Soldaten bei Kreuzigungen selbstverständlich."

Die Einwohner*innen

{ Wer sieht sich eigentlich freiwillig Hinrichtungen   an, Adrianna? }

Zuschauerin eins: "Nazarener! Du bist doch Reisender in Sachen Wunder. Dann starte heute eine Flugreise vom Kreuz herunter."

Zuschauer zwei: "Jesus, behaupte auf keinen Fall, dass du da oben für mich stirbst!"

Soldat drei *(schlägt mit der Hand auf den Arm)*: "Das war heute Vormittag die zwölfte Mücke!"

Die Änhänger*innen

(Von der ganzen Schar sind gerade mal drei Frauen und Johannes übriggeblieben.)

Maria: "Wo sind Petrus, Andreas und Jakobus? Die wollten doch neben ihm sitzen."

Johannes *schüttelt mit dem Kopf.*

Jesus *(blickt zu Johannes):* „Sorgst du für Maria?"

Johannes *nickt, schluchzend.*

Soldat eins: "Aulus hat wieder beim Würfeln um die Kleidung gewonnen. Wie bei der letzten Kreuzigung. Der betrügt, Männer, so viel Glück kann keiner haben!"

Soldat vier: "Ich muss hier Gajus vertreten. Der hat sich wieder mal gedrückt. Er müsse das Pferd des Offiziers putzen. Aber das zahle ich ihm heim."

Zuschauer drei: "Hallo, unser König! Erweitert die Aussicht da oben endlich deinen politischen Horizont?"

Zuschauer vier: "Das Leben der beiden rechts und links von dir hatte wenigstens einen Sinn, Jesus! Du hast nichts erreicht, gar nichts."

Soldat zwei: "Willst du noch eine Wette? So wie der König der Juden aussieht, hat er in einer Stunde ausgekackt. Setzt du einen Sesterz – Denar dagegen?"

Soldat eins: *geht zu Jesus, fasst an sein Bein* "Eine Stunde? Schön wärs. Ich fürchte, der wird uns noch drei Stunden vom Feierabend abhalten. Wettest du auch um zwei Asse?"

Hauptmann der Soldaten:
tritt zu den vier Anhänger*innen Jesu.
„Hat der nicht den Sohn meines Kollegen Decimus geheilt?"

Maria Magdalena *nickt*

Hauptmann: "Dann hat er nicht verdient, so zu sterben!"

Soldat drei: "Also, heute bohre ich meine Lanze nicht in die Körper der Verreckten. Vor zwei Wochen musste ich meine Lanze über eine Stunde lang putzen, bis der Hauptmann zufrieden war. - Heute machst du die Todesprobe, Antonius!"

Am Ende der Szene ist dumpfes Grollen zu hören, stellvertretend für das Erdbeben.

Jesus: *mit schwacher Stimme, aber deutlich artikuliert*
           „Vater, mein Weg führte mich zu dir." *(Sein Kopf
           sinkt nach vorn.)*

{ Die folgende Szene fordert Schauspielkunst. Leider kenne ich keine Darstellerin aus Gryfino, die das spielen könnte. Adrianna, das muss eine ausgebildete Schauspielerin übernehmen. }

Maria klagt nicht vornehm, auf diese weltferne Art, wie Michelangelo die Aristokratin Maria im Petersdom um Mitleid bitten lässt. Schließlich starb Jesus nicht im gefühlsarmen Europa. Jesus starb in Asien. Dort können die Menschen noch trauern.
Trauer und Verzweiflung dominieren Maria in Gestik, Mimik und Stimme.

Maria,   begreifend, dass Jesus gestorben ist,   klammert sich an das Kreuz;   versucht, es umzureißen;… schreit, klagt, heult, …wimmert sich die Seele aus dem Leib; …bricht zusammen;   …vernichtet von der Katastrophe:
           Ihr Sohn Jesus ist tot. Und mit ihm ihre Pläne und Hoffnungen für ihn.

Maria Madgalena, Johannes   *umarmen das Bündel Mensch namens Maria.*

Hauptmann: "Hier starb der größte aller Menschen.
               Jetzt ist er ein Sohn Gottes."

Adrianna war verwirrt: "Warum lässt Zuzana nicht Maria diesen wichtigen Schlusssatz sagen?"

Sie dachte über die doppelte Präsenz der Figur Jesu als Mensch und als Gott nach: "Wer macht Jesus zum Sohn Gottes? Gott selbst? Oder tragen ihm Menschen den Titel

Gottessohn an? Ist Jesus ein Mensch, den andere Menschen als Messias verstanden und schlimmstenfalls missverstanden haben?

Wenn Jesus *nur* Mensch war, *nur* Religionsstifter, dann ist er *nichts anderes* als einer von zehntausenden Propheten.

Doch Jesus entdeckte Gott nicht hinter den weiten Sonnenwolken des Universums. Jesus entdeckte Gott barfuß auf den Straßen des Alltags. Er lebte in Gott. Er starb in Gott.

So ist es gewesen. Richtig erfassen kann das keiner. Es genügt zu wissen, dass Gott größer ist als unser Verstand."

Moritz Prob: Brief

Hoinichen, 13. Sept. 2001

[nicht abgeschickt]

Ich konnte einfach nicht einschlafen. In meiner Verzweiflung machte ich mich daran, letzte Briefschulden einzulösen. Ich wusste genau: auch diesen Brief würde ich nicht abschicken.

"Hallo, Meline,

Da meine Freundin und ich eine Reise vorbereiten müssen, berichte ich dir den Rest von Großvater Georgs Traum ohne weitere Einleitung.

In jenem namenlosen polnischen Dorf hatten Richard, Ewald und Hanno das Haus am Teich ausgewählt. Fünf fette Enten schwammen dort. "Egal, was kommt, unser Mittagessen ist gesichert."

Sie betraten das Haus. Es schien leer zu sein. Dann, beim zweiten Kontrollgang hörte Ewald im Schlafzimmer ein leises Geräusch. Unter dem Bett hatte sich eine junge Frau versteckt. Mit einem kräftigen Ruck zerrte er sie hervor. Ihr Versuch, sich am Bettrahmen festzuhalten, scheiterte. Ewald drosch ihr seine Faust ins Gesicht. Mit festem Griff führte er sie in die Wohnstube.

"Seht mal, was ich hier Hübsches fand. Die teilen wir uns."

"Der Finder darf zuerst", lachte Richard. "Soll sie vorher noch etwas zu essen kochen?"
"Du denkst auch nur ans Fressen, Richard. Mein Männchen verwandelt sich gerade in einen Gummiknüppel und reißt mir die Hosen auf. Ich muss sofort zwischen ihre Schenkel, Richard."
Ewald packte mit seiner linken Hand ihre rechte Brust: "Die ist stramm! Mann, Richard, greif mal zu!

Richard näherte sich der Frau und griff an ihre andere Brust. Plötzlich wandelte sich der verzweifelte Blick der Frau in Erstaunen. "Hanno!", rief sie überglücklich, "Hanno!"

Ruckartig drehten sich Ewald und Richard zu Hanno, der durch die Dielentür in die Wohnstube gekommen war. Hanno ließ sein Gewehr fallen, rannte zu der Frau und umarmte sie: "Karo! Karolina! Karo!"

"Hanno!" flüsterte sie, "Hanno!"
Tränen liefen ihr übers Gesicht, Tränen der Rührung. Ewald und Richard verstanden nichts.
Karolina und Hanno umarmten sich, küssten sich. Er griff zu einem Tuch und trocknete die Tränen in ihrem Gesicht. Dabei fasste er sich ungläubig an den Kopf. "Was für ein Zufall", sagte er. "Ein himmlischer Zufall."

Dann berichtete er. Karolina war vor drei Jahren aus Polen verschleppt worden und musste im Hof seiner Eltern als Magd arbeiten. Vor einem Jahr dann hatten Karolina und er sich unsterblich ineinander verliebt. Kurz vor seinem 18. Geburtstag wurde er in den Krieg geschickt, und Karolina lief seinen Eltern davon. Ausgerechnet hier hatte sie sich versteckt.

Für Ewald und Richard war die Situation drückend peinlich. Aber Karolina und Hanno schwebten auf Wolke sieben. Bald war eine Suppe auf dem Tisch. "Ohne Ente, dazu reicht unsere Zeit nicht."

Karolina skizzierte die ihr bekannte Lage. Engländer und Amerikaner hatten die deutsche Westgrenze erreicht. Aachen war in ihrer Hand. Die Franzosen waren über den Rhein gegangen und steckten im Schwarzwald. Die Russen hatten Ost- und Westpreußen erobert, waren jetzt hier im Bereich von Pommern.

"Dann müssen wir uns beeilen, um über die Oder zu kommen."
"Müssen wir uns beeilen? Macht das wirklich noch Sinn?"

"Lass das nicht Leutnant Nordmann hören. Wir sind deutsche Soldaten. Hast du keine Ehre im Leib?"
        "Wenn, dann möchte ich einen sinnvollen Tod sterben. Für euch, für unseren Zug, ja. Aber macht euch nichts vor. Der Krieg ist verloren."
"Verloren? Nein, unsere Wunderwaffen werden die Iwans stoppen. Und die Amis und Tommys."

"Das werden sie nicht, Richard. Ich komme ja aus Netzeband bei Wolgast. Da gehts rüber nach Usedom, wo einige angebliche Wunderwaffen hergestellt werden. Jede dritte von denen,… ach, zu viele explodieren schon bei ihrer Herstellung. So sieht das in Wirklichkeit aus.

Auch unser tapferer Leutnant Nordmann kann nichts daran ändern. Den Krieg können wir nicht mehr ..."

Ewald sprach es nicht aus. Karolina hatte bis jetzt geschwiegen. Dann sagte sie: "Wolgast liegt doch nur 100 Kilometer von hier entfernt. Da könnten wir in drei Tagen sein. Vielleicht sogar in zwei..."
"Du willst mitkommen?", fragte Hanno überrascht.

Karolina nickte. Die beiden anderen sahen sie herablassend an. Sie sagten nichts. Hanno massierte sich nervös die Schulter. Karolina verstand das betretene Schweigen. "Ich gucke mich mal draußen um, ob alles in Ordnung ist", tat sie ganz unbefangen und ging nach draußen.

Langsam ging sie ums Haus, warf Blicke in Scheune und Stall. Es war still und friedlich. "Wilde Jungen", dachte sie, "Wilde Jungen mit Waffen in den Händen und falschem Heldenmut im Kopf. Das kann nicht gut gehen. Dennoch, Gott, lass sie die richtige Entscheidung treffen."

Ernst und Hanno überzeugten Richard, der an seinem Soldateneid festhalten wollte. War nicht ihre Kameradschaft entscheidend? Alle für einen, einer für alle! Richard wollte seine Freundschaft mit ihnen nicht auf Spiel setzen.

Karolina half ihnen, in diesem und dem Nachbarhof einigermaßen passende Zivilkleidung zu finden. Das Ablegen der Uniformen und das Anziehen der Zivilkleidung ließen ihre Herzen wild schlagen. Das Verstecken der Gewehre trieb den Fahnenflüchtigen den Schweiß in die Stirn.

"Ich mache mein Gewehr unbrauchbar."
"Das kann ich nicht."

Noch eine halbe Stunde bis zum befohlenen Treffen. Leutnant Nordmann würde bitter enttäuscht sein über ihr

Verhalten. Aber er würde keine Zeit damit verschwenden können, nach ihnen zu suchen. Sie eilten quer durch den Wald, in Richtung Nordwest. Zwei Tage bis Netzeband bei Wolgast. Das hatten sie sich vorgenommen.

Gerade wollten sie eine Straße überqueren, da brüllten zwei Stimmen: "Halt!" Rechts und links von ihnen standen, in je zehn Meter Entfernung, zwei Kettenhunde. Die Feldpolizei arbeitete noch immer.

Papiere hatte nur Karolina. Die drei jungen Männer hatten keine. Doch, Ernst hatte seine Papiere. Aber es waren die falschen. Sein Armeeausweis. Er kramte ihn vor.
Da versuchte Carolina zu verhandeln. Sie wüsste den Weg zu einem verlassenen Gasthof am See. Der Keller sei gut gefüllt. Mit Wein, Fleisch, Kuchen.

"Fahnenflucht und Diebstahl!", sagte der ältere Kettenhund. Die Scheibe auf seiner Brust war makellos poliert. „Der Krieg ist aus", erwiderte Hanno trocken. „Wollen Sie sich nicht wenigstens selbst retten?"

Hundert Meter weiter erreichten Ernst und Rüdiger die Straße. Sie sahen die Kettenhunde und die Zivilisten. "Du, einer von ihnen ist Ewald."
Jetzt sah der jüngere Kettenhund Ernst und Rüdiger. Er machte den älteren auf sie aufmerksam. Plötzlich schrie Ernst: "Weg hier! In den Wald! Da hinten kommt ein russischer Panzer!"

Die Kettenhunde sahen noch, wie Ernst und Rüdiger sich in Vertiefungen direkt neben der Straße warfen. Der Boden zitterte sanft. Dort, in der Ferne, das konnte ein Panzer sein.

Auch aus der anderen Richtung näherte sich ein Panzer.

Carolina und die drei nutzten die Gelegenheit und stoben davon. Während der jüngere Kettenhund verwirrt hin und her sah, hatte der ältere schon sein Gewehr im Anschlag, zielte und traf, zielte und traf, zielte und traf. Hanno, Richard und Ewald verbluteten. Schreiend warf sich Carolina über Hanno.

Das MG des russischen Panzers zerfetzte die beiden Kettenhunde. Auch mit ihrem Kübelwagen konnte niemand mehr fahren.
Der russische Kommandant sah den deutschen Panzer erst, als es zu spät war. Er erteilte noch den Befehl, auf den *Nazi-Tank* zu feuern. Das zischende Geräusch des feindlichen Geschosses nahm er noch wahr. Der Panzer stand sofort in Flammen.

Mit metallischem Knacken bewegte der brennende russische Koloss sich zur Seite und kam genau über dem Loch zu stehen, in das sich Ernst verkrochen hatte. Der letzte noch lebende Russe brüllte sich die Seele aus dem Leib. Munition explodierte im Panzer. Großvater Georg Prob lag glücklicherweise in einem tiefen Graben. Sein linkes Ohr blieb für immer taub.

Der deutsche Panzer-Kommandant gab den Befehl zu drehen und in Richtung Westen zu fahren. Sie kamen noch zwei Kilometer weit. Dann ging ihnen das Benzin aus. Einige Kilometer entfernt sollte es noch eine intakte Brücke über die Oder geben. Die mussten sie zu Fuß erreichen, bevor sie gesprengt wurde.

Georg Prob schloss sich der Besatzung des Panzers an. Über das im Dorf erlebte schwieg er. Lange.
So wie die anderen über die letzten Wochen und Monate schwiegen. Lange.
Sie konnten alle nur schweigen. Aber sie konnten nichts vergessen. ---

So endet Großvater Georgs Geschichte.
Und wir Probs dürfen sie nicht vergessen. Eigentlich.

Dein Onkel Moritz

Gryfino: Event: Szene „Endloser Ärger"

Verschlussakte A.O.

Do., 2001-09-13

Ich lag still im Bett und drehte meinen Kopf zur anderen Seite. Moritz saß am kleinen Tisch und schrieb einen Brief. Die erste Vogelstimme des Morgens war zu hören. Ich täuschte weiter vor, tief zu schlafen. Doch in Wirklichkeit hatte ich keine Sekunde geschlafen, nicht eine einzige.

Wie sollte ich es Moritz sagen? Und wann? Ich versuchte mit Überlegungen zur Gestaltung der *Gryfinoer* Szene am leeren Grab in Kreativ-Schlummer zu versinken. Diesmal versagte das sonst so bewährte Mittel. In einzelnen Schnipseln sandte ich Zuzana meine Ideen.

Beim Sammeln von Stichwörtern war mir eine Diskussion unserer Jugendgruppe in den Sinn gekommen.

Pater Marian machte eines seiner Gedankenspiele: „Nehmen wir an, wir fahren nach Israel. Dort suchen und finden wir Jesu´ Grab. Es ist aber nicht leer. Im Grab liegen seine Knochen. Nicht irgendwelche Knochen, sondern die Knochen der realen Person Jesus aus Nazareth. Welche Rolle spielte unsere Entdeckung? Sie änderte definitiv nichts daran, dass Jesus auferstanden ist."

„Der Mythos lebt", lachte Bartek.

„Nein!", erwiderte Pater Marian bestimmt. „Ich kenne Theologen, die wissen, dass es keinen Gott gibt. Schließlich habe ich selbst Theologie studiert.

Doch Auferstehung ist kein Mythos. Auferstehung ist ein Fundament. Das weiß ich als Wissenschaftler. Das weiß ich als Geistlicher."

Letzte Szene –   Vor dem leeren Grab

Links der Eingang zu einer kleinen Höhle. Neben dem Eingang lehnt eine kreisrunde Steinscheibe am Felsen. Davor Jesu Anhänger. Sie reden wild durcheinander.

Andreas: „Jetzt macht der noch als Leiche Ärger!"

Petrus: „Sein Grab ist leer."

Johannes: „Unmöglich!"

Jakobus: „Petrus, du säufst zu viel!"

Maria Magdalena: „Der Gärtner hat gesagt, Jesus lebe wieder."

Philippus: „Vielleicht war Jesus am Kreuz nur scheintot!

Jakobus: „Quatsch! Der war mausetot. Die Probe mit der Lanze war positiv.
Jesus war hinüber."

Johannes:	„Und wenn das mit der Auferstehung stimmt? Wenn Gott ihn lebendig gemacht hat?"
Petrus:	„Gott macht uns Menschen erst am Ende aller Tage lebendig. Jetzt nicht."
Philippus:	„Aber Jesus war doch etwas Besonderes. Sagte er nicht immer, Gott sei sein Vater?"
Jakobus:	„Jetzt macht aus Jesus bitte keinen Heiligen. Ja, er heilte mehrere Menschen. Ja. Jesus erzählte einmalige Geschichten. Denkt an die vom barmherzigen Samariter. Aber im Prinzip war er ein ganz normaler Mensch."
Johannes:	„Genau. Wir haben ihn doch alle gesehen, gehört, haben mit ihm gelacht und uns über ihn geärgert, besonders über sein Schnarchen. War Jesus so besonders? War der göttlich?"

Während des folgenden Gespräches stellen sich alle anderen Darsteller nach und nach im Hintergrund auf.

Maria Magdalena:	„Aber seine Leiche ist letzte Nacht verschwunden!"
Petrus:	„Jesus fügt jedem Ereignis noch eine Pointe zu!"

Johannes:	„Könnte jemand die Leiche wegenom men haben? Der oberste Rat wird erklären, dass wir die Leiche geklaut haben. Damit wir behaupten können, dass er weiterlebt."
Jakobus:	„Vielleicht wollten die Priester durch den Diebstahl der Leiche verhindern, dass Jesu´ Grab zu einer Kultstätte wird."
Petrus:	„Aber wenn es stimmt, dass Gott Jesus ein neues Leben gegeben hat? „Das können wir doch niemandem erzählen. Das glaubt uns keiner!"
Andreas:	„Immer Ärger mit unserem Jesus. Immer nur Ärger!"

Maria *tritt von links auf, sieht in das leere Grab, wendet sich in Richtung Publikum.*

„Ich dachte, das Spiel sei vorbei. Aber dieses da
-*Sie weist in das leere Grab.*-
wird ein Anfang."

Moritz Prob: akustisches Protokoll

Verschlussakte A.O.

Do., 2001-09-13

War es Zufall oder steckte ein Plan der Nebelschatten dahinter? Es war uns egal. Adrianna und ich nutzen Herrn Hubers Wagen für unsere Fahrt zum Plauener Bahnhof.

Herrn Huber gehörte der Gasthof *Post* in Hoinichen. Gestern Abend hatten wir nach einem Bus in Richtung Plauen gefragt. Herrr Huber macht uns das Angebot, seinen Wagen zu nehmen. "Ihnen vertraue ich, Herr Waldt. Sie sind so brave Gäste!"

Seine Frau käme im Prinzip mit unserem Zug um 9 Uhr 17 in Plauen an, auf Gleis drei. Mit diesem Zug wollten die Waldts, also wir, nach München weiterfahren. "Geben Sie meiner Frau den Schlüssel für den Wagen. Neun Uhr 17. Gleis drei.
Ausgerechnet morgen Vormittag liefert nämlich die Brauerei Getränke und Gastro-Kram für unsere Gaststätte. Wenn Sie mit meinem Pkw nach Plauen fahren, kann mich um die Lieferung kümmern, meine Frau bekommt den Wagen, und Sie können Ihre Wegfahrt so einrichten, wie sie möchten. Dann ist uns allen geholfen."

Der erste Tag unseres neuen Lebens war durchgetaktet. Sechs Stunden nach unserem Einstieg in den Zug hob auf dem Franz-Josef-Strauß-Flughafen der Flieger nach Neuseeland ab. Die Flugtickets für die Waldts waren auf einem von Adriannas Antik-Handys gespeichert. Die Pässe der Waldts würden uns während der Zollkontrolle zugesteckt. Der Start der Interkontinentalmaschine erfolgte um
          15.25 Uhr.

Aber taktloserweise würden zwei Plätze frei bleiben. Wir hatten nicht vor, uns an die Absprache mit den Nebelschatten zu halten. Kurz vor Landshut würde Adrianna zur Toilette gehen. Angeblich. In Landshut würde eine Frau unauffällig den Zug verlassen und in einen Fernreisebus nach Wien steigen. Im Zug würde Herr Waldt verzweifelt seine Frau suchen und im nächsten Bahnhof aussteigen.

Genua wollte ich per Anhalter erreichen. Dort würde der Eingang des Aquariums zum Treffpunkt des Ehepaars

Waldt, in zwei Tagen, um 18 Uhr. Von Italien ging es nach Atlantis. Zurück zum Ziel.

Seit unerem Aufbruch in Hoinichen muss uns der graue SUV mit drei Männern in grauen Anzügen verfolgt haben. Die Fahrer der Nebelschatten sind darin geübt, anderen Fahrzeugen unauffällig zu folgen.

Adrianna Oskinska: akustisches Protokoll

Verschlussakte A.O.

Do., 2001-09-13

Es musste sein. Jetzt. Warum hatte ich das Gespräch nur bis zum Schluss vermieden? Nun geriet es in den Anfang des neuen Lebens.
"Tiger, an unserem Plan ändert sich eine Kleinigkeit. In Atlantis werden wir nicht allein leben."

"Nicht   allein?   Kommt   deine   Großmutter   nach?"
"Nein."
"Deine Freundin Zuzana?"
"Nein. Der ist Atlantis nicht polnisch genug."

"Mach es jetzt bitte nicht so spannend. Wer soll uns begleiten?"
"Also, ganz genau kenne ich die Person noch nicht."
"Wieso das denn?"
"Sie wird erst werden, was sie wird."

"Jetzt quäle mich bitte nicht mit diesem Standardspruch:
´Gott ist Gott, Tier ist Tier, aber der Mensch ist immer auf

260

dem Weg der Menschwerdung.´ Wer soll uns denn nun begleiten? Warum haben wir das nicht besprochen?"

"Ich selbst wusste bis vor einer Woche nicht, dass uns ein Kind begleiten wird. Unser Kind, Tiger."

Michael Gewander: Protokollnotiz, persönlich

Do., 2001-09-13

Zum dritten Mal drückte ich die Nummer ins Antik-Handy. Zum dritten Mal wurde mitgeteilt, dass der Empfänger nicht zu erreichen sei. Ich könne eine Nachricht auf Band sprechen. Zum dritten Mal sagte ich durch den Sprachverzerrer: "Löwenmäulchen."

"Zu spät! Zu spät!" Automatisch entfernte ich die SIM-Karte, wickelte sie zusammen mit dem Currywurst-Schälchen in die Serviette und warf alles in den Abfallkorb des Imbissstandes.
Hände und Arme juckten. Ich musste mich ständig kratzen. "Zu spät! Zu spät!"

In der Ferne tauchte das Hochhaus des Rings Deutscher Kriminalbehörden auf. Wie ein Krimineller auf der Flucht sprang ich in einen offen stehenden Hausflur. Im Eingangsbereich hing ein angestaubter Schaukasten für Mitteilungen der Hausverwaltung, sowie den Hausregeln und dem Putzplan. Den Sprachverzerrer legte ich auf den oberen Rand des Kastens. Irgendjemand würde sich dieses grauen Objektes schon annehmen. Ich verließ das Haus und ging zum Dienst.

Wieder juckte der linke Unterarm. "Ich hasse mich! Ich hasse Edeerk! Ich hasse Dränge! Ich hasse ODRA! Ich hasse Notwendigkeiten. Ich hasse alles!"
In meinem neuen, besonders großzügig eingerichteten Doppelzwing stürmte ich zum Tresor und griff zur Dienstwaffe.

Michael Prob: akustisches Protokoll

Verschlussakte A.O.

Do., 2001-09-13

Die Vibrationen des Smartphones in meiner Jacke nahm ich nicht wahr. Denn ich lachte gerade herzhaft und schallend. "Unser Kind wird uns begleiten? Anakonda, du machst mir Spaß! Unser Kind? - Wenn haben wir denn adoptiert? Den Papst?"

Gut gelaunt sah ich zu ihr hinüber und hörte auf zu lachen, als ich ihren Blick sah. Adrianna Osinska scherzte nicht. Sie wusste etwas, was ich nicht wusste... Ihre Mimik strahlte Entschlossenheit aus. *Und nicht allein ihr Gesicht: ihr ganzer Körper!* Ich wollte es nicht verstehen: "Anakonda ? !"

"Tiger, wir bekommen ein Kind. Meine letzte Periode fiel aus. Letzte Woche testete ich mich auf Schwangerschaft. Das Ergebnis war positiv."
"Ein Kind?" Ich schnappte nach Luft. "Das war doch gar nicht beabsichtigt."
"Geplant hatten wir es nicht. Aber: schwanger ist schwanger."
"Das geht nicht. Das bringt doch alles durcheinander."

"Nun, wir müssen uns auf neue Regeln in unserem Spiel einigen. Nur auf welche? Das wird interessant."

"Nein! Kein Kind, Anakonda! Ein Kind belastete uns zu sehr. Wir sind erst unterwegs nach Atlantis. Dort müssen wir Fuß fassen, eine neue Existenz aufbauen. Eine sichere Existenz.
Dieser Winzling in dir ist jetzt gerade mal millimetergroß. Der existiert noch nicht wirklich. Der weiß noch nicht einmal, dass er existiert. Es ist doch kein Problem, den zu ent-fernen. Noch in ..." -
Ich wollte eigentlich Lissabon sagen, hatte mich aber noch rechtzeitig gebremst. - "...Wellington auf der Nordinsel. Da finden wir sicher Ärzte, die den Eingriff vornehmen. Abgesehen davon, Anakonda: Kinder in die Welt setzen. Das macht heute keinen Sinn mehr."

"Kinder geben dem Leben Sinn, Moritz."
„Glaubst du das? Ernsthaft? Ich hielt dich für aufgeklärter, Anakonda."
Oh, hier war die Einfahrt zum Bahnhofs-Parkplatz, Tiger.“

Ich musste einmal das ganze Bahnhofsviertel umkreisen, um wieder zum Parkplatz zu kommen.

Die Ersten der Zwei: Notiz

Do., 2001-09-13

Dunst 5 - verwendetes Kennzeichen BT ZU 454 HE; SUV, grau;
folgte Gräfin und Graf im Abstand von 30 Metern.

"Achtung, Wespen. Gräfin und Graf sind kurz vor dem Ziel. Ende und aus."

Moritz Prob: akustisches Protokoll

Verschlussakte A.O.

Do., 2002-09-13

Ich war schockiert: "Adriana! Deine Hormone spielen verrückt und stürzen dich in ein emotionales Gefühlschaos. Jetzt willst du das Kind! Wenn es da ist, werden dich deine Hormone in Schwangerschafts-Depressionen treiben. Bis hin zu Selbstmordgedanken.
Denke bitte sachlich. Für eine Schwangerschaft ist diese Phase der allerungünstigste Zeitpunkt."

"Das trifft zu, Moritz. Deswegen lebte ich die letzten Tage wie in Trance. Ich sehe es jetzt so: Die Schwangerschaft verschafft uns Vorteile. Wenn wir bei allen Entscheidungen an uns drei denken müssen, überlegen wir viel bewusster."

"Adriana, zuerst müssen wir grundsätzlich über das Thema Schwangerschaft beraten. Ich liebe dich mit Haut und Haar und allen Sinnen. Aber ein gemeinsames Kind? Nein. Ich will kein Kind in die Welt setzen. Auf keinen Fall! Wir Menschen sind nur einer von vielen zufälligen Würfen der Natur. Kein Gott hat uns geplant sieht und beschützt uns.

Und irgendwann wird es keine Menschen mehr geben. So wie es keine Ammoniten mehr gibt. Punkt. Und aus.

Ich sehe keinen Sinn darin, Nachwuchs in die Welt zu setzen."

264

"Moritz, du weißt doch erst seit einer Minute, dass du Vater wirst. Ich habe darüber, dass ich Mutter werde, schon eine Woche lang nachgedacht. Lass dir Zeit!"
"Für Kinder ist kein Platz in meinem Lebensentwurf, Adriana."
„Heute meinst du, sie passen nicht in dein Leben. Aber da ich zu dir gehöre, wird auch das Kind zu dir gehören."

„Nein. Das Kind müsste mit dem Wissen aufwachsen, dass sein Vater *nicht* wollte, dass es lebt."
„Moritz, in meinem erzkatholischen Heimatort Gryfino wächst eine Reihe von Kindern mit dem Wissen auf, dass ihre Eltern sie nicht wollten. Das ist für sie nicht einfach, oft grausam und bitter. Aber sie leben, und sie haben es angenommen.
Das Kind in mir wird mit der guten Gewissheit aufwachsen, dass ich es wollte. Ich werde ihm jeden Tag sagen, dass ich es *wegen* seines Vaters wollte. Wenn unser Kind erst einmal da ist, wirst du auch Ja zu ihm sagen."

„Niemals! Adriana, dein Harmonie-Schloss kann der einzige Flügelschlag eines Schmetterlings zum Einsturz bringen...
- Einen Moment. Diesmal verpasse ich die Parkplatz-Einfahrt nicht."

Ich setzte den Blinker, bremste ab und bog auf den Parkplatz. In direkter Nähe des Eingangs fand sich eine Parkmöglichkeit. Während ich den Motor ausstellte, fiel mir ein, dass ich keine Münzen für den Parkschein hatte. „Ob hier in Plauen das Parken mit dem Handy bezahlt werden kann?"

Die Ersten der Zwei: Notiz

Do., 2001-09-13

Der graue SUV fand keine Parklücke mehr und verließ den Parkplatz. „Kommando. Theodor Heuss. Drei, zwei, eins, *jetzt* !", hörten die Wespen.

Alle Stiche saßen. Vier trafen Linn Waldt, fünf Ben Waldt.

Die Ersten der Zwei: Absprache

Fr., 2001-09-14

Orange: „Absprache 808.
Der Tourist wurde bezahlt."

Indigo   „Aber die 8.5 von Satellit verdunsteten.

Gelb   „Das Äquivalent für den Gobelin stand nur eine Minute in den Büchern. Schon wurde es zu den Bahamas gehext.

Indigo   „Wir verfügen über Gegenzauber?"

Violett   „Zuerst müssen die Meister*innen gefunden werden, die dahinter stecken."

Indigo   „Mit ODRA gelänge uns das, bei JONAVA habe ich Zweifel.“

Gelb   „Zwei Wochen Zeit bleiben. Es wurde so hoch gezockt, dass nicht verloren werden darf.“

Orange: „Es *kann* nicht verloren werden. Letztlich sind alle Trümpfe in unseren Händen.“

Gelb: „Das wird auch für JONAVA gelten.
          Aus!“

Indigo: „Ende!“

Orange: „Vorbei!“

Violett: „Schluss!“

Die Adler der See: Absprache

Fr., 2001-09-14

Ih   „Wasserstand: Negativ. Selbst das Grundwasser sackt ab. Zusammen mit den Stammvater-Zahlen verschwanden die Codes für die Söhne.

Oh   „Innert einer Minute.“

Ih   „Das dunkle Zentrum auf den Bahamas dürfte bereits ermittelt sein.“

Ah   „Der Kreator der Nebeltunnel. Er verschaffte sich Einblick in alle Details und nutzte das.“

Eh   „Letzte Woche ging er offiziell in Urlaub. Ihn zu besuchen dürfte kaum gelingen.“

Oh	„Vorerst. Uns bleiben zwei zuverlässige Partner: Die Zeit und unser langer Atem."
Ih	„Keine Energieverschwendung. Allein die Zahlen sind wichtig, nicht der Kreator."
Oh	„Zustimmung! Holen wir uns die Zahlen, träumen wir nicht von Rache. Nur so bleiben wir im Spiel."
Ah	„Gut. Ganz im alten ODRA-Sinne."
Ih:	*„Wir* bleiben ODRA! Trotz JONAVA."
Oh	„Nächster Anpfiff in gesichertem Nebeltunnel bei gleichem Zeitintervall."
Ih	„Alles klar. Ende."
Ah	„Alles klar. Ende."
Oh	„Alles klar. Ende."
Eh	„Alles klar. Ende und demnächst."

Adriana Oskinska: akustisches Protokoll

Verschlussakte A.O.

Fr., 2001-09-14

Offizielle Mitteilung der Pressestelle der Plauener Landrätin Dr. Silvana Grimm:

Die Polizei fand bei Untersuchungen des Gepäcks des vor dem Plauener Bahnhof erschossenen Paares W. 1,5 kg Heroin und 2 kg Designerdrogen.

Aufgrund dieser Fakten verbuchte die Sonderkommission Linn W. als Opfer 80 und Ben W. als Opfer 81 des erbitterten Drogenbandenkrieges an der deutsch-tschechischen Grenze.

Sehr geehrte Leser*innen,

sollten Ihnen dieses brutale Ende missfallen,

bietet sich ein zweites mögliches Ende an.

Zeit: neun Jahre später.

Sammlung 11: Oltenhage

Zuzana Pomrovska: Berichte

Verschlussakte A.O.

Mo, 2010-09-13

Mateusz und ich näherten uns mit einem riesigen Blumenstrauß und zwei kleinen Gestecken dem dritten Reihenhaus im Möwengang 3.

„Es ist irgendwie unfassbar, dass Adrianna und Moritz das Massaker überlebten. Neun Schüsse wurden auf sie abgegeben. Damals, vor neun Jahren. Danach diese schier endlose Reihe von Folge-Operationen. Bei jeder zweiten ging es um Leben und Tod. Aber der Tod wollte sie einfach noch nicht holen.“

„Ich vermute, der Streit darüber, warum sie es damals überstanden, hält beide am Leben, Mateusz. Für Adrianna ist es ein Wunder. Moritz meint, im Tier Mensch stecke eben der *Ich-will-leben-Virus*.“

„Einige Experten bezweifelten damals, dass die tschechische Mafia ausgerechnet im Plauener Land ihren Krieg austragen wollte."

„Aber alle Beweise sprechen dafür. Und es gab Geständnisse."

„Von denen wurden drei widerrufen."

„Du bist ein Verschwörungstheoretiker."

„Bestimmt nicht. Aber hast du schon einmal darüber nachgedacht, warum Adrianna, wenn sie darüber spricht, so sehr betont, die Schießerei habe höherer Gerechtigkeit gedient?

Beide Mafiaclans seien komplett hinter Gitter gebracht worden. Die jüngsten Täter, die auf dem Parkplatz mitten in der Stadt auf die beiden geschossen haben, waren damals 15 und 16 Jahre alt. Auch für diese Kinder ist lebenslange Sicherheitsverwahrung vorgesehen."

„Gerecht daran, dass die beiden in dieses Gemetzel gerieten, finde ich nur, dass mit dem Mafia-Vermögen ihre Tarn-Identität und ihre Operationen bezahlt werden."

„Aber findest du es gerecht, dass Adrianna und Moritz heute zum zweiten Mal von ihren Zwillingen Abschied nehmen müssen?"

"Es ist unfair von der Gemeinde Oltenhage, das Engelchen-Grab nach 9 Jahren einzuebnen. Vorschriften! Es gebe Vorschriften. Bei uns in Polen gibt es wenigstens zuerst Menschen. Diese Prinzipienreiter interessiert nicht, was sie in den Herzen der beiden anrichten."

„Adrianna und Moritz haben uns eingeladen, um ihnen beizustehen. Das finde ich sehr vernünftig."

Das Haus im Möwengang 3 passte zu den idyllischen kleinen Fachwerkhäusern, deren Dächer sich vor den Stürmen duckten. Neben der Tür befand sich ein Schild *Linn und Ben Stubber*. Gleich nachdem Mateusz geklingelt hatte, öffnete Adrianna die Tür.

„Herzlich willkommen!", strahlte sie.
Ihr begeistertes Lächeln überdeckte die Erschöpfung, die ihr anzusehen war. Sicher hatte sie die ganze Nacht nicht geschlafen.
„Ein phantastischer Strauß", freute Adrianna sich. „Kamile, Taygetis, Wiesenschaumkraut. Hast du die von Lewandowskis Wiese?"

„Nicht ganz. Auf Lewandowskis Wiese stehen jetzt zehn Ferienhäuser. Aber am Rand des Südteichs wachsen immer noch alle unsere Blumen."
„Den Südteich gibt es noch? Ich dachte, den hätten sie wegen der Mücken als erstes zugeschüttet."

„Der Südteich ist jetzt ein Hochwasser-Ausgleichsbecken. Den Westteich gibt es nicht mehr. Das ist jetzt ein Parkplatz."

Adriana sog verträumt den Duft der Blumen ein. „Unser Versteckspielen damals. Unsere Suche nach Kaninchenfutter. Weißt du noch, wie wir testeten, ob Mäuse schwimmen können? Und Katzen? Und wie wir uns um

Mateusz stritten? Du hast gewonnen."

Wir lachten. Ich beugte mich herunter, um sie lange und herzlich zu umarmen.
„Sobald wir können, besuchen wir euch in Gryfino", meinte Adrianna.

„Es werden sich viele freuen, dich bei endlich einmal bei uns zu sehen. Und Moritz kennenzulernen."
„Bartek ist doch jedes Jahr bei euch."
„Adrianna!... Bartek hatte *seine* Freunde und du hattest *deine* Freundinnen."
Wieder amtete Adrianna den Duft der Wiesenblumen ein.

„Du konntest mir keine größere Freude machen, Zuzana. Danke. Allerherzlichsten Dank!"
Sie amtete tief durch und strahlte mich immer noch an. Schließlich wies sie mir den Weg in die Küche. Im Küchenschrank ganz links fanden sich drei einsame Blumenvasen.

Die größte Vase füllte ich halb mit Wasser und steckte die Blumen hinein. „So ganz passen Blumen und Vase nicht zusammen", dachte ich. „Also, beim nächsten Besuch schenken wir die passende Vase gleich mit."
Aber Adrianna sah nur die Blumen und freute sich wie ein Kind. Mit unserem Geschenk (das eigentlich mein Geschenk war) hatte ich genau richtig gelegen. Die Blumen halfen ihr in diesem Moment, an diesem Tag des endgültigen Abschieds von ihren Zwillingen.

Moritz und ich wechselten inzwischen diskret ins Wohnzimmer. Die beiden Frauen brauchten jetzt gemeinsame Intimität.

Ich staunte, wie vermutlich jeder Gast, der zum ersten Mal ins Zimmer trat: „Was für ein großartiger Ausblick."

„Im Prinzip Ja... Ein Hauch von Park und dann das Meer. Damit siehst du aber schon den einzig wirklich schönen Flecken von Oltenhage. Michael hat das allerhinterletzte Örtchen an der Ostsee für uns ausgesucht.
Dieses Nest besteht aus einer einzigen Straße. Die Gebäude links und rechts haben sich nichts zu sagen. Sie sind einzig dem Zweck unterworfen, die angelockten Gäste zu stapeln. Vor drei Jahren begannen sie damit, hier eine Kurklinik einzurichten."
Prob lachte bitter: "Die Alternative zur Klinik war eine Tierpension. „Tiere bringen zu wenig Geld", hieß es dazu. In einer Eingabe an den Gemeinderat schlug ich vor, dann doch ein Bordell einzurichten. Das brächte mehr Geld als eine Kurklinik. Immerhin, mein satirischer Vorschlag fand offene Ohren, wenn auch nicht genug.

Oltenhage ist eine schreiende Bausünde, Mateusz. Wer diesen Ort abreißt, dem steht ein Bundesverdienstkreuz zu und der Ehrenpreis der europäischen Architekturkammer."

„Habt ihr euch nicht um einen Umzug bemüht?"

„Anfangs schon, aber Michael hat als genialer Diplomat alles verzögert. Er sorgte auch dafür, dass die Zwillinge herkamen, auf den Friedhof. Deshalb sind wir geblieben."

Eine Stunde später machten wir uns auf den Weg zu den Zwillingen.
„Wann ist der Termin?"
„Heute Nachmittag."
„Der Friedhof hält nur zehn Plätze für Fehlgeburten bereit. Unsere Zwillinge müssen ihre Plätze für aktuelle Trauerfälle räumen. Für die Beendigung der Belegung führt die Verwaltung auch psychologische Gründe an. Die Eltern sollten sich von ihren Kindern lösen. Sie müssten sich lösen. An dieser Einstellung konnte selbst Michael nichts mehr drehen", sagte Moritz leise.

„Vielleicht bewirkt dieser Schluss-Strich wirklich noch etwas Gutes, Adrianna und Moritz", versuchte ich zu trösten.

Adriana lächelte: „Es ist kein wirklicher Schluss-Strich, Mateusz. Michael fand eine Lösung. Unsere Kleinen ziehen nach Kanada. Sie sind nicht aus der Welt."

Das Gräberfeld für Frühgeburten befand sich in der allerhintersten Ecke des Friedhofs. Zuzana und ich legten unsere Gestecke auf das Grab von Karelia und Adam Stubber. Eine Gärtnerin brachte die Sträuße, die Linn und Ben Stubber bestellt hatten.

Der ganze Grabschmuck, nach Adriannas Anweisungen geordnet, überdeckte nicht nur das Grab der Zwillinge, sondern auch die Nachbargräber. Ein Blumenhügel, rot-gelb-grün, berührend; strahlender Sonnenschein, sanfter Wind und vier Menschen, die Abschied nahmen; endgültigen.

„Sie hatten keine Chance. Vier Kugeln steckten in meinem Körper. Karelia und Adam waren gerade vier Wochen alt."
„Wird unser Kind, das die Welt noch nicht kennt, je geboren?", zitierte Moritz melancholisch einen KARAT-Song.

Auf dem Rückweg waren Zuzana und Adrianna ein Stück voraus. Moritz war damit befasst, mir jede Scheußlichkeit Oltenhages, die auf unserem Weg lag, zu erläutern.

Zuzana erzählte mir später, was Adrianna ihr antwortete, als sie fragte: „Wenn Karalia und Adam lebten, was wären sie jetzt, Adrianna?"
„Na was schon? Nervende Bälger und das Glück ihrer Eltern." Sie sah zu Moritz. „Nun, auf jeden Fall das Glück ihrer Mutter. Ihr Vater verleugnete vermutlich bis zu seinem Lebensende den Sinn ihrer Existenz." Adrianna lachte Zuzanna an und beide schüttelten ihre Köpfe.

Ich rief von hinten: „Dürfen wir auch lachen?"
„Später!", rief Adrianna.
Moritz sah mit gespielter Verzweiflung zu mir: „Tja,

Adrianna und ich wissen, warum wir nicht verheiratet sind!"

Zuzana Pomrovska: akustisches Protokoll

Verschlussakte A.O.

Mi., 2010-09-13

Am Abend fuhren Mateusz und ich nach Wismar. Dort hatten Adrianna und Moritz ein schönes Hotelzimmer für uns reserviert.

Mateusz war aufgewühlt: „Könntest du so leben wie die beiden? Neun Jahre im Rollstuhl? Geheiratet haben sie auch nicht. Sie leben nicht miteinander, sondern nebeneinander. Adrianna bittet uns, wegen der Schließung des Grabes zu kommen.

Wir machen uns auf den langen Weg zu ihnen und was macht dieser Moritz? Er liegt mir damit in den Ohren, dass Oltenhage hoffentlich ein Opfer der nächsten Sturmflut wird. Und natürlich palavert er, dass wir Menschen nichts als Tiere seien.

Kein Wort von ihm über die Kinder, keine erkennbare Geste des Mitgefühls. Er wollte sie die Kinder ja auch abtreiben lassen, damals. Könntest du unter solchen Umständen mit dem zusammenleben? Möchtest du so leben?"

„Mateusz, wir stecken nicht in der Haut der beiden und nicht in ihrer Lage. Aus der Ferne meinte ich, die beiden wären lebendig begraben. Aber wenn ich es richtig sehe, wollen beide das Leben nicht aufgeben.

Sie akzeptieren ihre Existenz mit Rollstuhl und die jedes halbe Jahr notwendigen Operationen. Übrigens planen sie ernsthaft, uns nächstes Jahr in Gryfino zwei Wochen lang zu besuchen.

Gemeinsam..."

44° Celsius

Altes Land, Sommer 2044

ISBN   9 783 750498655   228 S. − 8,99 €

E-Book   9 783 752618785

==

Europas rote Gespenster

Band 1

Friedrich Engels − Der kreative Schatten

ISBN   9 783752 832730   163 S., 6,99 €

Auch als E-Book

- - - - - - - - - - - - - - - - - - - -

Band 2

Karl Marx - Genie und Chaot

ISBN   9 783750   427457   220 S., 7,49 €

Auch als E-Book

==

Aus.Ende.Vorbei   -Dystopie-

ISBN   9 783748 140788

Auch als E-Book